PRESS

C.A. PRESS

LOS QUE NO SE QUEDAN

Paola Mendoza nació en Bogotá, Colombia y ahora vive en Brooklyn, Nueva York, con su compañero y su hijo. Se graduó de UCLA y obtuvo un MFA (Maestría en Bellas Artes) en Sarah Lawrence College. En su trabajo como cineasta y escritora se encuentran su pelícuas *Entre Nos*, *Half of Her* (La Mitad de Ella), *Autumn's Eyes* (Ojos de Otoño) y *On the Outs* (En Las Afueras). *Los Que No Se Quedan* es su primera novela.

LOS QUE NO SE QUEDAN

UNA NOVELA

PAOLA MENDOZA

Traducción de Mariajosé Salcedo

PRESS

C.A. PRESS

Penguin Group (USA)

C. A. PRESS
Published by the Penguin Group
Penguin Group (USA) Inc., 375 Hudson Street,
New York, New York 10014, USA

USA | Canada | UK | Ireland | Australia | New Zealand | India | South Africa | China
Penguin Books Ltd, Registered Offices: 80 Strand, London WC2R 0RL, England
For more information about the Penguin Group visit penguin.com

First published by C. A. Press, a member of Penguin Group (USA) Inc. 2013

Excerpt on page 270 from *El libro de los abrazos* by Eduardo Galeano (Siglo XXI
Editores, S.A. de C.V., 2010). Reprinted by permission of Siglo XXI Editores, S.A. de C.V.

Translation by Mariajosé Salcedo

LIBRARY OF CONGRESS CATALOGING-IN-PUBLICATION DATA
Mendoza, Paola, author.
Los que no se quedan : una novela / Paola Mendoza ;
traducción de Mariajose Salcedo.
p. cm.
Novel.
ISBN 978-0-9831390-7-2
I. Salcedo, Mariajose, translator. II. Title.
PQ8180.423.E535Q46 2013
863'.7—dc23   2013013773

Printed in the United States of America
10 9 8 7 6 5 4 3 2 1

ALWAYS LEARNING   PEARSON

Para mi mamá y Tita,
soy porque ustedes son.

Recordar: Volver a pasar por el corazón.
—EDUARDO GALEANO

LOS QUE NO SE QUEDAN

PRÓLOGO

Los Ángeles, 1993

Con el corazón roto, Mariana Azcárate observó cómo su hija se alejaba cojeando. Pensó que se había herido la pierna en su última pelea. Tembló ante el pensamiento, lo expulsó de su mente. Se concentró en el hecho de que Andrea estaba allí. Sonrió mientras el pelo marrón chocolate de Andrea se balanceaba de un lado a otro, los dedos rozaron la pared cuando caminaba lentamente hacia la escalerilla. Andrea estaba allí, sana y viva. Mariana capturó cada momento, se fijó en cada detalle. El olor rancio del aeropuerto, la voz de la ayudante de vuelo cuando anunciaba que las puertas de embarque estaban cerradas, el desconocido que se mantuvo demasiado cerca de ella durante ese momento insoportable. Rogó que Andrea se volteara una última vez pero ésta cruzó la esquina sin responder a las plegarias de su madre.

Mariana dejó salir el largo suspiro con el que había estado

peleando. Al dejar escapar el aire, las lágrimas, que había mantenido embotelladas durante los últimos días, se derramaron. Se dobló, los hombros tensos, el llanto fluyó de ella como el Río Magdalena. Se sentía aliviada, horrorizada, con el corazón roto y ahora completamente sola. Lloró más fuerte aún. Andrea se había ido. Mariana apenas la conocía cuando vivían en la misma casa y ahora que Andrea viviría a miles de kilómetros, era inevitable que se convirtieran en completas desconocidas. Mariana sabía lo que la distancia hacía a madres e hijas. Sabía que las cartas escritas con tanto amor y anhelo rompían los corazones de aquellos que las recibían. En cada espacio, en cada coma, en cada punto vivía cada momento pasado sin el otro. En los pliegues de las páginas estaban las arrugas de las caras no vistas; en las esquinas rotas de los sobres, los raídos sueños de reunión. Mariana había aceptado esa realidad para ella y su madre, pero nunca imaginó que reviviría la historia con su propia hija.

Mariana tomó una bocanada de aire secándose las lágrimas del rostro. Revisó el bolso en busca de los pañuelos, los había dejado en la mesa de la cocina. Se recriminó por ser tan descuidada. Sabía que habría de llorar. Sabía que necesitaría esos pañuelos, pero como tantas otras cosas en su vida, parecía dejar atrás aquello que más necesitaba.

Mariana cerró los ojos, ahora no era el momento de reprocharse. Habría más que suficientes oportunidades para hacerlo. Tendría una cantidad de noches sin dormir, mirando la luz naranja amarilla que derramaba en su muro el poste de la calle. Aunque lo intentara con todas sus fuerzas, el insomnio no detendría el tiempo. Mariana era dolorosamente conciente de que la próxima vez que viera a su hija el tiempo habría llevado a cabo su labor, transformándola en una mujer exquisita. Su corazón se desgarró al pensarlo. La imagen de Andrea como mujer siempre la había emocionado. La había soñado, la había imaginado desde el día en que Andrea nació. Había anhelado el momento en que Andrea se sostendría frente a ella, no como la niña tantos años mimada sino, en su lugar, como una magnífica mujer. La mujer que estaba destinada a ser. Pero Mariana nunca imaginó esto. Nunca imaginó que no sería testigo de la transformación. Nunca pensó que se vería obligada a apartarse de Andrea como una niña de dieciséis para simplemente aceptarla cuando retornara como mujer. Esta devastadora realidad no apareció ni en sus peores pesadillas. Detuvo los pensamientos abruptamente. Ahora no era el momento.

Imaginó a Andrea sentada en el avión. Sonrió al pensarlo. Sabía exactamente cómo estaba sentada, como se sentaba siempre que estaba disgustada: hombros encorvados hacia delante, la pierna derecha sobre la izquierda, las manos entre los muslos.

Andrea era naturalmente pequeña y cuando se sentaba así prácticamente desaparecía. Era tan delgada que la gente solía tratarla como si existiera la posibilidad real de que se rompiera. Tendían a hablar bajo en su presencia para no golpearla con el aliento. Andrea creció para disfrutar la percepción errada que tenía la gente de ella. Saboreaba la habilidad de escandalizar a la gente con opiniones francas expresadas con pasión y tanto color como cabría esperar de un camionero. A Mariana le mortificaba la forma de hablar de su hija. Intentaba cualquier cosa para que dejara de decir "cabrón", "hijueputa" y "mierda", pero las palabras fluían de la boca de Andrea con la regularidad con la que cualquiera pronunciaría "amor", "animal" o "dormir". Sin sospecharlo, Mariana fue la instigadora del famoso vocabulario vulgar de su hija.

Andrea tenía seis años. Su madre, su hermano mayor, Gabriel, y ella acababan de llegar a los Estados Unidos. Andrea no conocía las razones por las que habían dejado Colombia pero tenía claro que debía estar contenta de volver a ver a su padre. Deseaba estar feliz cuando lo volvió a ver por primera vez, pero era un desconocido para ella. No tenía recuerdo de su escaso pelo negro, de sus ojos color almendra, de sus curiosos dientes. Eran casi perfectos en blancura y ángulos rectos pero parecía como si hubieran sido pulidos con lima. Buscó la felicidad que Mariana le había prometido sin encontrarla. Gabriel, por otro lado, estaba extático. Nunca quiso separarse de Antonio y Andrea no quería separarse de Gabriel. Aprendió pronto que si fingía estar contenta, Gabi jugaría con ella y la mayoría del tiempo sería amable. Andrea estaba contenta de fingir.

● ● ●

Andrea amaba el nombre del nuevo hogar, Los Ángeles. Se sintió entre ángeles desde el momento en que bajó del avión. Inhaló el aire seco y suave y estaba atónita de ver lo grande que era todo. Instantáneamente quiso contarle a su abuela que ahora vivían en un palacio pero pronto sabría que escuchar la voz de su abuela sería un evento raro reservado para cumpleaños y navidades.

Gabriel y Andrea compartían un colchón en el suelo del pequeño aparta-estudio. Andrea estaba encantada, Gabriel lo odiaba. La cama de Antonio y Mariana quedaba justo al lado del colchón. A Mariana no le preocupaba la privacidad, no había gozado de ese lujo en años. Sabía que la vida en Los Ángeles sería difícil pero había conservado la esperanza de contar con el simple lujo de una habitación propia. Trató de ocultar su decepción cuando vio el pequeño apartamento. Le conmovía el esfuerzo de convertir esa caja en un hogar. Las camas tenían sábanas emparejadas. Había un tapete andrajoso en la puerta. Por todo el apartamento había fotos familiares meticulosamente pegadas a las paredes. Solo contaba con una ventana, una sábana servía de cortina. Mariana caminó desde la cama hasta la cocina en cinco pasos y se sentó a la mesa, único mueble que cabía en el apartamento.

Las circunstancias no habían cambiado, únicamente la ciudad en la que vivían. Años de soledad los habían traído de vuelta al mismo lugar en el que habían comenzado. Mariana estaba abatida. Tendría que decir algo pero no encontraba las palabras. Le sonrió a Antonio, era lo único que podía hacer. Él le devolvió la sonrisa, era lo único que podía hacer. Cada uno estaba desilusionado del otro. Era la primera decepción, en un país desconocido, de la letanía por venir.

● ● ●

Poco después de la llegada de la familia, Antonio partió provisionalmente a Miami para trabajar. Mariana odiaba dormir sola, así que permitía que Gabriel, Andrea o ambos durmieran con ella. Los veranos de Los Ángeles eran cálidos y secos. La ventana abierta daba un breve alivio durante las insoportables olas de calor. En la que parecía la noche más calurosa del verano, Andrea estaba acostada en la cama de Mariana, incapaz de descansar. El sudor rodaba por su frente y sin importar cuanto se esforzara, el sueño no llegaba. Mariana se acomodaba a su lado, Andrea se consolaba de no estar sufriendo el insoportable calor sola. Mariana se levantó. Andrea sonrió, Mariana traería una toalla mojada y la pondría sobre las dos, arma secreta contra el calor.

Andrea escuchó los pasos de su madre, eran diferentes de alguna forma. El sonido de los pasos era más silencioso y rápido de lo habitual. Mariana se movió por el apartamento buscando algo. Andrea estaba ahora totalmente despierta pero fingía estar dormida. Trataba de descifrar exactamente lo que estaba pasando. Mariana no caminó hacia el baño, en cambio se escabulló hacia la puerta. Andrea retuvo la respiración. Escuchó a su madre ponerse los zapatos. La puerta del apartamento crujió cuando Mariana la abrió, se deslizó hacia el corredor.

Tan pronto como la puerta estuvo cerrada, Andrea se sentó. Miró a su hermano. Aún dormía. Pensó en despertarlo pero decidió no hacerlo. Aunque era mayor, no tomaba decisiones con rapidez. Se tomaba su tiempo, sopesaba las opciones tras analizarlas desde todos los ángulos y solo entonces tomaba una decisión. Andrea no tenía tiempo para eso ahora. Escuchó cómo la puerta del edificio se abría y cerraba lentamente. Mariana había abandonado el edificio. Todavía podía alcanzarla, pero tendría que apurarse.

• • •

En silencio pero muy rápido, Andrea salió de la cama, se puso los zapatos, abrió la puerta y corrió hacia la entrada del edificio. Abrió el portón por el que momentos antes había escuchado salir a su madre. Miró hacia la calle... nada. Estaba oscuro y el silencio producía temor. Andrea quedó hechizada con el silencio. Los carros parqueados en las calles y cada luz en cada casa estaban apagados. Solo entonces Andrea comprendió qué tan tarde era. Estaba sorprendida, nunca antes había estado despierta mientras todo el mundo dormía. Su mente volvió pronto a la tarea que tenía entre manos. ¿Por qué se había ido su madre?

Andrea miró hacia el otro lado. Al final de la calle, vio la forma rígida de caminar de Mariana, que reconocería en cualquier parte. Corrió hacia su madre. Mariana volteó la esquina. Andrea corrió más rápido aún. Cuando se acercaba a la esquina, disminuyó la marcha. Era conciente de cada paso. Trató de calmar su respiración superficial pero solo consiguió respirar más y más alto. Vio a su madre hablando por un teléfono público. Se escondió en un portal y retuvo la respiración.

La voz de Mariana se elevó por encima del zumbido de las luces de la calle, de los carros distantes, de la música que se colaba de los bares solitarios. Su voz quebró la noche y encontró camino hacia la sangre de Andrea. ¿Quién era esa mujer que gritaba palabras violentas al teléfono? ¿Con quién hablaba? ¿Qué le habían hecho para merecer la rabia de su madre, una furia que nunca había visto en ella? Atisbaba desde el portal. Las palabras la asaltaban.

"¡Cabrón de mierda, te odio! ¡Malparido, cómo pudiste hacerme esto, hijueputa!"

Mariana golpeó la bocina contra el aparato una y otra vez. Andrea permaneció atónita, incapaz de moverse, incapaz de respirar, solo podía mirar con devoción a su madre. Estaba maravillada de la mujer que veía. Quería ser exactamente como ella. La fuerza, el poder, la furia, la fascinaron. El ruido de la bocina rompiéndose finalmente interrumpió el trance de Andrea. Mariana se detuvo abruptamente, la bocina se deshizo entre sus manos. Tiró los pedazos de plástico en el andén y se fue. Pasó frente al portal sin ver a Andrea.

En la oscuridad, Andrea repitió las palabras de Mariana. Las pronunció silenciosamente para su placer personal. Pronunció cada consonante con precisión. Le encantaba la forma en que la "C" escapaba como un disparo de su garganta para terminar retumbando en el acento final, "ón," como si diera en el blanco. La decía una y otra vez. Silenciosamente al principio, luego más y más alto hasta que gritó la palabra "cabrón" con toda la fuerza de sus pulmones. Se tapó la boca con ambas manos. Sus ojos miraron de un lado a otro El pulso desbocado le retumbaba en la cabeza. Dejó caer las manos a los lados y agradeció a Dios que nadie la hubiera escuchado. El breve alivió la golpeó: ¡debía llegar a casa antes que su madre!

Corrió por la calle y rogó que Mariana no estuviera en la cama todavía, que no hubiera notado que Andrea había salido, lo que sería mucho peor. ¿Qué le diría? ¿Cómo le explicaría a Mariana lo que había visto y oído? Los pensamientos se apresuraban en su cabeza mientras Andrea se aproximaba al edificio. El apartamento estaba oscuro, buena señal. El portón rechinó al abrirlo. "Mierda" fue lo único que recorrió su cabeza. Una sonrisa se dibujó en su rostro. Siguió acercándose al apartamento. Cuando llegaba a la puerta de entrada, su corazón latía tan rápido que estaba segura de que Mariana podría oírlo. Le temblaba la mano al voltear la chapa; retuvo la respiración y empujó la puerta abierta. Oscuridad. ¡El apartamento estaba completamente a oscuras! La luz del baño brillaba desde abajo de la puerta y el sonido de la ducha calmó el corazón de Andrea. Saltó a la cama. Lo había logrado.

Andrea intentó quedarse despierta hasta que su madre saliera de la ducha, pero el sueño la venció. Mientras iba cayendo en el sueño, murmuraba para sí: "hijueputa." Se durmió con una sonrisa en los labios.

Andrea amaba como la hacían sentir las malas palabras, pero más que todo sentía un placer especial al comprobar las reacciones que recibía de las otras personas cuando las decía. Era estratégica en la selección de a quién y cuándo dejaba salir las palabras de su boca. Sus momentos preferidos eran con ancianas.

La primera vez que Andrea usó el poder recién adquirido en público fue en uno de los días más calurosos del verano.

Andrea, Mariana y Gabi esperaban el bus. Una mujer mayor se sentó a su lado en la parada de bus. El calor era más que insoportable. Capas y capas de sudor resbalaban por la frente de todos. A la distancia, el bus largamente esperado se arrastraba hacia ellos. Tras lo que parecían horas bajo el sol, Mariana se puso de pie. Tomó de las manos a sus hijos y caminaron hacia el borde del andén. La mujer mayor luchaba detrás de ellos. Esperaron bajo el sol hiriente pero el bus no se detuvo. Observaron con las bocas abiertas cómo el bus repleto pasaba frente a ellos. Andrea dijo simplemente lo que todos pensaban.

"No joda, hijueputa."

La mujer mayor se volteó atónita, Mariana sonrió incómoda y Gabi estalló en risas. La escena se interpretó una y otra vez. Andrea nunca reaccionó pero internamente amaba la atención, el poder y el escándalo que producía. Vivía para esos momentos, los buscaba y, desafortunadamente para Mariana, los encontraba con frecuencia. Mariana intentó todo lo que estuvo en su poder para detener a Andrea, pero sin importar los tratos a los que llegaran, los castigos que impusiera e incluso las palizas, Andrea nunca dejó de decir "cabrón, mierda, hijueputa."

Andrea se sentó en el avión exactamente como Mariana la imaginaba. Los hombros levemente encorvados, las manos aprisionadas entre las piernas. Miró por la ventanilla. Estaba furiosa con Mariana por mandarla a Colombia, un país que había dejado diez años atrás; furiosa por ser enviada donde la familia que desconocía y, aunque nunca lo admitiría ante su madre, herida de saber que Mariana era capaz de alejarla tan fácil y tan rápido.

Andrea estaba estupefacta. No podía aceptar que dejaba Little Quartz, el único hogar que había conocido, por una ciudad que apenas podía encontrar en el mapa. La palabra Bogotá se repetía constantemente en su cabeza. Entre más la decía, más furiosa se ponía. Sin siquiera darse cuenta, una lágrima solitaria rodó por su mejilla. Instintivamente, la secó.

"Fresca mija, las lágrimas no sirven pa nada."

Un hombre se desparramó a su lado, haló el cinturón de seguridad y se secó la sudorosa cabeza calva. Andrea sonrió con los dientes apretados. Estaba asqueada por la pequeña nariz puntuda, por la gorda y fofa barriga colgaba por encima de los desgastados pantalones caqui. Él la revolvía. Era lo que le esperaba en Bogotá. Su estómago se tensó en nudos. Hervía de ira. Ésta era la gente con la que tendría que vivir, esta asquerosa gente desgraciada.

"¿Y pa dónde vas?"

La peor pesadilla de Andrea: un charlatán.

"A ver, a ver, a ver, ¿paisa? ¿Eres paisa?"

Él sonrió con una inmensa sonrisa grotesca.

"No hablo español".

Una mentira completa pero no le importaba Solo deseaba estar en silencio. Necesitaba silencio para pensar. El año por venir parecía alargarse infinitamente hacia la nada. Andrea miraba directamente hacia lo desconocido por primera vez en su joven vida y se le doblaban las rodillas de miedo. El hombre la miró sorprendido, sin saber si creerle o no. Los luminosos ojos marrón, la piel café con leche y los labios delineados limpiamente en forma de corazón gritaban Colombia. Ella le dio la espalda antes de que pudiera hacerle otra pregunta.

Andrea miró por la ventanilla. Era una noche fría y oscura en Los Ángeles. Una noche sin Luna, las estrellas ocultas por nubes de esmog. No había nada espectacular en esa ciudad, tampoco era un lugar que Andrea quisiera pero era su hogar y verse forzada a partir la hacía sentir cargada de rechazo.

El avión se alejó del terminal. La gente de la sala de espera se hizo más y más pequeña. Los ojos de Andrea se llenaron de lágrimas hasta el borde. "No" – se dijo – "sin lágrimas." Las lágrimas siempre habían sido un amuleto de mala suerte para Andrea y lo último que necesitaba ahora mismo era mala suerte.

Andrea inhaló profundamente. Sabía que éste sería el peor año de su vida. Estaba segura. Pero también sabía que lo sobreviviría. Andrea se sentía insegura de muchas cosas, no se sentía tan hermosa como le gustaría ser, en ocasiones no era tan valiente como necesitaba ser y, aunque no lo admitiera ante sus amigos, muchas veces sentía que no era tan inteligente como debería ser. Lo único de lo que estaba segura era de su fuerza para sobrevivir a cualquier cosa. Era una sobreviviente. La vida desde muy temprano le había traído un dolor tan increíble que había creado una confianza irreductible en su capacidad de sobrevivir a lo que fuera. Incluso al que, estaba segura, sería el peor año de su vida.

El avión lentamente se arrastró hasta la pista. Andrea escuchó la voz del piloto crujiendo por el parlante pero se oía débil y lejana. Sus pensamientos se cubrieron con el giro placentero de la venganza. Mariana insistía en que la había enviado lejos por su propio bien. Le pedía que entendiera que era la única manera de que no terminara muerta o en la cárcel. Mariana prometía que Colombia la salvaría. Andrea no necesitaba ser salvada. Le gustaba su vida. Se prometió que una vez volviera a Little Quartz su vida le pertenecería. El avión rugía en el asfalto, más y más rápido. Las ruedas se elevaron del suelo, el avión tomó vuelo en el cielo nocturno y Andrea murmuró para sí:

"Jódete mamá".

UNO

Buga, Colombia, 1972

Mariana tomó el vestido azul celeste del armario. Era hermoso. Simple, mas en su simplicidad estaba su belleza. Lo dejó en la cama y suspiró con resignación. Al otro lado de la ventana, las calles de Buga hervían de preparaciones para las fiestas de sábado en la noche. Trató de calmarse pensando que al menos esta noche de sábado sería distinta. Al menos esta noche de sábado estaría en Cali.

Su hermana Esperanza la había convencido de comprar el vestido una semana antes. Esperanza, su madre Amparo y Mariana condujeron hacia Cali con el único propósito de comprar un vestido para Mariana. Amparo y Esperanza insistían en que lo necesitaba porque ahora que Esperanza vivía en Cali, las invitaciones a fiestas no tendrían fin y por supuesto Esperanza no podría ir sola, su hermana pequeña tendría que estar a su lado todo el tiempo. Mariana aceptó reticente, porque una vez que su madre y su hermana se habían fijado una meta, discutir no era una opción. Mariana trató de hacer la experiencia lo menos dolorosa posible desapareciendo en el fondo mientras su madre y su hermana revoloteaban en una marea de vestidos, zapatos y bolsos. Decían a quien quisiera escuchar:

"No es que Mariana odie ponerse vestidos, no le gusta el proceso de selección, así que nosotras somos felices de ayudarle. Para eso está la familia."

La verdad era que a Mariana no le gustaba ir de compras, pero odiaba los vestidos aún más. Le disgustaba la manera en que colgaban de su cuerpo informe. Se sentía más cómoda en bota campana, sandalias y camiseta. Entre más perdedora se viera, mejor. Mariana se sentía feliz de desaparecer en la libertad de la ordinariez que le daban los jeans y las camisetas. Sabía que era común y a veces incluso fea. La verdad goteaba en sus huesos, le pesaba en el pecho, encorvaba ligeramente sus hombros. Mariana era plana como un riel. En su cuerpo no había una sola curva donde debería, en cambio era una serie de líneas rectas simplemente conectadas unas con otras. Su pelo era indomable, los bucles crespos estallaban en todas las direcciones haciéndola ver, sin importar la hora del día, como si acabara de levantarse de la cama. Lo único capaz de distraer del desorden de su pelo, era la infame nariz. Amparo pasaba los días diciéndole a Mariana lo hermosa que era, a veces hasta pronunciaba la palabra espectacular. Tanto le decía, que Mariana estaba convencida de que su madre pretendía forzar la realidad con palabras. Mas las palabras de su madre, por más que lo intentara, no podían transformar la verdad del espejo.

Amparo era una fuerza inolvidable e imponente. Su piel era blanca como la leche y suave como las perlas. Sus magníficos ojos color marrón hipnotizaban a cualquiera lo suficientemente valiente como para sostenerle la mirada. Físicamente se elevaba por encima de casi todos en el pueblo, sin embargo su estatura parecía acentuar su gracia. Sus voluptuosas caderas se balanceaban con naturalidad al ritmo de la cumbia que se filtraba en las calles desde las ventanas de las cocinas, donde las empleadas cocinaban elaboradas cenas. Pertenecía a una pequeña y estrechamente tejida comunidad de familias que protegían su riqueza, sus apellidos y su ancestro español porque, en sus mentes, de ello dependían sus vidas. La familia Azcárate era conocida por su piel blanco perla. Las mujeres eran reconocidas por sus cuerpos voluptuosos y su cocina hipnótica. El arte de la cocina era un regalo que pasaba de generación en generación. Las recetas eran secretos familiares, cuidadosamente transcritos en pergaminos conservados en alacenas con compartimentos secretos de los que sólo las mujeres de la familia conocían la existencia. Amparo amaba pasar tiempo en la cocina. Allí, con su madre sentía la calidez que ningún otro lugar le daba. Al calor de la estufa, Amparo olvidaba las noches solitarias pasadas en camas frías y extrañas, cuando su madre y su padrastro viajaban fuera de Colombia. Los grandes arcos la protegían del aislamiento y la soledad que la embargaban cuando estaba en la misma habitación que su padrastro. Olvidaba la amargura al calor del horno. La cocina se convirtió en su refugio. Tan pronto volvía de la escuela corría hacia la estufa. Se quedaba allí con su madre, sola o con las empleadas hasta que cabeceaba de sueño. Era en la cocina donde podía escuchar la voz de su difunto padre Juan Ignacio susurrarle cómo le gustaba el sancocho. Era al fantasma de su padre a quien ella daba crédito por su delicioso sancocho. A los dieciséis, Amparo era famosa en Buga, Palmira e incluso en algunas familias de Cali por el sancocho, la belleza y la risa alborotada.

A los dieciséis, Amparo se casó con su primo segundo Hernando Andrés Cabal Martínez. Hernando Andrés llegó al mundo con los ojos bien abiertos, las manos listas para agarrar cualquier cosa que pudieran alcanzar. Su maldición era el deseo ardiente de entender cómo funcionaban las cosas. Tan pronto pudo sostener un destornillador se dedicó a desarmar teléfonos, inspeccionando cada detalle, siguiendo cada cable, hasta entender por completo cómo la voz de alguien viajaba por kilómetros por un cable hasta el oído de otra persona. Desarmaba motores de carro y luego los volvía a armar de cualquier manera. Las empleadas debían esconder licuadoras y tostadoras y vigilarlo en la cocina para que no desmontara el horno e incendiara la casa en el proceso. El hogar Cabal Martínez fue su laboratorio de destrucción, hasta que su fascinación por el funcionamiento de las cosas fue reemplazada por su fascinación hacia las mujeres.

Desde que vio a Amparo en su fiesta de quince, supo que la quería como esposa. Fue un cortejo largo y sin incidentes. Amparo se comportaba con suma gracia social. El húmedo y caluroso día en que se unió la familia Cabal Azcárate, Amparo por fin besó a Hernando Andrés Cabal.

Los Cabal eran celebrados por las delicadas pecas infaliblemente distribuidas por todo el cuerpo. El pelo oscuro acentuaba perfectamente los finos labios y los ojos redondos. Desde la llegada de la familia a Buga, unos trescientos años antes, hombres y mujeres habían sido los más altos del pueblo. Se decía que Dios había dispuesto que su estatura física correspondiera a su clase social. Generación tras generación crecían centímetro a centímetro y la tierra que amasaban se expandía hectárea por hectárea. Los Cabal eran conocidos por dos características: la primera, la finca El Arado, que había pertenecido a la familia desde que Juan Andrés Azcárate

Igarrea llegó de Navarra, España, a conquistar el rebelde nuevo mundo. La segunda distinción era la nariz inolvidable.

Con cada generación que pasaba, los Cabal eran cada vez más altos, más grande era su fortuna y más y más largas eran sus narices. En Buga, desde que se tenía recuerdo, el pueblo se alborotaba anticipando en apuestas si el recién nacido portaría la maldición de la nariz Cabal. Demasiados miembros de la familia, mujeres y hombres, habían visto sus rostros, de otro modo adorables, arruinados por la infame nariz de gancho.

Amparo entraba en pánico al pensar que sus hijos podrían portar la maldición de la horrible nariz Cabal. Cuando se supo embarazada, comenzó una ronda de obsesivos rituales y rezos fanáticos para quebrar la maldición de la nariz ganchuda. En el intento desesperado por engañar al destino, Amparo se encontró en el portal decrépito de Doña Circua.

● ● ●

Doña Circua era tan bajita como redonda. Era una mujer olvidable salvo por el pelo, que mantenía trenzado sobre el hombro derecho. Pasaba los días balanceándose en la mecedora, contenta de observar el despliegue del drama de la vida frente a sí. No hablaba con nadie acerca de las idas y venidas de Buga porque el viento se lo soplaba todo en sueños nocturnos. Le susurraba la pasión de los nuevos amores, el corazón desgarrado de la muerte y las lágrimas de la ruina financiera. El viento le traía los rostros de visitantes desconocidos que golpeaban a su puerta con bastante frecuencia. Los visitantes pedían hechizos para recuperar maridos infieles, brebajes para terminar embarazos inesperados y rezos especiales, en lengua desconocida, para detener la llegada de la muerte temprana.

Doña Circua se levantó más temprano que de costumbre la mañana en que Amparo fue a visitarla. Salió al portal y observó las calles vacías. La brisa le acarició los tobillos, le recorrió el interior de las piernas, le rodeó el pecho y le susurró que preparara la aguapanela más dulce esta mañana, pues Amparo necesitaría dulzura para ayudarla en el amargo trecho de camino que tomaría su vida. Doña Circua inhaló la brisa y supo que la petición de Amparo sería de las difíciles. Deseaba el cambio, tarea complicada y bastante costosa.

Amparo llegó calladamente a la casa de Doña Circua. No le pidió a Wilson, el chofer, que la llevara. Dijo a las empleadas que daría un paseo, estaba cansada de estar encerrada en casa en un día tan caluroso. Nadie hizo preguntas. En su estado todos la compadecían. Estaba gorda, las piernas hinchadas como salchichas, los pechos al borde de la explosión. Se sentía miserable y lo hacía saber. El embarazo era doloroso, difícil y estaba presto a tornarse peligroso. La dificultad provenía de ser primeriza, se convenció a sí misma. No sabía que cada nuevo embarazo sería más difícil y más peligroso. Tumbada en su sangre, tras el sexto parto, decidió que había alcanzado el límite. Seis eran su regalo al mundo. Seis casi la mataron.

Amparo vio a la distancia la casa de Doña Circua, una pequeña caja de bloque, desvencijado techo de metal y puerta turquesa brillante. La puerta era turquesa para guiar a los extraviados hasta ella. Doña Circua estaba sentada en la mecedora, los ojos cerrados y una sonrisa leve en los labios. Amparo se acercó dudando qué debía decir o hacer. Los ojos de Doña Circua permanecieron cerrados.

"Siéntese, hice aguapanela."

Amparo se sentó. Miró el agua turbia en la taza metálica y el estómago se le revolvió.

"Vine…"

"Beba" – dijo Doña Circua – "sé por qué vino pero antes tiene que beber."

Amparo tomó la taza con desconfianza y la acercó a los labios. Olió la dulzura de la panela y su estómago se calmó. El agua fría le alivió la boca reseca y se deslizó por la garganta. Se sintió refrescada. Deseaba pedir otra taza pero le dio vergüenza pedir más a una mujer que evidentemente no tenía tanto para dar.

Ambas mujeres se sentaron en sus respectivos pensamientos. En silencio construyeron la confianza en la otra, la comprensión de la necesidad mutua. El lazo entre ellas era firme en medio del punzante silencio. Doña Circua sacó una bolsa de tela verde, una cinta morada mantenía atado el contenido. Amparo lo recibió sin saber qué contenía, sin embargo, tenía la certeza de llevar entre las manos la cura a la maldición. Doña Circa observó la calle de enfrente. No se molestó en mirar a Amparo a los ojos. ¿Por qué debería hacerlo? Si la situación fuera otra, Amparo no miraría dos veces a Doña Circua y con toda seguridad no la trataría de Doña. Siendo así, en lo que la concernía, mejor ser sincera en todos los aspectos de la vida, particularmente en lo referido a los negocios.

"Lleve estas piedras al río. Deje que el agua le cubra los tobillos. Fíjese en el agua hasta que pueda verse como es ahora. Camine fuera del agua y tire cada una de las piedras sobre su hombro derecho hasta que no quede ninguna. No mire hacia atrás. Nunca. Tendrá muchos hijos, no todos serán salvados."

Silencio. Amparo, concentrada, repitió las instrucciones de Doña Circua, palabra por palabra. Cuando estuvo segura de haberlas memorizado por entero, se puso de pie, sacó un fajo de billetes del bolso y lo entregó a la mano abierta de Doña Circua. Amparo regresó a casa tan rápido como se lo permitió su cuerpo. Irrumpió en la cocina cuando el chofer almorzaba.

"Wilson, necesito que me lleve al Río Guadalajara inmediatamente".

Apenas nació Esperanza, Amparo le revisó la nariz. Estaba maravillada. Esperanza era un perfecto ángel con la nariz más hermosa. Convencida de que la familia estaba libre de la maldición Cabal pronto quedó embarazada de Mariana. Así como en el primer embarazo, los nueve meses de gestación fueron difíciles y el parto fue aún más duro que el primero. Nacida Mariana, los médicos no podían detener la hemorragia de Amparo. Ríos de sangre se derramaban entre sus piernas. El suelo del hospital era un océano rojo. En ese caos, Amparo no pudo revisar la nariz de Mariana. Tres días después, cuando por fin recuperó la conciencia, lo primero que pidió fue ver a su hija. La enfermera la trajo envuelta en una cálida cobija rosada. "Una niña" – pensó – "Esperanza tendrá con quién jugar." Cargó a Mariana y retiró la cobija que le tapaba la cara. Se le inundó el corazón, estaba frente a su peor pesadilla: la ganchuda nariz Cabal. Las palabras de Doña Circua retumbaban en su cabeza:

"Tendrá muchos hijos, no todos serán salvados."

Amparó observó a Mariana por horas. Supo que la única salvación posible residía en El Señor de los Milagros. Sin que nadie lo notara, se deslizó fuera de la cama y caminó hacia la iglesia que resguardaba al milagroso. La ostentosa basílica siempre le había parecido fuera de lugar en el pintoresco pueblo de Buga. Las encumbradas torres rosadas se alzaban hacia el cielo como pulgares adoloridos que se negaran a ser ignorados. Su corte blanco era demasiado moderno para las antiguas casas de adobe, las calles adoquinadas y las raíces históricas bugueñas. Subió los peldaños con esfuerzo. Lentamente se arrodilló en el frío suelo de baldosa. La cruz de plata, adornada con oro y plata entretejidos sobre el Cristo de madera lo hacían un crucifijo único en el mundo. Amparo se replegó en el tiempo, mientras rezaba por su pequeño milagro. Los retorcijones de hambre de Mariana le golpearon los pechos, forzándola a ponerse en pie y volver al hogar. Una vez allí, observó el rostro angelical de Mariana y vio una nariz que no era perfecta, pero en su imperfección encontró el resplandor de la belleza. El puente de la nariz tenía una leve protuberancia que la curvaba ligeramente a la derecha. Amparo pensó que la protuberancia hacía que Mariana se viera más aristocrática. La delgadez de la nariz la hacía parecer más europea. Pronto Amparo vio a Mariana como la descendiente Cabal más hermosa nacida en siglos. De todas formas, las lenguas de Buga saltaron a la velocidad de la luz. Dijeron que Mariana había sido maldita con la peor nariz desde que la familia llegó de España. La maldición había evitado a Esperanza pero se había redoblado en la pobre Mariana. Un año después nacieron las gemelas, Catalina y Juliana, y la maldición Cabal se dividió en dos, dejándolas con narices no tan grandes como la de Mariana pero no tan hermosas como la de Esperanza. Para cuando nacieron Diego y Mario Andrés, la maldición había desaparecido milagrosamente, dejando a Mariana sola con la carga de los ancestros.

A los diecisiete, Mariana iba a usar vestido por primera vez desde que era una niña. Tras tantos años de jeans, Amparo estaba emocionada de verla por fin en vestido, de verla como mujer. Abrió la puerta del cuarto de Mariana y la visión la detuvo en el umbral. Catalina y Juliana se adelantaron apresuradas a su madre para detenerse al verla, boquiabiertas de sorpresa. El vestido azul celeste abrazaba suavemente el cuerpo delgado. La luz agonizante del sol la rozaba con un resplandor cálido y transformaba su pelo crespo en un hermoso caos ordenado. Estaba radiante. Mariana no comprendía que la belleza enamora, endulza a los desconocidos, las puertas de la vida se abren con facilidad, los amores se ganan y se pierden sin inquietud porque la gente hermosa sabe que no estará sola, nunca. La mayoría de la gente entra a la belleza por breves momentos. Sin saberlo, Mariana estaba cubierta por el velo de su primer encuentro con la belleza.

Mariana se sentía ridícula en vestido corto, maquillada y haciendo equilibrio en los dolorosos tacones. Amparo la observó sumergirse en un escudo de inseguridad y apresuró a sus hijas hacia el carro que esperaba. Le dijo al chofer que condujera lo más rápido posible hasta Cali, sin detenerse hasta llegar a la fiesta.

Esperanza y Mariana se acercaron a la fachada de la casa alta. Las luces eran lánguidas, la música y el humo de tabaco se filtraba por cada grieta de la casa distendida. Las siluetas bailaban cercanas. "Otra fiesta de casa repleta" – pensó Mariana. Las hermanas abrieron la puerta del viejo camión rojo y descendieron con cuidado. El camión rojo era una molestia para todos en la familia, exceptuando a Mariana y a su padre. Los dos lo querían por diferentes razones. Hernando Andrés lo quería por su practicidad. Necesitaba un camión para trabajar en El Arado; necesitaba halar, empujar, transportar caña de azúcar, equipo mecánico, gente, todo lo requerido para asegurarse de que la producción y el funcionamiento de los quinientas hectáreas de tierra fuera lo que había sido durante más de trescientos años. A Mariana le gustaba el camión porque se sentía más viva cuando se acostaba en la parte trasera y miraba hacia el cielo. Dejaba entonces que sus pensamientos vagaran hacia otra vida. Podía ignorar la vida que estaba viviendo. Una vida en la que era participante pasiva de una historia ajena, una historia que no la incorporaba, una historia que pasaba sin ella. Mariana no podía traducir sus deseos en palabras. No sabía exactamente qué quería pero sabía que no deseaba lo que vivía en ese preciso momento.

La música de Lucho Bermúdez resonó desde el radio recién importado en la gran mesa del comedor. Esperanza desapareció rápidamente en la nube de humo y risas. Mariana cruzó la masa de desconocidos y tomó camino hacia la parte trasera de la casa, donde el ruido era más bajo y había menos gente. Sabía cómo sería esta noche. Mariana no se movería de su rincón, algunos se acercarían y entablarían conversación hasta que se dieran cuenta de que era hermana de Esperanza y entonces todo el diálogo giraría entorno a ella. Mariana sonreiría, reiría, fingiría estar interesada en cualquier conversación tonta. Bailaría algunas canciones aquí y allá para romper la monotonía pero al final la noche sería como todas las noches de fiesta a las que había asistido. De regreso a casa, Esperanza se quedaría dormida en su hombro y Mariana miraría por la ventana, incapaz de dormir a causa de la irritante pesadez en los huesos.

Mariana se detuvo junto a la ventana. Miró hacia el gentío y sus ojos capturaron los de un desconocido. Ojos oscuros, como noches sin Luna en El Arado, manchados de puntos verdes, acentuados por pestañas tan espesas como el humo que despedían las chivas en su camino por el cerro Pan de Azúcar. Las cejas negras estaban dibujadas con delicadeza en la piel café oscura. Mariana dejó los ojos y el pelo, liso como paja, negro como la noche, cayó sobre los ojos del desconocido. Él lo retiró de la cara y emprendió camino hacia Mariana. Ella dejó de respirar, miró hacia el suelo. Deseó desaparecer, ser tragada por las grietas. A cada paso, la espalda se tensaba, se estiraba, contraía y amarraba en cien nudos. Él estaba tan cerca que podía percibir su olor. Era dulce y amargo, pleno de pasado y complejidad. Su olor la arrebató, invadió su ser, las rodillas se le doblaron. Se alejó antes de que él pudiera hablarle. Una silla, la salvación. Se sentó, molesta por los altos tacones. Y entonces escuchó su voz:

"Entiendo..."

Ella miró hacia arriba. Él señaló sus tacones. Sonrió.

"Bueno, no realmente..."

Ambos rieron.

"¿Cómo te llamas?"

"Mariana Cabal Azcárate."

"Encantado de conocerte, Mariana Cabal Azcárate. Soy Antonio Rodríguez García"

Antonio provenía de una familia llena de huecos. Su abuela paterna había muerto dando a luz a Juan Carlos, el padre de Antonio. Los abuelos maternos eran borrachos y Beatriz, madre de Antonio, era hija única. Beatriz estaba decidida a dar sus hijos la infancia que ella no pudo tener. Deseaba ser la madre amorosa con la que había soñado en su infancia y lo fue. Deseaba que sus hijos tuvieran un padre honesto, bondadoso y amoroso y lo tuvieron. Juan Carlos era todo eso y más. Beatriz deseaba tener muchos hijos, así que tuvieron diez saludables y alborotados hijos. Sin embargo, una familia tan numerosa tenía un costo. Juan Carlos tenía tantas bocas que alimentar que la única manera que encontró para lograrlo, fue trabajar en los animados puertos de Buenaventura. Colombia estaba enviando lejos café, banano y carbón y la espalda de Juan Carlos se necesitaba para cargar los barcos. Trabajaba día y noche y enviaba cada peso a Beatriz. Beatriz era madre y padre en el hogar Rodríguez. Antonio lo veía una vez al año, aunque siempre se sentía la presencia de su padre. De las paredes desportilladas colgaban fotos de él. Los regalos que le compraba a Beatriz eran siempre exhibidos con orgullo. La ropa que les compraba en Navidad pasaba de un hijo a otro por años y años.

Antonio había llevado a la fiesta una camisa nueva. Su madre pensaba que era una extravagancia pero como él había comenzado a trabajar hacía poco y era su dinero el que estaba gastando, nada dijo. Juan Carlos había tratado de convencer a su hijo de trabajar con él en los muelles, pero Antonio imaginaba una vida diferente para sí. Deseaba que su espalda nunca conociera el peso de las riquezas del país, peso al que la espalda de su padre estaba bien acostumbrada.

La conversación de Mariana y Antonio fluía como si se hubieran conocido por años. Reían sin vergüenza de pequeñas bromas privadas, bailaban hasta que el sudor les mojaba la ropa y, hacia el final de la noche, terminaban las frases del otro. Mariana estaba inundada por una marea de química y no percibió las murmuraciones del rededor ni las miradas desaprobadoras que le lanzaban su desprecio.

Esperanza buscó a Mariana en la marea de gente y cuando la vio quedó pasmada. Su hermana era otra persona. Apenas la reconocía. Mariana parecía haber robado la risa de su madre. Las largas piernas sensuales cruzadas a la altura de los tobillos parecían las piernas de otra mujer. El vestido azul ya no colgaba de huesos protuberantes sino que envolvía la figura de una mujer plena. Esperanza supo al instante que su hermana se había perdido en el laberinto del amor.

De regreso a casa, fue Mariana quien durmió en el hombro de Esperanza. Soñó con Antonio, soñó el olor, la piel, los ojos, los labios de Antonio. Esperanza observó el cielo nocturno. Una noche sin Luna, "no es una buena noche para enamorarse" – pensó.

A la mañana siguiente, el timbre del teléfono irrumpió en la casa. El sonido saltó desde las baldosas relucientes, atravesó las frescas paredes de piedra y rebotó en las vigas de madera, gritó su camino en cada grieta de la casa. La llamada se salía de lo común. Era demasiado temprano para que llamaran las amistades. Los pensamientos de todos volaron hacia Hernando Andrés. Había salido de casa a la madrugada a causa de la explosión de un tubo en El Arado. La familia contuvo la respiración e imaginó lo peor. El teléfono timbraba sin cesar. La mano de Amparo tembló al descolgar la bocina. Imaginó la vida sin Hernando Andrés y en el segundo que le tomó descolgar la bocina y llevarla al oído, se había convencido de que no existía la posibilidad de que sobreviviera sin él. ¿Cómo podría criar a seis hijos sin él? La relación estaba lejos de ser perfecta, él y sus innumerables amantes la habían dejado seca y vacía. El amor era un recuerdo lejano, pero al menos ella y sus hijos vivían seguros. Los hijos se mantuvieron detenidos en los umbrales de las puertas, lo suficientemente cerca para que su madre pudiera alcanzarlos, lo suficientemente lejos para darle privacidad. Amparo balbuceó en voz casi inaudible:

"¿Aló?"

Los niños escucharon con atención la conversación de este lado.

"Buenos días."

Silencio, silencio.

"¿Con quién hablo?"

El peso del silencio era insoportable.

"¿Quién? ¿Con quién quiere hablar?"

Amparo giró hacia Mariana completamente confusa:

"Mari, alguien llamado Antonio quiere hablar contigo."

Mariana estalló en risa infantil, corrió por el pasillo, agarró el teléfono de la mano de su madre y lo acunó hasta la oreja. El corazón se le derritió cuando escuchó a Antonio decir:

"Quería ser el primero en desearte los buenos días."

Todos volvieron a sus cuartos, confusos por lo que acababa de suceder. Amparo se dirigió al cuarto de Esperanza. La interrogó incesantemente. Quería saber todo acerca de Antonio, dónde vivía, quiénes eran sus padres, qué hacían, qué hacía él, quería saberlo todo. Esperanza no podía contestar porque no sabía nada acerca de Antonio. Nunca antes lo había visto, no había escuchado su nombre hasta la noche anterior y no sabía nada de él, bueno o malo. "Mala señal" – pensó Amparo. Si Esperanza no sabía nada de él era porque no pertenecía a su mundo. Era alguien de fuera tratando de entrar. La única esperanza de Amparo era detener el romance antes de que Mariana se enamorara profundamente, lo que significaba que tendría que actuar de inmediato. Amparo llamó a Mariana.

Mariana flotó hacia la habitación de su hermana y se sentó en la cama. Dejó escapar un suspiro anhelante. Miró por la ventana. Era un hermoso día soleado, pocas nubes puntuaban el cielo azul profundo. Se perdió en la belleza del cielo, nunca antes lo había visto tan radiante. Apenas Amparo la vio, supo que la batalla sería difícil. La voz aguda de Amparo devolvió a Mariana, con rapidez y dureza, a la realidad.

"¡Mariana, te estoy haciendo una pregunta!"

Amparo no tenía una pregunta sino miles. Mariana no tenía respuesta para la mayoría, perpleja de ver a su madre tan agitada. Amparo no le daba descanso. Hacia el final del interrogatorio, Amparo seguía con las mismas preguntas sin respuesta.

"Mariana, no puedo permitirte que veas a alguien de quien sabemos tan poco. No es correcto. Quiero conocerlo."

"¡Genial! ¿Cuándo le digo que venga?"

"Lo más pronto posible."

"Mami, no puedo esperar a que lo conozcas. ¡Es un hombre maravilloso!"

Molesta por el vértigo de Mariana, Amparo salió como una tormenta de la habitación, tirando la puerta tras de sí.

Mariana miró confusa a Esperanza.

"Mari, me alegra que seas tú y no yo."

Mariana la empujó hacia la cama. Esperanza la atrajo hacia sí: "Cuéntamelo todo."

Entre risas, suspiros y silencios rebosantes de amor, le contó cómo la voz de Antonio le abría como un trueno el corazón, le contó que las mariposas en su estómago no se iban todavía, le contó que la noche anterior había soñado con besarlo. Se doblaron de risa cuando Mariana le contó que Antonio le había dicho que era hermosa. Patearon el aire excitadas cuando ella confesó que Antonio había dicho que ya la extrañaba.

Se planeó que Antonio visitara la casa de los Cabal el fin de semana siguiente. Habitualmente los fines de semana estaban reservados para El Arado, pero este sábado en especial Amparo pidió a Hernando Andrés que toda la familia se quedara en Buga. Hernando Andrés reprendió a Amparo por ser melodramática. Discutió con él. Ella sabía que éste no era cualquier noviecito de paso. Mariana estaba convertida en otra persona y Amparo necesitaba que él le ayudara a navegar en las engañosas aguas del amor joven. Hernando Andrés se rehusó, llegó la mañana del sábado y él salió hacia El Arado con Diego y Mario Andrés.

Antonio golpeó la puerta de madera maciza. Observó el vitral al lado de la puerta. La Virgen María sostenía a Cristo entre sus brazos pero parecía estarlo ofreciendo a Antonio. Miró a los ojos a la Virgen y de pronto se relajaron un poco los nervios en su estómago. Miró a su alrededor y contó cuatro balcones, todos daban a la calle y todos derramaban rosas rojas, blancas y rosadas. Inhaló el dulce olor e instantáneamente recordó el momento en que tuvo la mano de Mariana en la suya, mientras giraban en la pista de baile. Cerró los ojos y revivió el momento en cada tormentoso detalle.

"¿Qué quiere?" – preguntó una voz áspera y dura.

Abrió los ojos y vio a una india bajita como un tronco parada en el portal.

"Vine a ver a Mariana."

Dandaney estaba sorprendida. Éste era el hombre que tenía a Mariana cantando en la ducha, incapaz de comer y de dormir. Este muchacho moreno y agresivo era la causa de todo el caos en la casa. "Qué triste", – pensó Dandaney, – "con la nariz de Mariana y la piel morena de él, tendrían los hijos más feos de todo Buga".

Antonio no pudo ignorar la evidencia cuando cruzó el portón de entrada: Él y Dandaney habían sido cortados por la misma tijera. En la calle, habrían sido tomados por primos o parientes aún más cercanos. Los pensamientos volaban en su mente. Se preguntó a cuánta gente habría ella acompañado por ese mismo corredor. Sabía que ella deseaba una vida sin estropearse las rodillas ni quemarse los dedos, una vida libre de las manos indeseadas y las lenguas infestadas de whiskey de las visitas nocturnas; tanto como él deseaba una vida libre de manchas de grasa en los dedos, libre del peso de las riquezas que doblaban espaldas forzadas a cargar los tesoros del país en barcos con destino norte.

Dandaney dejó a Antonio en el comedor para que enfrentara las posibilidades solo. Antonio fue asimilando lentamente la habitación. Estatuas y pinturas de Cristo lo rodeaban. Oyó los tacones de Amparo contra el suelo de baldosas, acercándose. Se arregló rápidamente la camisa, respiró profundamente y se recordó que éste era su destino. Amparo entró al comedor, transmitía el aire de realeza que él había imaginado. Ella se le acercó con una sonrisa fingida, única armadura que consiguió. Estaba atónita, éste era el hombre que poseía el corazón de Mariana. Él era a quien le iba a declarar la guerra.

La primera impresión era la de un joven respetable, sin embargo, Amparo se fijó en los detalles que contaban la verdad acerca de él. La camisa recién planchada no podía esconder el cuello desgastado, el betún de los zapatos traslucía parches y la colonia barata la disgustó. Torció la boca y le pidió que se sentara. Mariana llegó. Antonio se puso en pie de un salto. Mariana y Antonio se extraviaron el uno en el otro tan pronto como sus ojos se encontraron. Las expectativas se habían estado construyendo por siete días y a cada día que pasaba Mariana era incapaz de contener la hilaridad. Vagaba por la casa como una niña, olvidaba sus pensamientos a mitad de frase, tarareaba mientras leía, jugaba tenis o hacía sus tareas. Las empleadas se burlaban de ella sin obtener respuesta, Mariana no era conciente de nada de lo que pasaba a su alrededor. En su mente sólo estaba Antonio, sus ojos sólo veían la hermosa cara, sus oídos sólo escuchaban la voz áspera y profunda. Antonio era más perfecto de lo que recordaba.

"Estás hermosa." – dijo.

"Gracias." – respondió ella en un susurro.

Amparo se aclaró la garganta. Era todo lo que podía hacer para no quitarle a Mariana la sonrisa de la boca con una cachetada. Ninguno de los dos prestó atención y continuaron extraviados en los ojos del otro. Amparo se aclaró de nuevo la garganta, más alto esta vez. Antonio salió abruptamente del trance y sonrió a Amparo con vergüenza. Recordó la razón de su visita y estiró la mano ofreciendo asiento a Mariana y a Amparo.

Amparo no tenía tiempo para sutilezas, necesitaba respuestas y las necesitaba ya.

"¿Dónde vive?"

"En Cali, en Siloé."

Amparo jamás había estado allí, sólo había escuchado hablar del barrio. Una prima lejana se vio obligada a vivir allí cuando su marido la dejó por otra mujer.

"Veo… ¿Y qué hace su padre?"

"Trabaja en el puerto. Está en el negocio de importaciones y exportaciones."

"Por supuesto, un hijo de pescador" – pensó Amparo. La colonia barata de Antonio no podía ocultar el leve pero hediondo olor a pescado que desprendía su piel.

"Interesante. ¿Qué es, exactamente, lo que importa y exporta?"

"Artículos electrónicos."

"¡Mentiroso!" – se dijo Amparo.

"¿Cómo llegó al negocio de la electrónica?"

"Durante el tiempo que estuvo en el ejército…"

Amparo no necesitaba escuchar más. Tenía que terminar con esto y pronto. El hijo de un pescador no iba a ser parte de su familia, jamás.

"¿Qué hace usted, Antonio?"

"Soy especialista en reparación de refrigeradores. Puedo arreglar cualquier tipo de refrigerador. Me tomó un año estudiar todas las marcas, pero hoy en día puedo arreglarlos todos."

"Dios mío, ayúdanos" – pensó Amparo.

"El problema es que hay una cantidad muy pequeña de refrigeradores en la ciudad, lo que limita la cantidad de trabajo que puedo conseguir. Así que ahora mismo estoy en el proceso de ampliar el negocio, estoy aprendiendo a arreglar hornos."

"En otras palabras, está sin trabajo."

"No, para nada. Sólo estoy ampliando mi negocio."

"Muchas gracias por venir. Acabo de recordar que tenemos una cena familiar y debemos apresurarnos para llegar."

Amparo se levantó. Mariana la miró totalmente confundida.

"Encantada de conocerlo, Antonio."

Antonio se puso en pie.

"El placer es mío, señora."

Fueron hacia la puerta principal.

"!Un momento!" – dijo Mariana – "No me dijiste que teníamos una cena. ¿Adónde vamos?"

"A casa de Tía Rosa."

"No quiero ir, no voy a ir. ¿Cata y Juli van a ir?"

Amparo enrojeció, se le torció el labio de ira.

"No depende de ti, Mariana."

Antonio tomó suavemente la mano de Mariana.

"En realidad, yo también me tengo que ir. Mi madre me pidió que volviera temprano hoy. No queremos enfurecer a nuestras madres."

Se sonrieron el uno al otro.

"Te llamo mañana."

Antonio caminó hacia la puerta con la cabeza erguida pues estaba más seguro que nunca de que había encontrado su destino. Mariana le abrió la puerta. Él la besó con suavidad en la mejilla.

"Voy a soñar contigo esta noche." – le susurró.

Mariana se sonrojó. Observó a Antonio alejarse por la calle adoquinada y no cerró la puerta hasta que él giró la esquina. Entonces se volvió hacia su madre. Quedó alarmada con lo que vio. La mujer soberana, digna y honesta que era su madre, había sido reemplazada por una frígida, amarga y malvada bruja. La fijó con los ojos llenos de ira y lentamente soltó la palabra:

"!Mentirosa!"

Mariana pasó frente a su madre. Amparo se quedó en el corredor completamente sola. Las líneas fueron trazadas, clamó el grito de batalla. La guerra había sido declarada.

DOS

Los zapatos de Mariana golpeaban el suelo ansiosamente. El reloj sobre el tablero daba las dos y doce. Tres minutos más para respirar en presencia de Antonio, tres minutos más para acariciar su mano fingiendo rozarla accidentalmente al arreglarse el peinado, acomodarse el morral o al subirse las medias que constantemente se deslizaban por sus piernas delgadas. Soltó un suspiro que desbordaba de deseo contenido. Tres minutos eran una eternidad.

Mariana miró a sus compañeras. Había compartido los últimos once años de su vida con las mismas veintiún niñas. Conocía sus rostros de memoria, podía reconocer las inflexiones de sus voces, sabía que cuando a María Andrea le llegara el período, Ana María seguiría poco después y luego Juliana y ella estaría de cuarta en la línea, casi siempre comenzando y terminando el mismo día. Mariana aprendió a odiarse y a amarse entre los brazos de esas veintiún niñas.

El colegio siempre fue difícil para Mariana. Desde el mo-

mento en que empezó a trazar el alfabeto, las letras se voltea-
ban, giraban, se doblaban, a veces desaparecían todas. Incapaz
de leer lo que estaba en la página, tartamudeaba tratando de
comprar tiempo para que las letras reaparecieran. Las niñas
reían y la profesora, de frustración o vergüenza, seguía adelante. En esos días, Mariana aprendió a odiarse. Se retraía en
silencio, alejada de sus compañeras. Encontraba un respiro
acostada en el césped de los campos del colegio. Allí, en soledad, imaginaba las batallas épicas entre criaturas monstruosas
y una niña que montaba en un colorido dragón. El nombre de
la chica era Evalina y era hermosa y valiente. Su pelo rubio,
sus ojos verdes y su astucia salvaban el mundo una y otra vez.
El mundo la amaba y, más importante aún, el mundo necesitaba a Evalina tanto como Mariana. Era más feliz cuando estaba con Evalina. No tenía que preocuparse por si una letra
estaba al revés, girada o perfectamente puesta en su lugar.
Cuando Sor Nubia, directora del colegio La Merced, se sentó
en el húmedo césped junto a Mariana, ella estaba sumergida
en la batalla más épica de Evalina contra su archienemigo El
Jején. Sor Nubia sabía todo acerca de Mariana y sus dificulta-
des en clase. Conocía su preferencia de estar sola durante el
almuerzo, las luchas anuales para pasar rozando los cursos y
su inhabilidad para leer en voz alta en tercer grado. Nada de
esto inquietaba a Sor Nubia, porque veía en Mariana lo que
nadie más. Veía curiosidad en sus ojos y había aprendido años
atrás que la curiosidad es la llave al conocimiento.

Sor Nubia dirigía el colegio La Merced con "un puño de
hierro sosteniendo una docena de rosas", como le gustaba decir. Sor Nubia parecía vivir fuera del tiempo. Sin importar los
años que pasara una estudiante en La Merced, Sor Nubia
permanecía idéntica. Las pequeñas gafas con montura de acero
se sostenían en la punta de su nariz. La cofia blanca y azul

enmarcaba su rostro en forma de corazón y su hábito estaba siempre tan impecable como su piel. Nunca levantó la voz porque nunca fue necesario. Sus estudiantes escuchaban cada una de sus palabras. Ellas se esforzaban para impresionarla, esperando que Sor Nubia les regalara una mirada de aprobación, una palabra de aliento o una sonrisa llena de orgullo. Insistía en que sus estudiantes, desde su primer día en el kínder hasta la graduación, trabajaran para llegar a la excelencia. Era exigente con todas. Poco importaba si la niña tenía seis o dieciséis, insistía en la honestidad, el trabajo duro y, por encima de todo, la disciplina. Creía que el problema de su amado país yacía en el hecho de que todos estaban constantemente buscando atajos, vías fáciles para el éxito, volverse ricos en una estafa. Esta forma de vida estaba en el núcleo de la corrupción, la violencia y la injusticia que plagaban la vida diaria de millones de colombianos desde hacía cientos de años.

De novicia, las ideas de Sor Nubia la mantenían despierta en la noche. Giraba y daba vueltas en el colchón delgado como papel. Se torturaba por conocer el problema pero sentirse incapaz de encontrarle solución. En la cama, rezaba pidiendo una revelación, le pedía a Dios que diera respuestas a sus ardientes preguntas. Tras años de dudas, noches de insomnio y combates a los gritos con Dios, Sor Nubia finalmente encontró la respuesta la forma de una niña que vendía café.

En contra de su voluntad, el trabajo de Sor Nubia la llevó a la fría y montañosa ciudad de Bogotá. Para protegerse del frío, Sor Nubia usaba varios pares de medias, suéteres, camisas, todo lo que pudiera tomar con sus magras manos. Pero no podía evitar que el frío se le metiera a los huesos. Era infeliz en Bogotá. Extrañaba la brisa cálida del Valle, la amabilidad de los desconocidos de su pueblo y el glorioso Sol que hacía a la gente infinitamente más feliz que las amargas almas remojadas en lluvia de la capital del país. Los rolos, como se les llamaba a los bogotanos, eran fieles a su reputación: el aire frío que bajaba por las abruptas montañas de los Andes se colaba en su sangre y los hacía antipáticos y desdichados.

En una tarde especialmente sombría y gris, Sor Nubia se encontró atrapada por la lluvia. El ruedo del hábito estaba empapado. La lluvia torrencial había terminado tan pronto como había comenzado y el Sol estaba dando la batalla contra espesas nubes negras. Las calles vacías estallaban de nuevo a la vida mientras la gente salía de portones, paradas de bus y tiendas. Sor Nubia estaba agitada. La necesidad de irse de Bogotá la estaba consumiendo, pero era todavía más problemático que aún no tuviera un plan. Ignoraba cuál era su propósito. Se sentía perdida y totalmente sola y el frío sólo hacía más intensos sus sentimientos de fracaso y desesperación. Sor Nubia volvió a la realidad gracias a una pequeña voz aguda que le ofreció una taza de café.

"La va a calentar de la cabeza a los pies, madre."

Nubia le sonrió a la niña pequeña que tenía enfrente. Su piel morena estaba manchada de mugre, las comisuras de los labios estaban tan agrietadas que habían cicatrizado sobre la sangre seca, el suéter era dos tallas más pequeño, dejando los brazos delgados expuestos al aire frío. Los niños de la calle se daban por supuestos y eran tan comunes como las arepas y los huevos pericos, pero había algo diferente en la pequeña niña.

"Le doy el diez por ciento de descuento si reza por mí, madre," dijo la niña a través de la desdentada sonrisa.

"Rezaré por ti sin el descuento. ¿Cuánto vale la taza?"

"Cincuenta pesos sin el descuento, cuarenta y cinco con."

Sor Nubia puso los cincuenta pesos en las manos sucias de la niña.

"¿Quiere dos caramelos por cinco pesos o cuatro por seis?"

"¿Qué pasa si sólo quiero uno?"

"Le sale a tres pesos."

"¿Qué pasa si quiero el café con el descuento y ocho caramelos?"

Sin pérdida de tiempo la niña respondió,

"Cincuenta y siete pesos."

Sor Nubia le preguntó rápidamente una serie de problemas matemáticos que la niña respondió correctamente cada vez. El juego continuó por media hora y con cada respuesta el corazón de Sor Nubia se agitaba con entusiasmo. Escuchó un silbido a la distancia y se giró hacia él pero cuando volvió hacia la niña ésta corría calle abajo llevando su pesada carga de café y caramelos.

"¿Adónde vas, niña?"

"Mi papi me está llamando, lo siento. No se olvide de rezar por mí, madre."

Sor Nubia la observó desaparecer en la calle húmeda y atiborrada. El Sol atravesó el muro espeso de nubes y por un instante Bogotá irradió su propia luz. El Sol salió para ella. La estaba llamando de vuelta al hogar. A la semana siguiente, regresó al Valle y se instaló felizmente en Buga. En seis meses, Sor Nubia inauguró La Merced, colegio católico privado exclusivo para niñas.

La relación entre Mariana y Sor Nubia se construyó en los campos de juego de La Merced. Pasaban horas en el césped cuando las clases terminaban. Fue allí donde se creó un lazo inquebrantable. El respeto se convirtió en profundo amor en la clase de matemáticas de cuarto grado que dictaba Sor Nubia. Era capaz de hacer que Mariana deseara aprender de nuevo, despertaba sus ansias de saber. Le enseñó a Mariana el secreto para que las letras que la habían eludido reaparecieran como se suponía que debían estar. Le enseñó canciones para que recordara las direcciones de la b y de la d. Le enseñó a dibujar para concentrar su atención. Al final, le dio a Mariana el regalo de vivir en el mundo real.

Mariana miró el reloj. Dos y cuarto. Observó su cuaderno, las páginas estaban en blanco. *Otro día perdido*, pensó. Cerró el cuaderno y lo guardó en el escritorio. Mariana acostumbraba sentirse orgullosa de sus cuadernos meticulosos, eran la razón de su éxito escolar. Desde el cuarto grado había florecido hasta convertirse en la estudiante ideal. Las buenas notas no eran fáciles, trabajaba duro, estudiaba durante largas horas y tomaba notas con minucioso detalle. Los secretos de Sor Nubia habían desatado su inteligencia y disciplina, pero desde que Antonio entró a su vida, era incapaz de concentrarse en nada que no fuera él. Las cosas más sencillas la abrumaban de emoción. Una mariposa detenida en una flor llenaba sus ojos de lágrimas por la belleza de la vida; una canción nostálgica la sumergía en ataques de rabia, pisoteaba y gritaba por el corredor maldiciendo a Dios, porque necesitar a alguien tan intensamente era injusto. Durante las clases miraba por la ventana, dibujaba garabatos o suspiraba incontrolablemente. Sólo pensaba en Antonio.

Mariana salió de clase y aspiró el aire húmedo y cálido. El olor de las empanadas bien fritas flotaba en el aire y las mariposas que habían estado dormidas durante todo el día, despertaron como una venganza en su estómago. El pensamiento de ver los labios de Antonio rodeando el borde de la empanada le causaban olas de excitación que pulsaban por todo el cuerpo de Mariana. Vio que sus hermanas Catalina y Juliana la esperaban en el portón de entrada. Murmuraron las palabras que ella había estado esperando todo el día: "Está aquí." Su respiración se hizo leve. Las manos le temblaron. Las hermanas le dieron un beso de despedida y prometieron quedarse fuera de la vista de Amparo hasta el atardecer. Se fueron corriendo y riendo hacia la dirección contraria. Mariana respiró profundo y cruzó el portón de La Merced. Su mirada se fijó en Antonio. Estaba exactamente en el mismo lugar que cada viernes del mes pasado.

Antonio se recostó contra la endeble puerta de metal. Tenía los ojos cerrados y la cabeza girada hacia el Sol. Mariana lo observó. Era un momento especial; podía tomarse el tiempo y darse el gusto de cada uno de sus detalles. No tenía que preocuparse de parecer demasiado precipitada, demasiado obvia o demasiado desesperada. No tenía que interpretar los roles que se esperaban de ella, en cambio podía admirarlo sin inhibiciones. Los brazos musculosos estaban un poco doblados para que las manos entraran en los bolsillos de los jeans. La camisa amarilla estaba manchada por el sudor del Sol implacable que lo golpeaba. Los labios gruesos relajados en una sonrisa sutil. *Perfección*, pensó. De repente, los pies se le hicieron pesados como bloques de cemento, no podía moverse y así lo quisiera no podía dar un paso. Su cuerpo respondía al deseo de su mente y de su corazón. Mariana deseaba quedarse en ese instante eternamente, detener el tiempo, no tener necesidad de aire, porque respirar significaba que el tiempo estaba pasando y en esos momentos de éxtasis, el tiempo pasaba demasiado rápido. Deseaba alcanzar y capturar el tiempo, doblegarlo, detener su carrera lejos de los momentos de felicidad.

Antonio abrió los ojos y encontró a Mariana mirándolo. La saludó con la mano. Ella echó un vistazo a ambos lados de la calle y la cruzó. El salvaje pelo marrón soplaba en cada dirección mientras ella evitaba charcos, motos y perros callejeros con expertidad. Él no podía quitarle los ojos de encima mientras ella cruzaba la calle sucia. Este era el momento que llevaba esperando toda la semana. Cuando Mariana cruzaba la calle, podía demorarse en su belleza, podía imaginarla como mujer. Antonio imaginaba los muslos sedosos de Mariana rozándose bajo la falda a cuadros. Imaginaba los labios suaves contra los suyos, la lengua entrando en su boca y descubriendo el dulce sabor de ella por primera vez. Respiró varias veces. Mariana estaba a pocos metros y el vacío en el estómago de Antonio crecía más a cada paso. Llegó hasta él. Se sentía sobrecogido por su imperfección, porque en su pelo caótico, su rostro pecoso y su desgraciada nariz, él encontraba la belleza.

· · ·

Antonio notó ligeras gotas de sudor en la frente de Mariana. Lo abrumaba el deseo de besar cada gota, una por una, deleitándose en su sabor. Imaginaba una mezcla de sal y rosas. Sin saberlo Mariana, su ropa, su pelo e incluso su aliento estaban invadidos por el dulce aroma de las rosas blancas y rojas plenamente florecidas en los balcones de su casa. Él acogió su aroma. Su corazón sonaba con el ruido de una tractomula de paso por la Calle Quinta y él estaba seguro de que Mariana podía oírlo. Ella le sonrió y ansió un beso dulce. Él se inclinó hacia ella, Mariana retuvo la respiración y sus labios dulcemente le besaron la mejilla. Era un lento y tierno beso vibrante, pleno de anticipación.

Mariana y Antonio caminaron sobre el puente de La Libertad. El río Guadalajara rugía por debajo de ellos mientras cruzaban. Cada segundo pasado con el otro se sentía como una eternidad envuelta dentro de una bala que se moviera a la velocidad de la luz. Una caminata que tomaba normalmente diez minutos, se alargaba a más de una hora. Sin darse cuenta, Mariana y Antonio serpenteaban hacia atrás y hacia delante constantemente cuando cruzaban la calle. Deambularon por el Parque Cabal y se detuvieron a comprar una chocolatina jet a la mujer desdentada, cigarrillos sueltos al niño que siempre quería un poco más para los libros de la escuela y la temida taza de tinto que los devolvía brutalmente a la realidad, porque la vieja tienda de Don Julio quedaba a escasos diez pasos del portón de la casa de Mariana.

Mariana y Antonio sabían que ojos entrometidos seguían cada uno de sus movimientos, oídos fisgones escuchaban cada una de sus palabras y lenguas chismosas estaban siempre listas para contarle a Amparo cualquier indiscreción. Nada deseaban tanto como privacidad para reír libremente, compartir secretos y confesar temores y sueños. Sabían que la privacidad era una realidad bastante improbable, sin embargo lograban compartir breves instantes de intimidad sin que las almas entrometidas y fisgonas de Buga se dieran cuenta.

Mariana y Antonio desarrollaron un lenguaje clandestino del amor. Antonio se rascaba la rodilla, clave para que Mariana se acercara más a él cuando caminaban. El dedo meñique cruzaba el abismo de deseo buscando desesperadamente a Mariana, cualquier parte de su cuerpo angelical, las medias, la pantorrilla, incluso la rodilla era mágica. Cuando la había encontrado, el dedo la acariciaba en pequeños y suaves círculos. El ardiente deseo era satisfecho sólo por un instante, porque inevitablemente alguien bajaba la calle, sacaba la cabeza por la ventana o conducía de camino a la iglesia, forzando a Mariana a alejarse de él. La separación nunca duraba mucho.

Cuando cruzaron la calle, Mariana, con un simple movimiento de pelo, le dijo a Antonio lo que quería. Caminaron por el andén y Mariana se detuvo en la sombra de un balcón blanco con acentos de madera oscura. Se quejó del calor. Giró hacia la calle abanicándose el rostro. Con rápidos movimientos de los dedos, creó una cortina negra con sus bucles. Antonio se acercó a la negra cortina y rozó con ternura su frente, entre los hombros. Mariana temblaba de anhelo desde la médula. Antonio suspiró para evitar estallar de deseo. Su exhalación encontró camino entre el cuello blanco de la camisa, envolvió su espalda y se quedó en los senos inexplorados. Cada uno se sostuvo en completo y tormentoso silencio, ambos amando y detestando el tormento y su perpetrador. El deseo ansioso ensordecía los pitos, los ladridos de los perros, las carretas tiradas por caballos que los circundaban. Ambos sentían que iban a estallar, pero ninguno dijo palabra porque soltar un sonido rompería el hechizo del deseo. Finalmente, Mariana incapaz de contenerse más cruzó la calle. Antonio la siguió. Vio cómo se balanceaba la falda de lado a lado de sus caderas. Imaginó sus manos toscas envolviendo las caderas suaves y delgadas. Sus ojos observaron a lo largo de la espalda. Se preguntó qué color de brasier tendría. Imaginó un brasier blanco deslumbrante con encaje translúcido con los pezones rosados asomados. El vacío en su estómago se hizo más profundo y se ató en fuertes nudos. Sus ojos se detuvieron en la nuca de Mariana, había gotas brillantes de sudor bajo el Sol radiante. Una gota le resbaló por el cuello. Antonio imaginó que se deslizaba por el hombro, recorría la espalda hasta desaparecer en la ropa interior blanca de encaje. Antonio no deseaba más que ser esa gota de sudor.

De reojo vio la tienda de Don Julio, el corazón rugió en su pecho. No podía dejar a Mariana, no ahora, no así. Sin pensarlo, la cogió de la mano y la atrajo hacia un callejón. Mariana no se resistió, estaba deleitada por su audacia, por su coraje, por su virilidad.

El callejón se retorcía entre las partes traseras de dos casas. Allí, entre botes de basura y paredes desconchadas, Antonio y

Mariana se perdieron en el otro. La empujó hacia la pared, a un rincón desde donde eran invisibles para todos. Miraron en los ojos del otro y cada uno aceptó, cada uno supo que este momento era una encrucijada para ambos. Ese momento lo cambió todo. Los dedos de Antonio acariciaron el rostro de Mariana. Dejó que las yemas de sus dedos descubrieran cada curva. Sus dedos trazaron la línea externa de los labios en forma de corazón. Estaba cautivado por su imperfecta perfección. Las manos le temblaban mientras volvían de la nuca de Mariana. La acercó lentamente, ella cerró los ojos.

Mariana se perdió en el calor de los labios de Antonio. Sintió que estaba en el vasto océano balanceándose y serpenteando entre olas que estaban al borde de consumirla. Su mundo giró cuando la lengua de Antonio entró en su boca. Sabía a mango dulce y ella se sintió abrumada por la urgencia de devorar miles de mangos. Deseaba llenar su cuerpo con esa carne dulce y fibrosa, deseaba que su jugo le resbalara por las manos, deseaba desgarrar y masticar su piel elástica. Las rodillas se le doblaron. Antonio la tenía entre sus brazos. La acercó más todavía, explorándola, descubriéndola, saboreando a Mariana con su lengua por primera vez. Antonio apretó a Mariana contra su cuerpo, sintió los pezones endurecidos a través de la camisa. La tomó de las caderas y la atrajo hacia sí. Mariana era arcilla en sus manos, como quiera que la moviera o volteara, su cuerpo casaba perfectamente con el de Antonio. Las manos de él se deslizaron bajo su falda y con sigilo treparon por los muslos. Mariana recostó la cabeza en el muro agrietado tras ella y miró el cielo. Estaba a la deriva en un océano de deseo y sabía que sólo Antonio podría salvarla. Los dedos de Antonio lograron entrar en ella. Conoció su humedad, empujando hacia el interior, entró más profundamente en su olor de mujer. Mariana quería más. Deseaba estar llena de él. Como si los deseos de Mariana fueran susurrados a oídos de Antonio, él le cargó las piernas y rodeó la cintura. Ella estaba asustada y excitada por el animal que vivía en él. Sabía que el delgado pedazo de algodón que impedía a Antonio entrar en ella, no la protegería por mucho tiempo. Las manos de Antonio palpaban a tientas, quitó la ropa interior del camino. Mariana estaba totalmente expuesta, abierta y esperando ser explorada.

Antonio miró los luminosos ojos marrones de Mariana. Sintió que su mirada penetraba las profundidades de su alma y entonces perdió el impulso. Así no era como debía ser. En un callejón, de pie, contra una pared resquebrajada a mediodía, incapaz de disfrutar la vista del cuerpo desnudo de Mariana. En el momento de duda, Antonio buscó guía en Mariana. Ella asintió con la cabeza.

● ● ●

El calor entre las piernas de Mariana lo invitaba a entrar. Entró con lentitud, con precaución y la llenó de amor. Su amor desgarró a Mariana. Sintió que se partía por la mitad. A cada empuje, un pequeño estallido de agonía. Sufrió en silencio. Fue el primero de tantos momentos dolorosos en su vida que soportaría sola.

Los jadeos de Antonio se entrelazaban con los gemidos acelerados de Mariana creando una sinfonía de placer y dolor. Perdidos en el descubrimiento de sus cuerpos, no se dieron cuenta del perfume de rosas que los rodeaba. Las gruesas paredes de adobe que dieron a Antonio y Mariana privacidad, no podían contener el perfume de rosas. El dulce aroma flotó desde el callejón, llegó a las calles e invadió parques, cocinas y alcobas por todo Buga. El perfume de rosas despertó la pasión de parejas letárgicas, ex amantes furiosos y la curiosidad de completos desconocidos. La gente inundó la calle buscando a esa persona que colmaría el aplastante deseo. El perfume de rosas crecía en intensidad con cada pareja que se deslizaba en los armarios, detrás de los árboles o se devoraba bajo las sábanas. Por un breve momento, Buga se transformó en un concierto de pasión. Inspirado, sin saberlo el pueblo, por dos amantes prohibidos que habían hecho el amor por primera vez en un callejón decrépito.

Mariana deshizo el abrazo de sus piernas entorno a la cintura de Antonio. Sus pies tocaron el suelo pero no se sentía sólido bajo los zapatos. Se sentía como si se estuviera hundiendo en la orilla del Río Cauca. Cerró los ojos y trató de convencerse de que no estaba desapareciendo en las aguas fangosas. Con cada respiración trató de sentir el suelo firme bajo sus pies. Cada sonido estaba amplificado. Su respiración era tan alta como el ruido del camión rojo de su padre cuando recorría las carreteras polvorientas de los campos de caña de azúcar en El Arado. El sonido del broche del cinturón de Antonio mezclado con su pesada respiración, doblaron las rodillas de Mariana con desesperación. ¿Qué había hecho? Se había entregado a Antonio sin resistencia, en un callejón, de pie. Sería recordada como la chica del callejón. La vergüenza le invadió el corazón. Deseaba permanecer tras los ojos cerrados por siempre. Deseaba desaparecer en esa oscuridad y no volver a ver a Antonio nunca más.

Los sonidos crecieron más ruidosos a su alrededor. Las respiraciones de Antonio y Mariana se mezclaban con los grifos abiertos de los hogares que los rodeaban, los radios que crujían salsa, cumbia y las noticias de los innumerables asesinatos en el campo. El sonido se amplió en crescendo. Mariana estaba al borde del colapso. Su respiración era leve y estaba débil por el dolor de tener a Antonio dentro de ella. La voz de Antonio, profunda y áspera, emergió entre la locura y logró llegar dulcemente a sus oídos. Su voz tierna susurró: "Te amo". Mariana abrió los ojos y las miradas se encontraron. Ella trató de decir "te amo" de vuelta pero nada salió. Lo intentó otra vez pero su voz le falló. Antonio sonrió. La besó muy dulcemente, ajustó su camisa y la cogió de la mano cuando salieron del callejón.

El aroma de rosas los siguió, pasó con ellos la tienda de Don Julio y continuó con ellos los últimos diez pasos hasta el portón de la casa de Mariana. Se besaron las mejillas y se detuvieron con placer en el profundo olor a tierra de los cuellos. Antonio se separó de Mariana. Le acarició la mejilla con los dedos al decir adiós. Mariana se recostó en el portón. Lo observó caminar lentamente por la calle adoquinada. Tan pronto como estuvo fuera de vista, las hermanas cruzaron la esquina justo como lo habían planeado.

Mariana entró a la casa y con ella el perfume de rosas penetró cada grieta a su alrededor. Amparo salió de la cocina. Mariana pasó por delante de su madre y murmuró un casi inaudible "hola". Se había convertido en la forma de saludo acostumbrada en las últimas semanas. Al principio, Amparo estaba martirizada por la frialdad de la voz de Mariana, pero a medida que pasaron las semanas, se acostumbró a la indiferencia de Mariana. Sin esperar realmente una respuesta, Amparo preguntó a Mariana por el colegio. Mariana pasó derecho sin decir palabra. Avergonzadas por su madre, Catalina y Juliana la saludaron con besos y desaparecieron en sus cuartos. Amparo se quedó de pie, su furia silenciada, insegura de qué hacer o decir. Mariana tiró la puerta tras de sí y el aroma de rosas estalló hasta Amparo.

Amparo había olido esa misma dulzura temprano en la

tarde. Era el mismo olor que la había despertado de la siesta con un ardiente deseo que no había sentido en años. Era el olor que la había tenido dando vueltas en su alcoba como un animal rabioso. Era el aroma que la había inspirado a mirar su cuerpo desnudo en el espejo, a aventurarse a acariciar su cuerpo de maneras que sólo le había permitido a Hernando. Era el mismo olor que le había permitido escapar de su vida deprimente para encontrar unos segundos de éxtasis en soledad, bajo las sábanas, apaciguado el cuerpo sudoroso por la brisa refrescante del Río Guadalajara.

Amparo se encorvó con desesperación al darse cuenta del significado del perfume de rosas. Durante las últimas semanas, había estado deleitada por la belleza con que las rosas del balcón habían florecido. Había llamado a vecinos maravillados con la belleza de los rojos profundos y rosados, estaban impresionados por el tamaño y por sobre todo, todos estaban conmovidos por el aroma glorioso que desprendían las rosas. Ella nunca puso en duda que las rosas resplandecientes debían su magnificencia a sus tiernos y amorosos cuidados. Sólo cuando el aroma de rosas persistió con fuerza desde la puerta de Mariana, se dio cuenta de que no era su fastidioso cuidado el que hacía gloriosas a las rosas. Eran los ojos llenos de amor de Mariana, su corazón en adoración, lo que daba a las rosas el propósito para florecer, para crecer, para vivir. Las rosas ya no existían sólo en nombre de la belleza. Ahora las rosas vivían porque llevaban el testimonio de un amor prohibido.

Amparo se sentía derribada por la apabullante realidad de lo que Mariana había hecho. La rapidez y la discreción eran necesarias para desatar el nudo en el que Mariana se había atado tan estrechamente.

TRES

Mariana agarró el florero al lado de su cama y lo arrojó al otro lado de la habitación. Se quebró en cientos de pedazos. Sostuvo la respiración, impresionada por su propia audacia. Agua mezclada con trozos de porcelana cubrían el cuerpo de Amparo. Ésta soltó la chapa de la puerta y lentamente se dirigió hacia Mariana. Se miraron fijamente. Las mandíbulas apretadas de Amparo le inflaban las mejillas. De niña, cuando veía las mejillas infladas de su madre, Mariana sabía lo que venía a continuación: Pasos rápidos por el corredor, el chillido agudo de la puerta del armario de su madre al abrirlo, el duro chasquido del cinturón de cuero en sus manos, las súplicas de perdón del hijo culpable, Amparo arrastrando al hijo hacia su habitación, gritos escalofriantes del niño, de la madre, el pesado golpe del cinturón contra el trasero desnudo.

Mariana temía a muerte la mirada feroz de su madre. Las mejillas estaban más infladas que nunca, pero Mariana no permitió que Amparo supiera cuán atemorizada se sentía. Amparo se acercó un paso.

"No te acerques, te lo advierto, si te acercas te saco los ojos."

Cegada por la furia, Amparo calculó mal, interpretó el control en la voz de Mariana como una señal de debilidad. Se abalanzó sobre su hija como una pantera sobre su presa. Cogió a Mariana del pelo y le cruzó una cachetada. Mariana, sumergida en la rabia, agarró las manos de su madre y la aventó sobre la espalda. La furia de Amparo se trasformó en pánico en el instante en que Mariana se le sentó encima. Perdió la fuerza entre los brazos de su hija. Mariana, sobrecogida de ira y despecho, perdió todo sentido de control.

Sujetó a su madre en la cama. Se sentó en el pecho de Amparo e inmovilizó sus brazos con las rodillas. Amparo trató de golpear y arañar un camino de salida pero no encontró manera. Mariana había superado el poder de su madre con facilidad. La agarró del pelo y haló su cabeza hacia atrás. A unos centímetros de su madre gritó con toda la fuerza de sus pulmones:

"¿Por qué lo mandaste tan lejos? A Los Llanos, a Los Llanos de mierda. ¡No lo voy a volver a ver!"

Amparo trató de responder pero Mariana no paraba de gritar.

"¡Cállate! ¿Por qué no quieres que sea feliz? Sólo porque eres una desgraciada, quieres que todos seamos desgraciados. ¿Por qué crees que papi se va todos los fines de semana? ¿Por qué se fue Esperanza? ¡Porque es horrible estar a tu lado, todos te odiamos! ¡Te odio! ¡Te odio! ¡Te odio!"

Mariana colapsó en llanto sobre su madre, sollozaba incontrolablemente. Amparo no se podía mover. Estaba aturdida por las palabras de su hija, el corazón destrozado por su crueldad. Su mente viajaba veloz buscando cómo explicarle a su hija que la ida de Antonio a Los Llanos era lo mejor que podría pasarle. Sí, era cierto que Amparo esperaba que la gran distancia entre ellos pusiera fin a esa ridícula relación, pero nunca quiso herir a Mariana. Todo lo contrario, sólo quería ayudarla. Sólo trataba de salvarla.

Amparo había pasado horas pensando en el plan perfecto que causara a Mariana la menor cantidad de dolor, pero lograra la meta de sacar a Antonio de la vida de su hija. Durante largas noches de insomnio creó varios planes para separar a Antonio de Mariana, algunos más extremos que otros. Jugó con la idea de mandar a Mariana a un convento en Argentina donde vivía una prima lejana, pero la sola imagen de Mariana siendo monja le estremecía la columna de dolor. Había considerado usar sus conexiones con el gobierno para hacer arrestar a Antonio por un crimen menor, pero no podía vivir con la idea de enviar a un inocente a la cárcel. Pagarle a Antonio para que se fuera del Valle fue algo que contempló con seriedad, pero el éxito del plan dependía demasiado de Antonio, así que descartó la idea con rapidez. La inspiración le llegó una noche extraordinariamente caliente y húmeda. Como se había vuelto su costumbre, dio vueltas y vueltas en la cama por horas. Frustrada ante los pensamientos incesantes, salió al balcón y se sentó en su mecedora favorita. Recostó la espalda sudorosa contra la dura y fría silla y miró a la Luna. Perdida en su encanto, nació el momento de inspiración de Amparo.

Antonio necesitaba un trabajo. Fue lo primero que le dijo cuando se conocieron. Hernando Andrés estaba contratando hombres en los Llanos para arrear ganado en el nuevo negocio que estaba emprendiendo. La oportunidad no podía ser más perfecta. Ir a los Llanos era como ir a otro país. Antonio y Mariana nunca se volverían a ver. Si tenían suerte, una de cada veinte cartas escritas llegaría a las manos del otro. El corazón de Amparo latía con emoción.

La noche siguiente, cuando Hernando Andrés estaba preparándose para dormir, Amparo abordó el tema.

"Mi amor, ¿disfrutaste el juego de tenis de Cata?"

"Está jugando muy bien. Mucho mejor que la última vez."

"Sabía que te gustaría verla jugar antes de irte. ¿Cómo está todo en los Llanos?"

"Bien, ya contratamos a todo el mundo. Estamos en plena forma."

"Quería hablarte de contratar a alguien."

"Amparo, ya no voy a hacer más favores. La última vez que contraté a alguien por un favor fue…"

"No es para mí, es para Mariana."

"¿Para Mariana?"

"Te dije que era serio. Te dije que necesitaba tu ayuda pero lo único en lo que pudiste pensar fue en El Arado y el trabajo. Habríamos podido hacernos cargo de todo entonces."

"¿Qué está pasando con Mariana?"

"Hay un hombre muy interesado en ella. Cree que está enamorada de él y si no hacemos algo al respecto va a hacer algo estúpido. Estúpido y serio."

"¿Cómo se llama?"

"No lo conoces. Es un hijo de pescador."

El mundo de Hernando Andrés se silenció. Los labios de Amparo se movían pero no podía escuchar las palabras. El amor era difícil de captar para Hernando Andrés porque no se podía comprender a través de la observación científica. El amor era algo que no podía diseccionar para ver cómo funcionaba y volverlo a armar como los teléfonos de su infancia o como los aviones con los que soñaba constantemente. No podía pesarlo, empacarlo y enviarlo lejos como el azúcar con la que estaba obsesionado. Como era incapaz de entender el amor, lo evitaba. Lo encontraba innecesario, una distracción tonta que creaba más problemas de los que valía. Hernando Andrés deseaba que Mariana fuera feliz. Sabía que ella era más simple que Esperanza, menos inclinada a complicaciones y exageraciones que Juliana, no tan hermosa como Catalina y más disciplinada que Diego y Mario Andrés juntos pero a pesar de sus particularidades, sabía que su hija estaba destinada a ser algo más que la esposa de un hijo de pescador. Levantó la mano para acallar el parloteo sin sentido de Amparo.

"Mándalo a los Llanos."

El ruido detestable del teléfono rebotó en las paredes de cemento a la vista del hogar de Antonio. Su madre estaba en la cocina, observando cómo su delicioso pan de bono se coloreaba de claro marrón dorado en el pequeño horno usado. Antonio gritó desde su cama.

"Ma, ¿puedes contestar?"

"Tú ya sabes que no pierdo mi tiempo contestando el teléfono. Nadie me llama. Siempre te llaman a ti."

Antonio se arrastró fuera de la cama, los ojos entrecerrados, el martilleo en la cabeza de la salida de la noche anterior.

"Aló."

"Aló, ¿puedo hablar con Antonio por favor?

"Sí, con él. ¿Quién es?"

"Amparo Azcárate de Cabal."

"Oh, buenos días, señora Amparo."

"Buenos días, Antonio. Necesito que venga a mi casa hoy. Es muy importante."

"¿Está todo bien?"

"Bueno, eso dependerá de usted. Lo veré después de almuerzo."

El teléfono murió. El corazón de Antonio galopaba. ¿Qué

podía querer Amparo de él? Esto no podría ser bueno. ¿Era posible que alguien lo hubiera visto desaparecer en las casuchas donde las mujeres daban sus cuerpos a los placeres fugaces de los hombres? Antonio era siempre discreto cuando buscaba mujeres. A diferencia de la mayoría de sus amigos, siempre iba solo. Nunca alardeaba de los secretos que las mujeres compartían con él. Era gentil y respetuoso con los cuerpos desnudos que encontraba en sábanas marchitas. Fue la lección que le enseñó su padre en la primera noche que lo introdujo a los placeres de una mujer. Expulsó el pensamiento de su mente. Era imposible que Amparo supiera nada acerca de sus excursiones nocturnas.

Antonio se sentó a esperar pacientemente a Amparo. La amplia casa estaba libre de hijos, lo que le daba al silencio un tinte de inquietud. Tamborileó en la pierna con ansiosa anticipación. Había llegado después del almuerzo como había pedido Amparo, pero Dandeley le había dicho que debía esperar durante una hora hasta que Amparo terminara su almuerzo, puesto que había decidido comer más tarde que cualquier día. Esperó por más de una hora hasta que Amparo anunció su llegada con el taconeo sobre el suelo de mármol. Antonio se puso en pie cuando ella entró a la habitación.

"Espero que no haya tenido que esperar mucho."

"No señora, para nada."

"Bien. Dígame Antonio, ¿ya encontró trabajo?"

"Como mencioné anteriormente estoy en un proceso de expansión."

"Antonio, por favor. Guarde sus historias para Mariana, que sabe muy poco del mundo, conmigo no van a funcionar, se lo aseguro. ¿Tiene trabajo?"

"No, señora, no tengo."

"¿Sus intenciones para con Mariana son serias?"

"Sí, por supuesto. La amo."

"¿Amor? ¿De verdad? En ese caso, dígame cómo va a proveer para ella."

"Bueno, cuando empiece a expandir mi negocio, puedo comenzar a ahorrar y con el tiempo podré darle a Mariana todo lo que necesite."

"¿Todo? Darle todo con su pequeño negocio puede tomar un largo tiempo."

"Sí, es posible."

"Usted no conoce muy bien a Mariana, ella no es muy paciente. Odia esperar. Nada más esperar para verlo cada semana es horriblemente doloroso para ella. Así que esperar hasta que usted pueda darle todo, bueno, no creo que sea capaz de esperar tanto. Pero por suerte para usted, tengo la solución."

"Apuesto a que la tiene."

"Mi marido está comenzando un nuevo negocio ganadero y está buscando ayuda para arrear el ganado. La paga es buena porque el trabajo es duro."

"¿Dónde es?"

"En los Llanos. Debe comprometerse por seis meses. No podrá venir durante ese tiempo. Hernando Andrés tampoco vendrá. Estará trabajando a su lado día tras día, lo que puede ser bueno o malo. Todo depende de usted."

"¿De cuánto es la paga?"

"Tendrá que discutir eso con mi marido."

"No, creo que es mejor si lo decidimos de una vez. Esta oportunidad no viene de la generosidad de su corazón, eso lo sé. Seamos honestos, no se trata tampoco de ayudar a Mariana. Usted está haciendo sus apuestas, espera que el tiempo y la distancia hagan lo que no ha sido capaz de hacer. Entonces subamos las apuestas. No quiero que me paguen un solo peso mientras estoy allá. En cambio, cuando vuelva, si me caso con

Mariana, quiero una casa. Una casa en la que podamos comenzar una familia."

El silencio en la sala era ensordecedor. Amparo lo miró con odio. Antonio le devolvió la mirada con la promesa de un futuro.

"Bien, pero tendrá que salir hoy mismo. Le haré saber a Mariana que usted se ha ido."

"Asegúrese de darle mi amor."

El cuerpo de Mariana temblaba mientras ella gritaba encima de Amparo. Había charcos de lágrimas y mocos en el pecho de Amparo. Deseaba abrazar a su hija pero temía hacerlo. Temía que Mariana la golpeara de nuevo o, peor aún, que perdiera la razón y jamás la volviera a encontrar. Pensó que lo mejor sería dejarla sola. Amparo se deslizó fuera de la prisión temblona del cuerpo de Mariana. Mariana no luchó. Su cuerpo se aflojó y se enrolló hacia un lado. Acercó las rodillas al pecho y las abrazó llorando.

Amparo se detuvo en el borde de la cama de Mariana y por un breve momento se arrepintió de haberle causado tanto dolor a su hija. Amparó observó a Mariana quebrada de pena y recordó su propio corazón roto y el insoportable dolor que vino con él.

Amparo tenía apenas catorce años pero el corazón roto casi la mata. Se enamoró perdidamente de un chico llamado Camilo. Era inteligente, amable, aventurero y, por sobre todo, adoraba el suelo que pisaba Amparo. La relación amorosa fue tan inocente como su juventud. Nunca fueron más allá de unos pocos besos que le robó en los recovecos de la casa. Pero con cada beso Amparó se enamoró más y más profundamente.

El sueño de Camilo era viajar por todo el mundo. Deseaba aventurarse hasta los rincones más lejanos y perderse allí. A los dieciséis había viajado a los oscuros rincones de la selva, a las montañas más altas de su tierra y a los remotos desiertos de La Guajira. Amparo amaba su espíritu libre y se había acostumbrado a sus adioses.

Sólo siete días después de su último adiós, Camilo perdió la vida como innumerables colombianos, asesinados a manos de sus propios compatriotas. La guerra entre Liberales y Conservadores creaba ríos de sangre a lo largo de los campos. La tierra fértil de Colombia estaba empapada por la sangre de los más de doscientos cincuenta mil colombianos asesinados en la pesadilla de La Violencia. La Violencia encadenó y retorció cada departamento, cada ciudad y cada pueblo de Colombia en nudos salvajes de violencia que hacían erupción sin causa, sin lógica y sin un gramo de humanidad. La venganza ciega era el combustible del baño de sangre. Los tronos del poder estaban sumergidos en sangre. Terratenientes codiciosos y sucios políticos se convirtieron en salvajes, purgaron de asesinatos sus posesiones terrenales, dejando tras de sí únicamente esqueletos en tumbas sin lápida para ser encontrados por las generaciones futuras que lucharían sus propias guerras sin final.

Los siete días de camino solitario por las carreteras perdidas de Colombia, llevaron a Camilo a una carretera silenciosa entre los cañizales. Se detuvo abruptamente a mitad de paso y observó el más hermoso atardecer en el que hubiera puesto los ojos. El cielo estaba salpicado de rosados y violetas, las nubes dispersas bañadas en un brillo naranja iridiscente. Se maravilló cuando el Sol se escondía tras las montañas. Estaba tan extasiado por la perfección de Dios que no escuchó al grupo de hombres que se fue acercando entre los campos de caña.

Los hombres estaban alborotados tras la larga jornada de trabajo que quebraba sus espaldas bajo el Sol antioqueño, apaleador e implacable. Los hombres sabían que Camilo no era de allí por la forma en que observaba el cielo. Los lugareños estaban acostumbrados a las salpicaduras de color a través del cielo; los de fuera siempre quedaban hechizados. Los hombres sobrepasaron a Camilo. Él saludó con el sombrero a los hombres de su país y siguió caminando hacia el norte.

Segundos después los hombres abatieron a Camilo. Era alguien de fuera, lo que indicaba sin equívocos que pertenecía al otro lado. Los gritos desgarradores de un joven agonizante destrozaron la tranquilidad del crepúsculo. Lo agarraron y halaron de los brazos, las piernas, de cualquier parte del cuerpo que pudieran apresar. Camilo luchó con toda la fuerza de sus dieciséis años, pero no era contendor para los diez hombres que despedazaban su cuerpo trozo a trozo.

Para el momento en que los hombres arrastraron a Camilo hasta el Río Cauca, éste estaba al borde de la inconsciencia. La sangre le brotaba de la nariz, la boca estaba llena de sangre y polvo, los ojos hinchados por oscuros moretones que le cubrían la cara.

"Pedazo de mierda conservador, vas a ver lo que le hacemos a la gente como tú."

Camilo sonrió. Estaban en lo cierto, su padre era conservador, pero a la edad de dieciséis jamás había votado. Un golpe en la cabeza detuvo sus pensamientos. El cuerpo de Camilo se aflojó. Estalló el caos. Los hombres se gritaban entre ellos. No querían que Camilo muriera, no todavía. Deseaban marcar su muerte de una manera especial, única, deseaban que ese día fuera recordado.

Un hombre desdentado y gordo sacó su machete y lo raspó en el suelo. Las chispas destellaban al limar el machete para la decapitación que seguía. A un hombre, el cigarrillo colgando de los labios, se le llenaba de agua la boca al pensar en matar al chico con el corte de mica. Saboreaba el momento en que sujetaría el cuerpo del muchacho mientras el hombre gordo lo decapitara de un solo tajo en picada. Su parte favorita era poner la cabeza decapitada del joven en su pecho mientras brindaban por todos sus compatriotas asesinados sin piedad a manos de los conservadores. Los hombres ya se habían cansado del corte de corbata; que requería cortar a lo largo del cuello y sacar la lengua por entre la carne desgarrada. Era demasiado sucio para disfrutarlo. Inevitablemente la sangre salpicaba hacia todas partes cuando los hombres agarraban la lengua y la halaban a través de la incisión. Los hombres anhelaban algo nuevo. Un anciano de pelo blanco preguntó:

"¿Está vivo todavía?"

Buscaron el pulso de su corazón. De milagro, aún latía. El anciano sacó un puñal del bolsillo.

"¿Cuántos cortes creen que se necesitan para que este cabrón hijueputa se desangre hasta la muerte?"

Los hombres rugieron con emoción. La excitación no hacía más que crecer con cada corte que sufrió el cuerpo de Camilo. Les tomó quinientos cuarenta y cuatro cortes en cada parte concebible del cuerpo de Camilo lograr que su corazón dejara de latir. Cuando dejaron el cuerpo desnudo de Camilo a la orilla del río, el anciano rió,

"Todos esos cortes lo hacen ver como el bocachico que comí anoche."

"¡Pues creo que lo acabamos de bocachiquiar!" dijo el gordo, los zapatos empapados de sangre.

Fue allí, una noche hermosa y calma, a la orilla del río, que una de las muertes más violentas de Colombia nació. Ser *bocachiquiado* era peor que la muerte misma.

La noticia de la muerte de Camilo viajó por las plantaciones de café, a lomos de caballo y rebotó de chiva en chiva hasta que fue por fin susurrada a oídos de su padre. A la familia le ahorraron los detalles más violentos de la muerte, pero como tantos otros antes de Camilo, su padre juró vengar el asesinato de su hijo. Tras el funeral, tomó camino armado de una pistola y un machete para matar a cuanto liberal encontrara. Encontró veinticuatro liberales antes de ser asesinado con el corte de mica.

Amparo estaba en la cocina cuando supo las noticias. Tan pronto como fueron pronunciadas las palabras: "Asesinaron a Camilo", su mundo oscureció. Ochenta años más tarde, en el lecho de muerte, Amparo todavía podía recordar el dolor de su corazón roto. Recordaba cómo la pesadez invadió su cuerpo, cómo costaba tanto respirar que ella apenas lo lograba. Recordaba cómo se sentía su corazón al bombear sangre llena de esquirlas de vidrio a lo largo de su cuerpo.

Amparo mandó lejos el recuerdo de Camilo. Recordar semejante dolor no le servía de nada ahora mismo. Con ternura puso la mano sobre la pierna de Mariana, que temblaba bajo las sábanas. Entendía las lágrimas de Mariana, sin embargo no ignoraba que las lágrimas se secan eventualmente y los corazones cicatrizan; quizás nunca quedan tan perfectos como fueron algún día, pero son capaces de volver a amar. Si Amparo había logrado sobrevivir, también lo haría su hija. Mariana retiró la mano de Amparo. Entre sollozos Mariana murmuró:

"Vete... por favor, sólo vete..."

La puerta de la habitación se cerró tras Amparo. Mariana se estaba ahogando en el aplastante silencio de la soledad.

Mariana estaba perdida en su pena. En el colegio, las clases eran rostros y voces borrosos que no tenían sentido. El mundo continuaba su movimiento hacia delante, pero ella pensaba únicamente en Antonio. Estaba obsesionada con él. ¿Qué hacía mientras ella observaba números en el tablero? ¿Con quién estaba mientras ella era obligada a sentarse a la mesa a cenar con su familia? ¿Pensaba en ella como ella pensaba en él? Las mismas preguntas giraban en círculos en su mente sin que pudiera encontrar respuesta. Cada día esperaba por cartas que no llegaban. Días de dolor se convirtieron en semanas de tortura. El tiempo y el silencio estaban enloqueciendo a Mariana. Dejó de hablar con sus compañeras de curso. Sus vidas le parecían triviales. Estaban preocupadas por los resultados de los exámenes y por lo que este chico o aquel pensaba de esa chica. Mariana estaba luchando por sobrevivir, por su futuro, por sus razones para vivir. Los días parecían largas jornadas sumidas en la noche. Su único respiro era retirarse en la colina de césped donde años antes Evalina le había dado confianza.

El rocío de la mañana impregnó la camisa blanca de Mariana, acostada de espaldas con la vista hacia el límpido cielo azul. Tal como cuando era niña, el mundo a su alrededor desapareció. Encontró la calma quieta de sus pensamientos, una pausa ligera para su corazón roto. Fue allí, entre el verde césped y el Sol espléndido que revivió cada momento pasado con Antonio, cada conversación, cada beso. En cada momento buscaba las respuestas a las preguntas que la mantenían despierta en la noche. ¿Por qué se había ido tan fácilmente? ¿Cómo había podido irse sin siquiera decir adiós? ¿De verdad la amaba?

La fe de Mariana en Antonio fue restaurada paso a paso. Se dio cuenta de que Antonio se había ido para probar su valor ante su padre, su madre y, en algún sentido, también ante Mariana. Antonio sabía que provenía de fuera, que no era bienvenido en su mundo. Sabía que tenía que demostrarle a Hernando Andrés que Mariana estaría segura entre sus brazos. Antonio también sabía que si se ganaba a Hernando Andrés, Amparo no tendría más opción que aceptarlo dentro de la familia. La única manera de ganarse la aprobación de Hernando Andrés era trabajando con él hombro a hombro, bajo el calor terrible y las condiciones insoportables de los Llanos. Estaba segura de que él conocía los riesgos a los que se enfrentaba al partir. La distancia era una manera de darle la vuelta a las relaciones hasta que eran imposibles de reconocer. Mariana encontró consuelo en el hecho de que Antonio tenía tanta fe en su relación que irse a los Llanos era un riesgo que estaba dispuesto a correr para lograr la aceptación de la familia Cabal.

En la seguridad del césped de la loma, Mariana supo que el silencio de Antonio era en realidad un grito de batalla. Con el silencio le pedía a Mariana que lo buscara. Si lo quería, tendría que encontrarlo. Tendría que luchar por él. Tendría que encontrar una vía que esquivara a Amparo.

Sor Nubia se sentó al lado de Mariana. Tomó la mano entre las suyas.

"Mi querida Mariana, mi corazón pesa con tu dolor. ¿Cómo te puedo ayudar? Dime cómo puedo quitarte ese dolor."

Mariana miró los ojos de cristal azul de Sor Nubia y encontró en ella un espíritu afín. *Señal de Dios*, pensó para sí.

Mariana le contó a Sor Nubia de la crueldad inmensa de su madre, de las noches sin descanso, del nudo firme en su pecho que nunca se soltaba, sin importar lo que hiciera. Sor Nubia no había mentido en más de treinta y siete años. Aborrecía la mentira pero permitía una excepción. Sabía que el amor algunas veces requiere de mentiras, una mentira por amor era admirable, a veces necesaria y podía ser revolucionaria.

Durante los últimos treinta y siete años, Sor Nubia había consagrado cada porción de su alma a Dios, pero el camino de su devoción había estado lleno de retenes, accidentes y desfiladeros. Los abismos habían sido dejados por un joven al que amó alguna vez. A los diecisiete se enamoró de Gilberto. Era alto, de piel morena color chocolate y hermosos ojos color miel. Los detalles de la historia de amor estaban guardados en la parte de atrás de los recuerdos. El tiempo los había deformado en imágenes medio reales que todavía tenían el poder de hacer temblar de deseo la tierra bajo sus pies. Gilberto entró a su vida por accidente, pero una vez allí ella nunca lo dejó ir. Se agarró a él como la tinta al papel. Se enamoró de sus ojos porque le recordaban la dulzura de la miel.

Miles de mentiras fueron dichas para que Nubia pudiera pasar tiempo con Gilberto, pero una sola mentira bastó para que la enviaran al convento. Había bloqueado los detalles de su mente. Sólo recordaba mirar la mano de Gilberto, que se movía sobre su vientre y sujetaba suavemente sus senos. Recordaba los pezones endurecidos deslizándose entre los dedos y el fuego entre las piernas que se extendía hacia el vientre. Recordaba el estruendo de una puerta al abrirse, gritos a su alrededor, cosas rompiéndose en las paredes, manos que halaban y la empujaban lejos, lágrimas. Recordaba montones y montones de lágrimas y luego silencio.

Nubia encontró a Dios en silencio. En Dios encontró el amor que buscaba en Gilberto, encontró el amor que su madre nunca le dio y encontró el amor que deseaba dar a otros. Sor Nubia sintió que el amor de Mariana era puro, honesto y que merecía luchar por él. Abrigada por la seguridad de su amado colegio, Sor Nubia alteró el curso de la vida de Mariana. Desarrolló un plan elaborado para volver a unir a los dos amantes. El primer punto del plan era encontrar la ubicación exacta de Antonio en los Llanos. Para hacerlo, Mariana tendría que transformarse.

Esa misma noche los alaridos de Mariana hacían eco en los corredores de la casa, sus gritos rebotaban en los azulejos y arremetían contra la cama de Amparo. Hermanas y hermanos no sabían qué hacer con la locura que invadía el hogar. Diego, Mario Andrés, Catalina y Juliana, cada uno golpeó la puerta de Amparo y cada vez ella los mandó de vuelta a sus cuartos diciendo: "su hermana está bien. Sólo necesita descansar y ustedes también." Pero la culpa la destrozaba. Escondía la cabeza en la almohada e intentaba desesperadamente ignorar los alaridos de su hija. Cada segundo se sintió como una eternidad, cada grito era un puñal en su corazón. La desesperación obligó a Amparo a salir al oscuro corredor pero nada habría podido prepararla para lo que vio. Mariana estaba empapada en sudor, la sábanas chorreantes de humedad, su cuerpo enrollado en una bola cerrada que temblaba sin control. Con cada alarido, su cabeza se arqueaba hacia atrás como la de una loba aullándole a la Luna. Amparo hizo lo único que podía hacer, paso la noche sosteniendo a su hija, cantando canciones de cuna, con la esperanza de traer a su hija con la voz de vuelta al plano terrenal.

Al día siguiente, Sor Nubia llamó por teléfono a Amparo.

"Señora Amparo, es imperativo que venga a mi oficina y hablemos de Mariana. Estoy muy preocupada."

"Claro, por supuesto. Me alegra que haya llamado, estuve despierta toda la noche, enferma de preocupación." Dijo Amparo reteniendo las lágrimas.

Sor Nubia quedó impresionada por la apariencia de Amparo. La mano le temblaba incontrolablemente al acercar la taza de tinto a los labios resecos. La moña, perfecta por lo regular, era un montón de pelos extraviados. Nunca había visto a Amparo como algo distinto de la digna y astuta matriarca de la familia Cabal. *Tremendo espectáculo debió montar Mariana*, pensó. Sintió una punzada de culpa y por un instante se arrepintió de su esmerado plan. La imagen de Mariana sola en la loma mirando a la nada eliminó la culpa y la obligo a enfocarse en la tarea que tenía entre manos: La dirección de Antonio.

Sor Nubia le contó a Amparo que Mariana no estaba parti-

63

cipando en las clases. Le dijo que Mariana pasaba sus días mirando a la nada. Cuando la gente le hablaba no respondía. Pasaba los almuerzos sola en la loma mirando al cielo. Las inquietudes de Sor Nubia siguieron una tras otra y, para el momento en que Amparo tomó el último sorbo de tinto, estaba tan consternada que estalló en llanto.

"Señora, ¿cuándo vuelve Hernando Andrés de los Llanos?"

"Vuelve en seis meses."

"Bueno, si ese es el caso, creo que lo mejor será escribirle informándole la terrible condición en la que se encuentra Mariana."

Amparo afirmó con la cabeza, las llamadas estaban reservadas para emergencias y así Mariana estuviera sufriendo un terrible dolor, Hernando Andrés no se preocuparía por los asuntos triviales de la vida familiar. Amparo tenía que jugar bien sus cartas. Creía que una carta de Sor Nubia le daría al asunto la gravedad necesaria para que Hernando Andrés decidiera volver a casa.

Sor Nubia sostuvo la pluma negra en la mano izquierda. Escrita en un trozo de blanco papel brillante, en tinta negra, estaba la llave al corazón de Mariana.

"Vaya a casa y descanse un poco, Señora Amparo. Me haré cargo de todo."

Amparo se arrastró fuera de la oficina de Sor Nubia. Caminó aturdida hacia su hogar hasta que colapsó en la cama.

Ese mismo día, Sor Nubia y Mariana compusieron la primera carta para Antonio. A primera vista, la carta era un saludo casual de una monja anciana a un querido amigo preguntando por sus asuntos, cómo progresaba su trabajo, la relación con los compañeros y cuándo estaría de regreso. Pero para un hombre hambriento de amor la pasión en los espacios, las caricias en los signos de interrogación y la devoción de la perfecta caligrafía inspiraban vida en un casi abatido Antonio.

Antonio extrañaba a Mariana con desesperación, pero era la vida lacerante de los Llanos lo que lo tenía al borde de renunciar. Los Llanos era una tierra caliente e inflexible. Los llaneros le recordaban a Antonio cada día cuánta suerte tenía de haber llegado en la estación de lluvias, porque la estación seca era el infierno en la tierra. Las tormentas de polvo de la tierra reseca acuchillaban los ojos. Era imposible escapar del hedor de las pilas interminables de reses muertas de sed. Los llaneros juraban que era tan caliente el clima que las sombras de la gente desaparecían para volver sólo con las primeras gotas de lluvia. Antonio escuchaba las historias y las prefería a los mosquitos chupasangre, los jejenes carnívoros y los vampiros que se cernían sobre él en las noches. Prefería trabajar bajo el caliente Sol que en un ambiente húmedo de cielo gris.

Antonio estaba recostado en la cama, inmóvil de dolor. La lluvia aplastante le clavaba punzadas en la cabeza. Le dolía la espalda al respirar. Dos horas antes, su caballo Payaso lo había tirado al piso violentamente. Antonio y unos pocos hombres estaban arreando ganado a través de una tierra anegada cuando de la nada Payaso brincó sobre sus patas traseras y tiró a Antonio al agua. Aterrizó en una pila de piedras. Los llaneros sabían que solo dos cosas habrían podido llevar a Payaso a brincar así: una serpiente venenosa o una anguila eléctrica. Los hombres sacaron a Antonio de un tirón y en instantes encontraron y mataron la anguila eléctrica, antes de que pudiera matar a los caballos, al ganado o a Antonio. El olor de la anguila cocinada se filtraba a la habitación de Antonio. Hervía de rabia. Sabía que debía estar agradecido con los hombres que lo salvaron pero no ignoraba que la ayuda tenía un precio. ¿Cómo se probaría ante ellos? Más importante

aún, ¿cómo se probaría ante Hernando Andrés si había requerido que los llaneros lo salvaran? *Gracias a Dios Hernando
Andrés no estaba allí*, pensó. El golpe en la puerta interrumpió
sus pensamientos.

"Adelante."

Hernando Andrés abrió la puerta, Antonio intentó sentarse.

"No se preocupe. Llegó esto para usted."

Hernando Andrés le pasó un sobre blanco arrugado.

"El correo se va en dos horas si quiere escribir una respuesta,
de otra forma tendrá que esperar hasta la próxima semana."

"Gracias."

Hernando Andrés se fue. Antonio rasgó el sobre y abrió la
carta. Allí, frente a él estaba lo que necesitaba para seguir adelante: Mariana. Antonio leyó y releyó la carta tantas veces
que, para el momento en que empezó a escribir una respuesta,
sólo tenía veinte minutos antes de que se fuera el correo en su
largo camino hacia Buga. Deseaba hablarle a Mariana sobre
su miedo, su dolor, su dudas y su amor siempre vivo, pero sabía que tendría que hacerlo entre líneas, dejar que lo callado
contara las profundidades que él no podía.

Antonio le contó de las miles de reses que debía arrear a lo
largo de los campos planos que se extendían hasta el borde de
la Tierra. Le contó de los días calientes y pegachentos, del
aburrimiento de la lluvia constante. Deseaba contarle de los
insectos que escarbaban su camino bajo la piel y de la enfermedad mortal que se comía la carne. En cambio, le contó
acerca del río más hermoso del mundo, Caño Cristales. Caño
Cristales era un río del que había escuchado murmurar a los
llaneros, sin jamás haber estado allí. Los llaneros estaban har-
tos de mostrarle a los de fuera sus secretos, sin embargo Antonio lo describió como si lo hubiera visto miles de veces. Le
contó que había ido a nadar en el mágico río y que cada color

del arcoiris brillaba y refulgía en sus aguas. Describió cómo los pozos profundos en la tierra estaban llenos de aguas rosadas, violetas y verdes y que esas aguas curaban cualquier enfermedad imaginable. Esa fue la primera de las muchas mentiras de Antonio.

Antonio corrió fuera de su cuarto justo cuando el hombre, con la cartera de correos, estaba montando su caballo. Le dio al hombre, de bigotes grandes y piel oscura, la carta.

"La última es siempre la mejor."

El hombre saludó con el sombrero, apretó con pies descalzos al caballo y emprendió camino hacia el horizonte.

Ser esa carta, pensó Antonio. Hernando Andrés lo agarró del hombro.

"Veo que se siente mejor."

"Sí, señor."

"Bien, lo necesito en los campos."

Antonio corrió a buscar a Payaso. Le dolía la cabeza aún y la espalda más todavía que antes, pero Mariana le dio la fuerza que necesitaba para soportar la crueldad de los Llanos.

La recuperación de Mariana fue milagrosa. De un día para el otro pasó de ser una mujer enloquecida y rabiosa a la antigua Mariana que todos habían conocido. Volvió a levantar la mano en clase, dejó de sentarse a mirar la nada en la loma de césped y los paseos de vuelta a casa con sus hermanas estaban llenos de risas y conversaciones incesantes.

La mañana siguiente al envío de la primera carta para Antonio, se encontró con su madre saliendo de casa. Le sonrió a Amparo, la besó en la mejilla y se despidió alegremente al cerrar el portón tras de sí. Amparo quedó gratamente sorprendida, Mariana no le había demostrado tanto afecto en meses. Se apresuró por el corredor y llamó a Sor Nubia.

"Sor, creo que lo peor quedó atrás. ¿Ya envió la carta?"

"Aún no."

"Perfecto. No creo que sea necesario. Gracias. Gracias por su ayuda."

Sor Nubia colgó el teléfono con una sonrisa en el rostro. El plan había funcionado a la perfección. Sabía que no era ella la responsable de esa perfección. Era la mano divina de Dios la que había escrito que Antonio y Mariana estaban destinados a estar juntos.

capítulo
CUATRO

Mariana cerró la puerta sin hacer ruido. Al voltearse, encontró su reflejo en el hermoso espejo antiguo de marco dorado que estaba encima del lavamanos. Se detuvo y se observó. Mientras crecía, Mariana evadía los espejos. No le gustaba ser recordada del pelo caótico, la horrenda nariz o las incontables pecas. Pero esa noche vio algo que nunca antes había visto. Vio las capas de sudor que recorrían los lados de su cara. Estaba pálida como un fantasma, su pelo negro estaba más caótico que nunca pero por primera vez en su vida encontró belleza en sus imperfecciones. Observó sus ojos, eran los mismos ojos marrones y planos con los que siempre se aburría pero vio cuán adorablemente las pestañas se curvaban hacia el cielo. Observó sus labios. Eran tan delgados que parecía que Dios los hubiera dibujado tardíamente, pero al menos había escogido un rosado profundo y hermoso para pintarlos.

El estómago de Mariana se agitó y rugió. Recordó por qué estaba en el baño en medio de la oscuridad de la noche en la parte más alejada de la casa. Abrió el grifo y dejó salir un hilo delgado de agua. Ahuecó las manos para recibir el agua y su estómago fue encontrando tierra firme. Dejó salir un suspiro de alivio. Había dado vueltas en la cama hasta llegar a la náusea. Se sentó en el sanitario sin quitar las manos del suave hilo de agua. Descansó la cabeza contra el frío lavamanos. Por fin había encontrado la comodidad que se le escapaba en su cama. Duró apenas unos segundos. El estómago de Mariana hizo erupción como el Nevado del Ruíz. Levantó la tapa del sanitario, se inclinó y vomitó la arepa con queso que había cenado.

Gimió calladamente. Sentía una mezcla de dolor y alivio arrodillada frente al sanitario de porcelana. Abrió los ojos y enfocó el pedazo de queso digerido a medias que flotaba en el agua del sanitario. Un relámpago de terror recorrió su cuerpo. *¿Cuándo fue mi última menstruación?* Mariana nunca le había prestado atención al momento en que debía llegarle el periodo, aparecía como un inesperado comensal. Nunca le prestaba atención porque nunca había tenido razones para hacerlo. La película en su cabeza se devolvió hasta la tarde tranquila en que su cuerpo se había transformado hasta acomodarse perfectamente al cuerpo de Antonio. Revivió cada evento importante en su vida desde esa tarde fatídica dos meses antes. El pánico silencioso se elevó desde los dedos de los pies hasta su pecho. Su inesperado comensal no había llegado. Se dobló sobre el sanitario y vomitó lo que quedaba de la arepa con queso.

Mariana se acomodó en el suelo y miró hacia la oscuridad. Embarazada. Diecisiete. Soltera. Se sentía como si fuera la espectadora de la tragedia de otra persona. Su mente recorrió acelerada miles de pensamientos pero nada tenía sentido. El cuerpo le temblaba incontrolable en el suelo de baldosa mientras su mente entraba cada vez más profundamente al abismo de miedo.

Mariana observó la luz del sol filtrándose por debajo de la puerta del baño. El mundo de afuera fue entrando con sigilo en el capullo de su angustia. El tiempo dejó de estar suspendido. El tiempo y la realidad se estrellaron y Mariana supo que debía hacer algo... lo que fuera. *Tengo que bañarme*, fue el único pensamiento racional al que pudo llegar.

Mariana abrió la llave de la ducha. Entró bajo el chorro de agua helada. Su cuerpo entero le estaba gritando que saliera, pero se forzó a su sufrir a través del dolor. En el malestar, un momento de claridad destelló en su mente. Dejarse derrumbar emocionalmente era un lujo que no se podía dar. Sabía que las lágrimas no tenían sentido. La claridad de visión era lo que necesitaba. Salió de la ducha, le castañeaban los dientes. El miedo se encerró en su pecho. *Tengo que ir al doctor*, pensó.

Mariana se despidió con un beso de su madre. Le dijo que debía ir más temprano al colegio a estudiar para un examen, Catalina y Juliana tendrían que caminar sin ella. Se colgó el morral del colegio y cerró la pesada puerta de madera tras de sí. Caminó por la calle adoquinada pero en lugar de voltear a la izquierda para ir a La Merced, siguió de frente hacia el doctor que había atendido su nacimiento.

Mariana rogó que la oficina del doctor estuviera vacía. Sostuvo la chapa de metal frío en su mano. Respiró profundo, rogó tener fuerza suficiente y abrió la puerta. Pilar, una mujer regordeta con una permanente exagerada, alzó la mirada desde el escritorio de la recepción. Estaba sorprendida de ver a Mariana.

"Mari, ¿qué estás haciendo aquí?"

"Necesito ver al doctor un momentico."

"¿Tienes cita?"

"No, tengo que hacerle una pregunta."

Pilar la miró con preocupación.

"Todo está bien, sólo necesito preguntarle algo."

"Dame un segundo."

Pilar desapareció tras las puertas de pesado roble. Mariana trató de acallar las mariposas que le revoloteaban en el estómago. El padre de Mariana siempre decía: *"Si alguna vez necesitas algo y no estoy aquí, ve donde el doctor."* El recuerdo hizo que las mariposas se alborotaran con furor. Este no era el lugar en el que debería estar. El Doctor Martínez era uno de los mejores amigos de su padre, lo que significaba que no podría entender que ella estuviera embarazada sin estar casada. En el peor caso, le diría a Hernando Andrés que estaba embarazada. En el mejor, se lo diría a Amparo. Tomó un trozo de papel del escritorio de Pilar y anotó: *Estoy teniendo problemas para dormir, esperaba que pudieras ayudarme. Voy tarde a clase, paso después del colegio.* Corrió fuera del consultorio hasta media calle como un caballo salvaje. Un carro frenó en seco e hizo un viraje brusco para evadirla por unos pocos centímetros. Mariana ni siquiera se detuvo a ver al conductor que le gritaba cuanta grosería podía imaginar.

Mariana necesitaba encontrar un lugar donde nadie la conociera. Necesitaba esconderse en las sombras de rostros irreconocibles. Sólo había un lugar en toda Buga donde nadie le prestaría atención a su nariz infame ni a su famoso apellido: Palo Blanco.

Mariana vio un bus a la distancia. El bus rojo de ventana agrietada que arrojaba por el exosto un vapor constante de negras nubes era su única vía de escape. El cacharro rojo en medio del caos que tenía enfrente era su salvador. Sacudió los brazos como las alas de mariposa que se revolvían en su estómago. El bus rojo desaceleró lo suficiente para que Mariana corriera a su lado, se agarrara de la barra de la puerta y se empujara hacia la multitud desbordada. Empujó y se apretó hacia el interior, entre dos mujeres que eran la mitad de altas y tres veces más pesadas que ella.

El bus decrépito, de sillas raídas y ventanas rotas fue el refugio de Mariana, descontando el calor de horno encendido. No se podía esquivar el horrible calor que lo envolvía. El sudor se deslizaba por los rostros de los pasajeros, las camisas de los hombres estaban pegadas a las espaldas sudorosas; el maquillaje de las mujeres derretido sobre la piel. El olor de las axilas sudadas le daba náuseas a Mariana. Un sabor agrio le punzaba la garganta. Sabía que no tenía mucho tiempo. Miró entorno al bus repleto y anticipó la peor de las posibilidades. Los cuerpos eran empujados contra otros cuerpos. Para llegar a la ventana más cercana tendría que escalar un montón de gente. Su estómago rugió. Cerró los ojos.

El bus avanzó por la ruta a paso de tortuga. Trataba de evadir los huecos de la calle, pero con cada giro terminaba cayendo en otro hueco. Cada porrazo acercaba un paso más la explosión del estómago de Mariana. Abrió los ojos buscando una distracción para darle a su estómago algo de paz. Mariana abarcó la pobreza de Palo Blanco. Nunca antes había estado allí. Sólo había visto los puntos en la loma, las casas cuadradas de bloque, desde la distancia. Hasta ese momento, no sabía que los techos de las casas humildes eran latas de metal con piedras pesadas encima, recogidas del borde de la carretera. Las calles descuidadas estaban allí para buses en los que ella no iba y para los pies de personas con las que ella sólo se relacionaría al saludar cordialmente, al agradecer cuando le servían la comida y le arreglaban la cama.

Los ojos de Mariana se fijaron en una mujer joven que se tambaleaba al escalar por la vía polvorienta. El vientre de la mujer sobresalía bajo la camiseta. Parecía que fuera a estallar en cualquier momento. Hacía una mueca de incomodidad al balancearse pesadamente por la loma mugrienta. De repente, los tornillos sueltos del bus se callaron. Mariana se dio cuenta de que tenía que tomar una decisión. *¿Tendría el bebé o encontraría un doctor que lo hiciera desaparecer?* Tenía que decidir entre un desconocido con un gancho o Antonio. Ambos le daban miedo. Ambos eran inciertos.

Un gran peligro envolvía a los desconocidos con gancho. Mariana había oído de mujeres que terminaban sangrando hasta la muerte a orillas del Río Guadalajara o en los callejones oscuros de Palo Blanco. También sabía que muchas mujeres pasaban años tras muros de cemento y barras metálicas porque el gancho había penetrado demasiado y habían sido enviadas directo al hospital con un derrame de sangre entre sus piernas y de ahí a la cárcel.

Puso una mano sobre su vientre. Mariana sabía que cualquier decisión que tomara, dictaría el curso de su vida entera. El bus se detuvo frente a un semáforo en rojo. Mariana vio al otro lado de la calle un letrero que decía *Consultorio médico*.

"¡Pare! ¡Pare! ¡Pare!"

La puerta del bus se abrió con brutalidad. Mariana empujó su cuerpo a través de la multitud. Entró al consultorio decrépito. Observó a su alrededor. Las paredes luchaban una batalla perdida contra las manchas amarillas del tiempo. Las ventanillas estaban cubiertas con partes de sábanas viejas. Un escritorio demasiado grande, que los estragos del tiempo habían olvidado, se sostenía orgullosamente en el centro de la habitación. Una mujer con una blusa azul profundo ajustada y pantalón a juego, con pintalabios rojo brillante y pelo negro azabache saludó a Mariana amablemente. Los hombros de Mariana se relajaron un poco.

La mujer conocía la razón de la visita de Mariana. Por años, incontables mujeres exactamente como Mariana, habían atravesado la puerta. Todas llegaban asustadas. Todas se sentían fuera de lugar. Todas necesitaban guía. Afortunadamente para todas esas mujeres, el destino las guiaba hasta las manos gentiles del doctor.

La mujer le pidió a Mariana que se sentara mientras le comunicaba al doctor que ella había llegado.

"No tengo cita."

"Lo sé."

La mujer desapareció tras las cortinas desaliñadas que servían de puerta a lo que debía ser el consultorio. Mariana se sentó, era todo lo que podía hacer. Oyó murmullos al otro lado de la cortina. El corazón de Mariana se hundió. *¡Estaba en uniforme de colegio!* Todos en Buga sabían que las camisas de cuello blanco, la falda escocesa verde y los brillantes zapatos negros pertenecían a un solo colegio, La Merced. En el afán de salir de casa no pensó en las implicaciones del uniforme. El uniforme la convertía en blanco de las lenguas inquietas. Una chica de La Merced en un consultorio médico en Palo Blanco sólo podía significar una cosa. ¡Tenía que irse ya! Se levantó de prisa justo cuando el Doctor apareció a través de la cortina. Mariana quedó congelada. La sonrisa gentil del doctor, el bigote medio canoso y el cuerpo pequeño y delgado no lograron calmar su ansioso corazón.

"Siga, ¿señorita...?"

"Gracias por su tiempo, doctor, pero me tengo que ir."

"Pero no la he examinado todavía."

"Lo sé, pero me tengo que ir."

El doctor fue sin demora al centro del asunto.

"Si está preocupada por su uniforme, ni siquiera sé a qué colegio pertenece."

"Yo tampoco." Dijo la mujer de azul.

Mariana observó los ojos marrones y profundos del doctor.

Le recordaron los ojos de Antonio. Eran amables, honestos y sensatos. Este desconocido era su única opción. Mariana se sostuvo frente al doctor en su reducida oficina y confió en el primero de muchos desconocidos que le ayudarían a lo largo del difícil camino de la vida. Tragó el nudo en la garganta y entró al consultorio del doctor.

El consultorio no difería en mucho de la recepción. Las paredes peleaban la misma batalla contra el tiempo y también estaban perdiendo. Estaban descubiertas a excepción del crucifijo que pendía sobre las cortinas. El doctor se sentó en una silla de plástico e invitó a Mariana a sentarse en un catre, cubierto por una sábana blanca.

"¿Cómo puedo ayudarla?"

Mariana parpadeó, tartamudeó, no podía formar una sola frase. Él la miró con piedad. A cuántas chicas había visto en este feo aprieto. Cuántas manos de mujeres jóvenes había apretado entre las suyas mientras lloraban con lágrimas de miedo, rabia y arrepentimiento. El Doctor les ofrecía un hombro en el cual llorar. Y lo más importante: les ofrecía opciones. Nunca les daba consejo. El Doctor era sólo el conducto para que realizaran sus deseos. Había escuchado las palabras: "¿Qué debo hacer?" miles de veces y su respuesta era siempre la misma: "Usted es la que tiene que decidirlo, y cuando lo haga, aquí estaré para ayudarle." Nunca presionaba ni incitaba a ninguna decisión por encima de las otras. Algunas veces, tomaba semanas que una mujer decidiera qué deseaba. Una vez que lo decidía, él trabajaba tan duro como una mula para que sucediera y justo como una mula todo lo que obtenía a cambio era una palmada en la espalda.

El Doctor ofrecía tres opciones para las mujeres que llegaban a su consultorio. Si decidían que no querían quedarse con el bebé, el Doctor arreglaría discretamente una estadía de nueve meses en un convento. Cuando naciera el bebé, las monjas lo cuidarían y la madre podría regresar a la vida que llevaba nueve meses antes. Tenía un amigo en Cali, tras ir a verlo la mujer volvía milagrosamente sin bebé después de tres días. También conocía a un sacerdote que por el precio justo casaría alegremente a una pareja en unos pocos días, sin hacer preguntas. Ninguna de las opciones era la solución perfecta, pero el Doctor había aceptado desde hacía rato que la vida no se trataba de lograr la perfección sino de encontrar la forma sobrevivir.

La parte más dura de su trabajo no era tanto la cantidad de lágrimas que atestiguaba como los misterios que las mujeres dejaban a su paso. Era muy raro que volviera a ver a la mujer en cuestión. Asumía que la mayoría de mujeres desaparecía en el implacable paisaje de la maternidad soltera. En muy raras ocasiones, vería la foto de alguna en el periódico. Las fotos eran siempre la misma. La mujer era una imagen gloriosa de blanco, tan distinta del alma rota que había estado en su consultorio unas semanas antes. A primera vista, las fotos parecían sueños convertidos en realidad. La novia hermosa, el novio bien plantado, ambos sonriendo a la vida por delante. El Doctor se tomaba su tiempo con esas fotos. Estudiaba los detalles. Observaba los ojos de la mujer y ahí, tras el velo y el maquillaje, estaba la verdad escondida. Veía su duda, su miedo y su rabia. Empatizaba con ella, el primer azote del látigo lacerante de la vida siempre es el que más duele.

El Doctor repitió la pregunta:

"¿Cómo puedo ayudarla?

Mariana luchaba por sacar las palabras de su boca. Las palabras se removían una sobre la otra y luchaban su camino de salida. Él sonrió con su sonrisa gentil.

"¿Cuándo fue su última menstruación?"

Los ojos de Mariana se clavaron en el suelo. Se mordió los labios con vergüenza. Él conocía la razón de su visita.

"Dos meses."

Mariana apenas llegaba a creer en las palabras que salían de su boca. ¿Cómo era posible que su vida hubiera cambiado tan drásticamente en tan poco tiempo? ¿Cómo podía el péndulo de la vida pasar de forma tan imprevista de la despreocupada inocencia a la incertidumbre más extrema en un abrir y cerrar de ojos?

El Doctor le pasó un tarro de plástico pequeño.

"El baño está ahí."

Mariana cruzó lentamente la habitación. El corazón le golpeaba el pecho. La vida como la conocía estaba a punto de cambiar. Abrió la puerta y encendió la luz. Un espejo roto pendía de la pared frente a ella. Miró su reflejo. La belleza que había descubierto temprano en la mañana había desaparecido. El abismo del miedo se la había tragado. Los ojos se le llenaron de lágrimas. *¿Qué dirá Antonio? ¿Qué hará?* Cayó más profundamente en el abismo. Las manos le temblaban. Expulsó los pensamientos y se secó las lágrimas de las mejillas. *No sirven... las lágrimas no tienen sentido.* Mariana se levantó la falda, se sentó en el sanitario y meó su verdad en el tarro plástico.

Las piernas de Mariana temblaban sin control. Un ventilador solitario al otro lado de la habitación fallaba miserablemente contra el calor sofocante. Una mano retiró la cortina. El corazón de Mariana se desplomó. Sus ojos estaban fijos en el Doctor que caminaba hacia ella. Buscaba claves acerca de su futuro en los ojos almendrados marrón profundo, en los hombros un poco encorvados, en las piernas cruzadas cuando se sentó frente a ella. Era impenetrable como una prisión hasta que le sonrió. La sonrisa delató la verdad. Confirmó lo que Mariana ya sabía. Estaba embarazada.

"Gracias por su ayuda, doctor, tengo que ir a hablar con mi madre."

"Sí, claro."

Él se puso en pie y corrió las cortinas hacia la recepción.

"Si necesita algo, no dude en volver. Hay muchas cosas que puede hacer."

Mariana afirmó con la cabeza y caminó hacia la mujer de blusa azul. El doctor y la mujer se miraron. Las palabras no eran necesarias. Mariana era exactamente como las miles que la habían precedido. Mariana caminó aturdida dejando atrás a la mujer de azul.

"Disculpe, señorita. Hay que pagar una pequeña cuota por ver al doctor."

Mariana se sonrojó de vergüenza.

"Claro, por supuesto. Perdón."

Mariana buscó en el morral del colegio pero pronto se dio cuenta de que en el afán por salir de casa, no había traído más dinero. Miró hacia la mujer con pavor. La mujer de azul se preguntó por qué las chicas ricas nunca tenían dinero en los bolsos.

"No se preocupe. Puede venir mañana o pasado mañana, pero por favor, vuelva."

"Sí, claro."

"No quiero enterarme de a qué colegio pertenece su uniforme, ¿bueno?"

Mariana asintió. Sabía perfectamente lo que la mujer quería decir.

Mariana salió a la calle sin pavimentar. La realidad de contarle a su madre que estaba embarazada la golpeó tan fuerte que la dejó sin aire. Buscó aire. Necesitaba tiempo y el tiempo era precisamente un regalo que no le pertenecía. Caminó. Caminó el largo camino a casa a través del pueblo de su infancia.

Caminó por las calles que contenían todos sus recuerdos. Caminó por las mismas calles adoquinadas en las que su madre se había enamorado, en las que su abuelo había muerto, en las que había sido concebido su bebe aún sin nacer.

Mariana encontró a su madre en el balcón, estaba sentada en su silla preferida, se abanicaba, leía una de sus novelas románticas favoritas. Al ver a Mariana, Amparo la vio absolutamente hermosa. Había notado que en las últimas semanas su hija irradiaba un halo de brillo creciente. Era su transformación en mujer. Amparo había lidiado con una gota de tristeza al saber que su hija estaba dejando atrás la infancia y entrando en las espinosas complejidades de ser mujer. Se calmó al pensar que a causa de la transición, un nuevo lazo se iba a formar entre madre e hija. Estaban unidas por la sangre pero Amparo anhelaba que la relación floreciera en una amistad verdadera. Deseaba ser la confidente de su hija. Deseaba ser su mejor amiga.

Mariana se sentó en la silla de enfrente. Tomó las manos de su madre entre las suyas.

"¿Mari, por qué llegaste tan temprano? ¿Dónde están Cata y Juli?"

"Mami, no sé cómo decirte esto, así que sólo te lo voy a decir."

Las frente de Amparo se contrajo en confusa anticipación. Las palabras salieron derramadas de la boca de Mariana.

"Estoy embarazada."

Amparo soltó las manos de Mariana. Se puso en pie.

"¡No, no, no, no!"

Con la cara cubierta se mecía adelante y atrás. Sintió que las paredes a su alrededor la iban a aplastar. A cada segundo, crecía su desesperación. Los gritos punzaban la calma de los cielos. Mariana se quedó inmóvil. Vio cómo su madre se derrumbaba antes de atacarse a llorar. Mariana se tragó sus propias lágrimas. Se arrodilló al lado de su madre. Amparo temblaba violentamente. Mariana trató de consolarla, le acarició tiernamente la espalda. No había nada que pudiera decirle. Lo hecho, hecho estaba. Amparo miró a su hija. Vio las cargas bien atadas a su espalda. Ahora era una mujer. Amparo tomó la cara de Mariana entre las manos.

"No quería esto para ti. Quería que tuvieras más de lo que yo he tenido."

Mariana trató de protestar pero Amparo le puso un dedo en la boca.

"No tiene nada que ver con él. Ay, Mari, desafortunadamente un día vas a entender lo que te estoy tratando de decir. ¿Qué quieres hacer?"

"Lo voy a tener."

Amparo se secó las lágrimas. Se sentó en su silla favorita y se alisó la falda. Cerró los ojos y respiró profundamente. Cuando volvió a abrir los ojos, el corazón le dolía del plan que tendría que orquestar.

"Llamemos a Antonio."

Amparo llamó a los territorios más lejanos del país, Mariana a su lado. El silencio se quebró con una voz ruda y crujiente al otro lado de la línea. Amparo hablaba en voz baja para que sus palabras no recorrieran las paredes y saltaran por las ventanas y se multiplicaran al encontrar el camino hacia oídos hambrientos. Su discreción era inútil. El hombre del otro lado le gritaba que hablara más fuerte.

"Necesito hablar con Antonio Rodríguez. Dígale que su madre necesita hablarle, que lo llamo en dos horas. Pero por favor dígale que no llame a casa. Es muy importante que no llame a casa. Yo lo llamo. Gracias."

Colgó el teléfono. Mariana estaba escandalizada por la

osadía de su madre. Amparo sintió compasión por Mariana. No tenía idea de lo que se le venía encima.

"Acostúmbrate. Ven te cocino algo."

Madre e hija observaron cómo el reloj dejaba atrás con un tic-tac los segundos. Fuera de Mariana y Amparo, no había nadie en casa. Amparo no deseaba testigos del futuro que estaban tejiendo para Mariana. Las empleadas se deslizaron fuera de casa cuando vieron la lista imposible de cosas por hacer que Amparo había previsto. El tiempo era esencial. Contaban con unas pocas horas antes de que llegaran los chicos y tras ellos vendrían las chicas.

En lo que concernía a Amparo, Mariana tenía dos opciones. La mejor, aquella para la que Amparo derramaría su sangre, sudor y lágrimas, era que se casara con Antonio a fines de mes. Si la boda se realizaba, sólo tendría veintiún días para planearla. Parecía imposible pero nada era imposible cuando se trataba de su hija. La segunda opción llenaba a Amparo de aprehensión. Si Antonio no se casaba con Mariana, no tendría otra opción que abortar. Amparo sabía de un doctor en Cali que se especializaba en abortos discretos. No había perdido ninguna paciente, ninguna había terminado en la cárcel, pero Amparo sabía que estaba fuera de cuestión. Cali estaba demasiado cerca. Amparo no se podía arriesgar a que alguien supiera. Su mejor opción, su única opción, era viajar a las inhóspitas montañas de Bogotá.

El reloj dio la una. Amparo caminó por el corredor, Mariana la siguió. Descolgó el teléfono y marcó. El teléfono sonó y sonó y sonó. Finalmente, una voz preocupada contestó.

"Aló."

"Aló, Antonio, es Amparo Azcárate de Cabal. Mariana necesita hablar con usted. Apenas termine, por favor no cuelgue, necesito hablar con usted."

Amparo le pasó la bocina a Mariana. Caminó por el corredor vacío hasta su habitación y se encerró allí. Se arrodilló bajo el crucifijo colgado sobre su cama. Rogó que Mariana no tuviera que llevar una carga demasiado pesada. Le pidió a Dios que le diera a ella el dolor de Mariana. Sus hombros lo aguantarían. La vida había sido cruel con ella, sabía vivir con el dolor.

"Hola..."

Mariana empujó las mariposas en su garganta abajo.

"Hola, mi amor"

Mariana sintió la sonrisa de Antonio a través de los crujidos de la línea. Su voz dulce le acarició el oído.

"Mari, ¿qué pasa?"

Las mariposas revolotearon en su estómago.

"Tengo algo que decirte: Estoy embarazada."

La línea chasqueó en el silencio mientras los segundos se golpeaban uno contra el otro. Los dedos de los pies trataron de enterrarse en lo más profundo de la tierra, mientras Mariana luchaba contra las alas aleteantes de mariposas que amenazaban con empujarla a la vía de la desesperación.

"¿Te casarías conmigo?"

El viento golpeó con más fuerza.

"¿Estás seguro?"

Fue todo lo que logró decir Mariana.

"Por supuesto, yo te amo, tú me amas, estás embarazada. Claramente es lo que tenemos que hacer."

"Sí, mi amor, me casaré contigo."

Los dedos de los pies de Mariana se relajaron y el alboroto de alas finalmente se durmió. Amparo salió de su habitación. Supo al ver la sonrisa de su hija que se casaría en cuestión de días. Ahora empezaría de verdad el plan. Amparo cogió la bocina.

"Antonio, lo necesito aquí lo más pronto posible. Dígale a Hernando que su madre está enferma. Lo dejará irse sin problema. No le diga una sola palabra a nadie, ni a sus hermanos, ni a su familia, ni siquiera a su mejor amigo, ¿entendido?"

"Sí."

"Me haré cargo de todo lo demás."

Al día siguiente, Antonio viajó en el bus que lo llevaría a los brazos de la familia Cabal y a la cama de Mariana.

Mariana salió del baño envuelta en una toalla. Sobre su cama había un sencillo vestido blanco, un collar de perlas, tacones a juego y medias de seda. Mariana estaba conmovida por los detalles de Amparo, que pensaba en todo. El secretismo, la ansiedad, las mentiras constantes, le habían pasado cuenta de cobro a su madre. Sus ojos luminosos estaban cubiertos por círculos opacos, la piel parecía cenicienta de agotamiento y el genio le estallaba sin límites. El ruido de los gritos y de los platos rotos eran la serenata constante en la casa Cabal, mientras se acercaba al día de la boda secreta de Mariana. La única que conocía la razón de la locura de Amparo era Mariana.

Amparo decidió que Antonio y Mariana se fugarían a la boda secreta en Cali. Mariana no deseaba ocultarse en el anonimato de Cali. Deseaba compartir su amor, si no con sus amistades y familia, al menos con la ciudad que la había criado, pero Amparo no lo permitió. Casarse en secreto en Buga sería imposible. Había demasiados ojos inquisitivos, demasiados amigos de la familia, demasiadas conexiones con gente importante. Amparo sabía que la única forma en que se mantendría en secreto sería escondiéndose en los rincones de Cali. Con el corazón pesado, Mariana aceptó los planes de su madre. Se tragó el deseo de compartir su secreto con sus hermanas y no armó pelea cuando Amparo le dijo que nadie podría ir a su boda. Mariana deseaba celebrar su nueva vida pero Amparo parecía de luto por ella antes de que empezara. Ninguna de las dos trató de alterar el punto de vista de la otra, en cambio, encontraron un equilibrio de alegría y pena, sonrisas y lágrimas, comprensión y sacrificio.

Mariana puso el suave vestido de seda contra su cuerpo. Se miró al espejo. Sus jeans usados sobresalían por debajo del hermoso vestido. Miró sus jeans. Deseaba empezar su vida en esos jeans. Dejó caer el vestido. Le gustaba cómo se veía en sus jeans de rodillas gastadas. La camisa blanca de algodón parecía perfecta para casarse. Desabotonó los primeros dos botones. Se sonrió, *sólo para enloquecerlo*. Metió los pies en las sandalias de cuero. Cogió las tijeras y fue al balcón. Las rosas estaban en pleno florecimiento. Se fijó en una hermosa rosa roja. La cortó justo bajo los pétalos. Se puso la rosa detrás de la oreja. Se miró al espejo otra vez. Así era como iba a casarse con su marido. Así se sentía bien. Así era como debía comenzar su vida. Ya estaba lista para ser la esposa de Antonio.

Mariana abrió la puerta de su cuarto, tal y como había prometido Amparo, la casa estaba vacía. Calladamente caminó por el corredor hacia la calle adoquinada. Era temprano en la mañana y Buga poco a poco volvía a la vida. Mariana esperó en la calle donde dos meses antes había cambiado su vida.

Un renault azul claro se parqueó al lado de Mariana.

"Escuché que necesitas quién te lleve a Cali."

Miró por la ventana. Ahí estaba. Dos meses no habían cambiado la forma de sus ojos o la curva de sus labios, pero de alguna forma se veía incluso más hermoso de lo que lo recordaba. Mariana abrió la puerta del carro. Lo cogió de la nuca y lo acercó. Los labios se rozaron.

"No me vuelvas a dejar nunca." Susurró ella.

Él asintió. Lo besó dulcemente. Antonio sintió la profundidad del amor en ese beso. Sintió el círculo de la familia envolviéndolo. No deseaba más que estar dentro de ella en ese momento y sentir la cercanía de su hijo.

"Vamos a casarnos." Susurró él.

Mariana asintió. Antonio encendió el motor y el renault azul claro bajó la calle. El viento acarició el pelo de Mariana y ella sintió cómo los bordes de la libertad atravesaban su alma. La vida era perfecta.

Mariana y Antonio llegaron a la notaría tal como Amparo los había instruido. Hervían de excitación. Ni la dura luz fluorescente, ni el calor agobiante ni el flujo constante de moscas podían empañar el ánimo efervescente de ambos. Las palmas de las manos se derritieron una en la otra mientras esperaban ser llamados al salón.

Un hombre bajo y rellenito, de corbata roja arrugada los llamó por sus nombres. *Por favor, que no nos case él*, fue todo lo que pensó Mariana cuando entró al salón sin ventanas. Allí, bajo montañas de papeles e incontables tazas de tinto, estaba sentado un hombre viejo de gafas redondas. Era calvo como el trasero de un bebé, tenía un largo bigote rubio.

"¿Van a casarse, verdad?" Preguntó el hombre sin mirar a la pareja.

"Sí." Dijo Antonio.

"¿Tienen un testigo?"

"No."

"Bueno, necesitan un testigo."

"Mi mamá no dijo nada de testigos."

Apenas salieron las palabras de la boca de Mariana, Amparo entró a la habitación.

"Yo soy su testigo."

Mariana se volteó y quedó impresionada por lo que vio. La mujer decrépita y agitada de las últimas semanas se había evaporado. En su lugar estaba la mujer que Mariana había conocido siempre como su madre, la impecable Amparo. Vestía una hermosa falda vinotinto con blusa de seda a juego. El peinado era perfecto. El maquillaje no tenía fallas. Madre e hija se sonrieron. Mariana no cabía de la alegría de poder compartir su boda con alguien. Sabía que Amparo nunca lo admitiría ante nadie. Se llevaría el secreto a la tumba. Sin embargo, la verdad las enlazaría por siempre.

"Muy bien. Comencemos." Dijo el notario.

Allí, entre pilas de papeles, corbatas arrugadas y jeans usados, Mariana y Antonio fueron declarados marido y mujer.

CINCO

La luz plateada de la Luna bañaba el rostro imperfecto de Antonio. Sus brazos envolvían el cuerpo de Mariana. Ella se deslizaba bajo sus dedos como miel, despacio, suave. Cerró los ojos y se perdió en el placer infinito de los labios gruesos de Antonio, se hundió en la humedad de su lengua y se derritió entre sus dientes. Él le mordisqueó el cuello. Las manos hicieron camino a su espalda y desabrocharon el brasier. Un leve gemido le escapó de la boca. Abrió los ojos avergonzada de su osadía. Él le susurró al oído:

"Shhhh... me gusta eso"

Ella se rió y se relajó en su cama de gozo. Antonio recorrió cada centímetro del cuerpo de Mariana. Por primera vez, vio a su mujer como Dios la había creado. Memorizó la forma de sus senos redondos y pequeños, el color rosado suave de sus pezones y los patrones de las incontables pecas que punteaban su cuerpo de forma rara. Estaba lejos de ser perfecta pero era suya. Por siempre. La excitación de Antonio venció su deseo de memorizarla. Lentamente le abrió las piernas.

El corazón de Mariana empezó a correr. Él la estaba abriendo pero ella no estaba preparada para ser abierta. Deseaba ser explorada pero Antonio no estaba interesado en exploraciones. Él deseaba conquistar. Su sangre de conquistador, escondida tras la apariencia oscura, los ojos almendrados y el pelo negro, se reavivó con el deseo. Saqueó el interior del cuerpo de Mariana, lo quemó, lo azotó, tal y como sus ancestros conquistadores habían hecho con las mujeres de su familia cientos de años antes que él. El saqueo fue rápido y olvidable. De no haber sido por los gemidos de Antonio, Mariana habría tomado esa forma de hacer el amor por una broma cruel. Sin aliento, Antonio se derrumbó al lado de Mariana. Se volteó hacia ella, el sudor le corría por la cara.

"¡Estuvo increíble!"

"¿De verdad?"

"Sí, ¿no te gustó?"

"Claro que sí" tartamudeó Mariana.

Un profundo orgullo la habitó. Ella bastaba para hacer feliz a su marido. Su cuerpo era todo lo que necesitaba. Ella era todo lo que él deseaba. Se dio cuenta de que la felicidad de él era más importante que sus propios deseos de exploración. Tendrían el tiempo de sus vidas para explorarse. El sudor resbalaba por los cuerpos entrecruzados, las sábanas enrolladas a sus pies.

"¿Ahora sí te puedo mostrar la casa?"

Antonio sonrió travieso. Cuando llegaron a El Arado, Mariana comenzó a mostrarle la casa de trescientos años pero él la empujó a la primera habitación, la aventó a la cama y la desnudó. Ahora que sus deseos habían sido colmados, podía conocer su nuevo hogar.

El Arado era el centro de la familia Cabal y había sido la fuente de un inmenso orgullo para cada miembro de la familia. Había estado en manos de la familia desde que los conquistadores invadieron aquella tierra. El Arado era majestuoso. Los campos de caña de azúcar rodeaban la casa hasta donde alcanzaba la vista. Se decía que si un atado de caña crecía en Palmira, pertenecía a la familia Cabal. Si el azúcar era la sangre que corría por las venas de la familia Cabal, la casa era su corazón.

La casa era un laberinto de más de quince habitaciones, incontables jardines y una cocina con horno de leña que podía proveer de comida a cuarenta personas. La familia se reunía para cada comida en dos comedores separados. Los niños luchaban por lograr un puesto en la mesa de los mayores, pero era raro que el privilegio les fuera concedido. No así a la hora de dormir, nunca faltaron camas. Cada generación construyó habitaciones para acomodar a la familia en expansión hasta que finalmente la casa se convirtió en un laberinto de habitaciones conectadas. Cuatro puertas adornaban cada habitación. Una puerta daba al baño, la otra al corredor principal y, en los lados opuestos, las puertas restantes conectaban con las habitaciones contiguas. Las quince habitaciones estaban conectadas, así como la familia.

Mariana llevó a Antonio por jardines gloriosos donde brotaban flores de todos los colores y árboles frutales de mango, guanábana y lulo que habían alimentado a la familia Cabal por generaciones. Los techos altos fueron construidos para los gigantes del pasado, se decía que sus almas todavía vagaban por interminables corredores. Las baldosas de terracota estaban desgastadas por el uso pero el abuelo de Mariana, papá Carlos, se rehusó a cambiarlas.

Papá Carlos respiró la vida por primera vez en El Arado.

Era hijo único, no porque así se hubiera decidido sino debido a las circunstancias. La muerte visitó su familia tantas veces mientras crecía que perdió la cuenta de la cantidad de hermanos y hermanas que murieron. El Arado unió a padre e hijo. Prometió a su padre en el lecho de muerte que El Arado estaría a salvo en sus manos y mantuvo la promesa hasta su último aliento. En el lecho de muerte, Papá Carlos pidió a Hernando Andrés, su hijo amado, y a sus tres hijas que cuidaran El Arado para la generación siguiente. Hernando Andrés prometió a su padre proteger El Arado hasta el último aliento, tal y como habían hecho los hombres de la familia antes que él.

Hernando Andrés tomó las riendas de El Arado y la convirtió en un negocio aún más lucrativo. Dobló la producción de caña de azúcar, convirtió la panela en el producto básico de su modelo de negocios e introdujo ganado y producción láctea. Sus tres hermanas gozaban del dinero ganado sin esfuerzo. Hernando Andrés se contentaba con dar a sus hermanas lo que querían, porque todo lo que deseaba era trabajar la tierra que su padre le había dejado.

Hernando Andrés y su familia pasaban más tiempo en El Arado que cualquier otro. Sus hermanas y familias iban en Navidad, Año Nuevo y Semana Santa, mientras que Mariana y su familia pasaban cada fin de semana y cada festivo en El Arado. Todos querían El Arado a excepción de Amparo. Tan pronto como el carro de la familia se detenía frente a la casa, Hernando Andrés corría hacia los campos de azúcar y se perdía allí, los niños se tiraban del carro y corrían como caballos salvajes hacia la casa decadente. Inevitablemente sola, Amparo dirigía a las mujeres, de las que no le importaban los nombres, a descargar el carro.

Así Amparo pasara más tiempo en El Arado que cualquiera de sus cuñadas, no se le permitía olvidar que no le pertenecía.

Nadie era dueño de El Arado puesto que pertenecía a cada miembro de la familia Cabal. Toda decisión referente a la casa o al negocio, era discutida entre Hernando Andrés, sus hermanas y su madre, mamá Rosita. Cinco personas, cinco votos. Los Cabal creían con fervor en la democracia. Papá Carlos insistía en que en su familia prevaleciera el poder de la mayoría porque despreciaba a los comunistas. Odiaba a los comunistas que sembraron el caos en su país amado, los hombres que hacían sangrar a las montañas y bañaban las ciudades de lágrimas. Escupía en sus ridículas ideologías. Dirigía su familia como creía que debía ser dirigido el país. No había discusiones una vez que todos habían votado y el resultado era conocido. El voto era la ley.

El día que Amparo se rebeló contra la democracia en El Arado, era un día como miles. Hernando Andrés estaba perdido en sus campos de caña de azúcar y los niños montaban a caballo o subían a árboles de mango. Amparo se sentó en un jardín a la sombra de los recuerdos de su amor hacía tanto desaparecido, Camilo. El calor del día era insoportable. Hacía tanto calor que los pétalos de las flores del jardín languidecían como ancianas. Amparo se aburría de sus recuerdos. Había vuelto a imaginar el último beso miles de veces. Había llegado a la boda imaginaria hasta el agotamiento. Necesitaba algo diferente. Observó hacia el patio, por una ventana dio con un pedazo de tierra plana. *Qué perfecto lugar para una piscina. Debería preguntarle a Mamá Rosita si podemos construir una para los niños el próximo año.* Pensó. *Ay, Mamá Rosita tendrá que preguntarle a las tres brujas y convencer a Hernando Andrés de sacar la cabeza de la caña de azúcar por un segundo. Nunca se hará.* Miraba con fijeza hacia la tierra.

"¡Elvirita!"

La anciana se acercó desde una esquina. Elvirita había trabajado para la familia Cabal casi desde el nacimiento de Hernando Andrés.

"¿Me podría traer una pala?"

"¿Una qué, señora?"

"¡Una pala! ¡Tráigame una maldita pala!"

"Sí, señora."

"Tráigala aquí fuera." Apuntó hacia la tierra con pasto.

Amparo se arremangó, calzó unos tenis y se hizo un moño alto. Golpeó la tierra con la pala. El metal se clavó en la tierra húmeda y negra y llenó a Amparo de poder. Cada trozo de tierra removido era una infidelidad olvidada, era un comentario sarcástico de Mamá Rosita que dejaba atrás, era un paso más hacia el sueño desconocido.

Elvirita observó con la boca abierta. No sabía qué hacer. ¿Debería buscar a Hernando Andrés y decirle que Doña Amparo se había enloquecido? ¿Debería ir a buscarle un vaso de agua? ¿Debería quitarle la pala de la mano y cavar ella? Elvirita decidió que más valía ser espectadora de la telenovela que se desarrollaba justo frente a ella.

Amparo no dijo palabra. Cavó. Cavó hasta tener las manos llenas de ampollas, hasta que la sangre le corría por los brazos. Hernando Andrés apareció a la hora acostumbrada, justo antes de la cena. El comedor estaba vacío de personas y de comida. Miró por la ventana y vio a Mario Andrés y a Diego gritando y saltando. Catalina y Juliana reían y apuntaban algo en el suelo. Intrigado, salió a ver de qué se trataba tanta conmoción. Por poco tuvo un paro cardiaco cuando vio a Amparo cavando un hoyo que le llegaba a la cintura.

"¿Qué estás haciendo?" Gritó como un trueno.

Las niñas dejaron de reír. Los niños dejaron de saltar. Amparo escaló el hoyo.

"Quiero una piscina, hazme una piscina o la hago yo misma."

Ese fue el grito de guerra que inició el golpe de estado en la familia Cabal. En contra de los deseos de Mamá Rosita y de sus hermanas, Hernando Andrés instaló una piscina en el mismo hoyo que Amparo había comenzado a cavar.

Ocho años después, Mariana flotaba sobre la espalda en la misma piscina por la que había luchado su madre. Apretaba la mano de su marido, la mano por la que había luchado. La luna de miel de Mariana era perfecta. Le encantaba el hecho de ser la primera Cabal que pasara su luna de miel en El Arado, pero llegar allí no había sido fácil.

Hernando Andrés estaba furioso con el matrimonio secreto de Mariana. Cuando escuchó las noticias su rabia estalló en las calles de Buga. Pero la rabia era una máscara para el dolor profundamente arraigado que sentía por haberse perdido la boda de su hija. Se perdía tanto de las vidas de sus hijos que encontraba alivio y placer al compartir los momentos especiales: bautizos, graduaciones, campeonatos de tenis, fiestas de quince y, el más importante de todos, las bodas. Hernando Andrés gritó y aulló como un loco por haberle fallado a su hija forzándola a casarse a escondidas. La única manera que conocía de expresar su vergüenza era a través de los ataques de rabia. Mientras Hernando Andrés desataba sus tormentas a lo largo de los corredores, madre e hija actuaban como habían acordado. Amparo se lamentaba incontrolablemente. Mariana permanecía sin disculparse. Finalmente, Hernando Andrés hizo lo que pudo: aceptó a Antonio como su yerno. Mariana podía ver el dolor en los ojos de Amparo cuando les ofreció El Arado por una semana. Su madre quería que ella visitara Estados Unidos por primera vez, que bailara en las calles de París o fuera a corridas de toros en España. Deseaba que Mariana sintiera la magia del mundo. Deseaba que su hija se quedara sin respiración ante la belleza de la vida. Pero lo que Amparo no podía entender era que Antonio dejaba a Mariana sin respiración. Antonio le permitía ver la magia del mundo. Estados Unidos y Europa eran demasiado ostentosos para su amor. Deseaban rusticidad y sencillez y mangos. Deseaban simplemente estar juntos en Buga, en Cali, en El Arado. Les daba igual.

Los dedos de Antonio se soltaron de la mano de Mariana. Ella sacó la cabeza del agua para mirar hacia donde se fijaba Antonio. Elvirita corría por el camino de grava que unía la casa y la piscina.

"¡Señorita Mari, señorita Mari!"

"¿Qué pasa, Elvirita?"

"¡El teléfono, su madre está en el teléfono!"

Mariana saltó fuera de la piscina, agarró la toalla y envolvió con ella su cuerpo delgado. Corrió hacia la casa. Antonio estaba totalmente confundido. *¿Por qué arman tanto escándalo por una llamada telefónica?* Lo que Antonio no comprendía era que el único teléfono de El Arado pertenecía a una era diferente. Era un teléfono que funcionaba con manivela, un teléfono que requería gritos y martilleos y ecos, un teléfono tan poco práctico que nadie se atrevería a usarlo como no fuera para una emergencia. Durante su vida, Mariana podía contar con los dedos de una mano las veces que había oído el timbre del teléfono. Luego, si su madre estaba en la línea, algo terrible había pasado.

Mariana cogió el teléfono y se lo llevó a la oreja. Jadeaba pesadamente al hablar.

"Mamá, ¿qué pasa?"

El llanto de su madre crujía a través de la línea telefónica. El corazón de Mariana se congeló.

"Mamá, ¿qué pasó?

"Ay Mari... Mari..."

"¿Qué pasó? ¿Le pasó algo a papi?

La madre se lamentó con más fuerza.

"¿Hubo un accidente? ¿Está bien? ¡Mamá, por favor dime que está bien!"

Mariana tomó la mano de Antonio. Sintió que se le doblaban las rodillas.

"No, Mari, no es eso."

"¿Entonces qué pasa?"

"Perdimos El Arado, lo perdimos."

"¿Qué? Estoy aquí mismo. Todo está bien."

"Tu tía se lo vendió a Grupo Manuelita."

Las palabras golpearon a Mariana en el estómago. Soltó el teléfono y se dobló. Antonio la ayudó a llegar a una silla. Se sentó en completo silencio mientras las palabras se sumergían en sus huesos. *Perdimos El Arado.* Miró las paredes blancas que la rodeaban. Habían pulsado en la sangre de cada Cabal durante trescientos años. Las paredes blanco hueso eran sus paredes. Eran las paredes de sus hijos. Se cogió el vientre. *Él nunca va a conocer El Arado*, pensó. Estalló en lágrimas. Mariana sabía que las lágrimas no tenían sentido, pero la pérdida de trescientos años era demasiado dolorosa como para tragarla sin lágrimas.

Mariana le cogió la mano a Antonio. Estaba agitada, trataba de respirar a través de las lágrimas.

"Tenemos que regresar a Buga."

Antonio estaba confundido.

"¿Por qué? Acabamos de llegar:"

Mariana sintió un destello de rabia. La rabia se tragó su voz. Incapaz de hablar lo miró a los ojos y lanzó dagas llenas de ira hacia él. Por primera vez, Antonio veía algo distinto al amor en los ojos de Mariana y el frío le bajó a lo largo de la columna. Asintió.

Antonio y Mariana regresaron al hogar cuando el Sol se estaba poniendo en Buga. Mariana entró a una casa llena de mareas de rabia y hechizos de dolor. Su padre gritaba por teléfono y tiró un vaso de ron contra la pared. Tan pronto como la empleada escuchó cómo se quebraba el vaso contra la pared, llenó otro vaso de cristal y, como un fantasma, lo puso al lado de él. Diego y Mario Andrés se sostenían estoicamente al lado de su padre. Amparo, sentada en la sala, miraba por la ventana. Las lágrimas resbalaban por su cara. Esperanza, Catalina y Juliana estaban sentadas entre su padre y su madre, congeladas de miedo y confusión. Las chicas querían correr y escapar a sus habitaciones, pero al igual que cuando alguien no puede apartar los ojos de un horrendo accidente mientras pasa a su lado por la carretera, ellas no se podían mover de la carnicería que se desplegaba frente a sus ojos. Cada cual estaba tan envuelto en su propio drama que nadie notó a Mariana cuando entró. Mariana sabía que era mejor no hablar con su padre. Su madre era la única que podría contestar las miles de preguntas que le quemaban la mente.

Mariana se sentó junto a su madre pero los ojos de Amparo permanecieron fijos en el horizonte. Hizo falta que le tocara las manos para que se volteara hacia ella.

"Mari, me alegra que estés en casa." Abrazó con fuerza a su hija.

"¿Qué pasó, mami?"

"Tus tías y tu abuela vendieron El Arado a espaldas de tu padre. Le han estado mintiendo por meses. Se llevaron todo. ¡Todo!"

Amparo se volteó hacia la ventana. El Sol se reflejaba en las mejillas húmedas. La pena la ahogaba, negaba desesperada con la cabeza.

"Mari, no tenemos nada, nada…" Su voz se fue apagando.

"¿Cómo pudieron hacer eso? ¿Por qué lo harían?"

Hernando Andrés gastó el resto de su vida y toda su fortuna tratando de encontrar las respuestas a esas dos preguntas. Nunca entendió por qué sus queridas hermanas y su amada madre no sólo vendieron El Arado a sus espaldas, tampoco le pagaron su parte de la venta. Hernando Andrés logró saber que fueron los esposos de sus hermanas quienes orquestaron la venta. Los hombres se embolsillaron la mayoría del dinero sin que las hermanas lo supieran. Alguien forjó su firma para la venta de su amado El Arado.

La vida tumbó a Hernando Andrés, le abrió la boca y le metió el andén entre los dientes y, entonces, lo pateó. Pocos meses tras la pérdida de El Arado, el nuevo negocio ganadero que había emprendido en Los Llanos colapsó en pérdida total. Las quinientas reses, en las que había invertido los ahorros de la familia meses atrás, murieron de un virus del que nadie había oído hablar. El virus se extendió tan rápido que, para el tiempo en que Hernando Andrés recibió las noticias, no quedaba una res con vida. Los pocos amigos en los que confiaba se aliaron con él. Le dieron cientos de miles de pesos para que comenzara una nueva vida. Le prestaron sus manos, sus mentes e incluso sus corazones, pero Hernando Andrés era incapaz de olvidar el pasado. Tomó el dinero y se estancó en las aguas movedizas del pasado. Lo gastó en abogados y demandas en el intento de volver a su antigua vida, El Arado. Las batallas en la corte, los abogados, las peleas, nunca resultaron en respuestas o en justicia. Sus abogados parecían abandonar siempre el caso el día antes de que comenzara el juicio. Cuando por fin encontró un abogado que creía más en la justicia que en los sobornos, misteriosamente los jueces decidieron desestimar el caso. Familia y amigos fueron testigos impotentes, mientras Hernando Andrés descendía por las espirales de la desesperación. Perder el Arado le estaba quitando vida al alma de Hernando Andrés. No era nada sin El Arado. Era como una nave a la deriva, sin capitán, incapaz de navegar las aguas de la vida. Su único refugio era la oscura oficina en la que buscaba obsesivamente los resplandores de la esperanza de recuperar la posesión de El Arado amado. Las horas, los días, los meses pasados inclinado sobre su escritorio fueron fútiles. El Arado se había ido para siempre.

Amistades y familia pensaban que Hernando Andrés se comportaba de manera irracional, obsesiva y tonta con respecto a El Arado. Estaban en lo cierto, pero él no podía soltar su pasado por razones que nadie podría siquiera sospechar. Hernando Andrés necesitaba El Arado para no estar paralizado de miedo. Toda su vida había trabajado solo en el Arado. Sabía todo acerca del azúcar de El Arado. Sabía de su suelo, sus máquinas, sus trabajadores, pero nada sabía acerca del mundo por fuera de El Arado. Estaba seguro de que fallaría en cualquier intento por fuera de sus muros. El fracaso del negocio ganadero era toda la prueba que necesitaba. Enmascaraba el miedo devastador con la obsesión por la justicia. Cuando Amparo le suplicó que saliera y buscara trabajo rugió que estaba trabajando día y noche. Cuando ella lloró en su regazo porque el colegio de los chicos había llamado a reclamar el pago de la pensión, la calmó diciendo que pediría prestado más dinero. Fallar en los favores era más fácil que fallar en el trabajo. No podía soportar la idea de encontrar que era un bueno para nada. Su miedo lo mantuvo escondido en las sombras del pasado, incapaz de enfrentar el porvenir o de vivir el presente.

Ocho meses infelices habían pasado desde que El Arado fuera arrebatado del alma de la familia y cada día que pasaba la vida parecía endurecerse más y más. Amparo temía caminar por las calles adoquinadas de Buga. Odiaba la piedad en los ojos de los vecinos y las lenguas que se ponían a bailar cuando ella pasaba. Pensar en que la gente se refiriera a ella en pasado, le anudaba los músculos de la espalda como una anaconda sobre su presa. No encontró un respiro de la crueldad en las calles de su hogar. Amparo sintió que los muros estaban aplastándola lentamente hasta la muerte. Cada fotografía que veía, cada sábana que rozaba su piel, cada rosa que olía le rompía el corazón en un recordatorio de la vida que había vivido. El Arado la perseguía y a cada rincón de su hogar maldito.

Amparo se vio obligada a aceptar los cambios drásticos que vinieron con la pobreza. El estómago se le revolvió cuando tuvo que dejar ir al chofer que no volvería. El corazón le dejó de latir cuando vendieron el carro y lloró ríos de lágrimas cuando tuvo que despedirse de Dandaney, su empleada por más de quince años. Encontró el punto de ruptura una mañana calurosa de domingo. Sin empleada por primera vez en su vida, Amparo se vio obligada a limpiar la casa. Encontró paz trapeando, escapó de su tristeza lavando platos pero cuando se arrodilló frente al sanitario sencillamente se quebró. Lágrimas de humillación corrieron por sus mejillas al limpiar los orines y la mierda de su familia. Supo que su tiempo en Buga había terminado.

Para Antonio, la pérdida de El Arado fue una explosión tremenda. En los brazos de Mariana, él había tenido la esperanza de abandonar la lucha por sobrevivir. Por un breve momento pudo degustar el sabor de la dulzura, el lujo y las caricias en las puntas de sus dedos. Se sintió devastado cuando se le arrebató de las manos. Sin El Arado, Mariana era exactamente como él, un colombiano más sin hogar, enfrentando un futuro incierto y dejando atrás un pasado doloroso. Mirar a Mariana era agonizante. El vientre en crecimiento era un recordatorio constante del camino desafortunado que habían emprendido. Cada vez que la miraba recordaba cuán cruel era la vida, así que dejó de mirarla. Encontró momentos de alivio lejos de Mariana. Cuando trabajaba podía olvidar la broma cruel que la vida le había jugado. Así que Antonio hizo todo lo que pudo para estar lejos de Mariana. Su único refugio era el trabajo. Se levantaba antes de que amaneciera y llegaba a casa tiempo después del atardecer. Trabajó en todo lo imaginable. Trabajó como mecánico, transportó paquetes de una bodega a otra, condujo camiones, carros y motos de un lado al otro y a veces fuera del pueblo, pero los pesos que llevaba a casa apenas alcanzaban para la comida.

El corazón de Amparo pesaba por Mariana. Pasaba días y noches sola con nada más que su vientre para aliviarla. Amparo, como lo había hecho en el pasado y como lo haría en el futuro, decidió ayudar. Se tragó su orgullo. Llamó a su amiga querida, Luisa de Hoyos, y le pidió que contratara a Antonio como chofer. Al día siguiente, Antonio conducía los hijos Hoyos al colegio, llevaba a almorzar con sus amigas a Luisa y la dejaba en el club social para la cena. Mariana estaba contenta con los horarios predecibles y las entradas constantes. Antonio no estaba muy feliz de pasar un par de horas cada noche observando su sueño roto, Mariana.

Tras pocas semanas en el empleo, Luisa le pidió a Antonio que recogiera a su hija de las lecciones de tenis. Antonio esperó en el parqueadero como acostumbraba. Vio el pelo rubio de Manuela a través de la reja. Abrió la puerta de atrás pero cuando se volteó para sonreírle a Manuela, encontró los ojos de Esperanza. Esperanza inmediatamente miró hacia otra parte. Él sabía exactamente lo que eso significaba. Con los dientes apretados, Antonio dijo:

"Hola señorita Manuela, hola señorita…"

"Esperanza, mucho gusto."

Cerró la puerta tras Esperanza. Antonio no entendía por qué Esperanza temía lo que pensara de ella una niña de diez años. Habría podido ser más comprensivo si Esperanza estuviera con sus amigas, pero el hecho de que se avergonzara de su cuñado frente a una niña de diez años le hizo comprender finalmente que nunca sería parte del mundo de Mariana. Tan quebrada como estaba la familia Cabal todavía pertenecía a un mundo que el dinero no podía comprar, un mundo donde los apellidos importaban más que los pesos en el bolsillo.

Antonio renunció al empleo de chofer esa misma noche. No quería ser parte de un mundo que disfrazaba su odio hacia él. Mariana se sorprendió de verlo en casa tan temprano.

"Hola, mi amor."

"Hola. ¿Está lista la comida?"

"No, pero puedo preparar algo rápido."

"¿Por qué no está lista la comida?" – su voz retumbaba como un trueno por la casa.

"Mi amor, llegaste a casa tres horas antes."

"Porque renuncié a ese empleo de mierda."

"¿Qué? ¿Por qué?"

"Porque creen que soy un burro y que pueden tratarme como se les dé la…"

"¡Pero tú eres su chofer!"

Los ojos de Antonio estaban llenos de furia. Escupió las palabras.

"Y soy tu marido, ¿eso en qué te convierte?"

Antonio vio un relámpago de vergüenza en los ojos de Mariana. Se le rompió el corazón. Ni siquiera Mariana podría aceptarlo. Salió de la casa como una tormenta. No regresó esa noche ni la siguiente.

Dos días después llegó a casa a la hora de la cena. Amparo

y Mariana estaban sentadas a la mesa. Caminó hacia la cocina. Se sentó sin mirar a nadie y preguntó:

"¿Qué hay de comer?"

Silencio.

"¿Qué hay de comer?"

"Arroz con pollo."

"Perfecto."

Comieron en silencio esa noche y la siguiente y otra más hasta que las palabras entre Antonio y Mariana eran tan raras como los días fríos en Buga. Mariana tenía ocho meses de embarazo cuando Amparo le dijo que la familia se mudaba a Bogotá.

"¿Cuándo?" – fue todo lo que pudo decir Mariana.

"Unos meses después de que nazca el bebé. Los chicos finalmente van a estar bien. Cata y Juli habrán terminado el colegio para entonces. Tú y Antonio son más que bienvenidos."

El corazón de Mariana se hundió. Sólo tendría unos meses más con su familia y luego la dejarían sola. En los últimos meses, Antonio había cambiado hasta convertirse en un hombre al que no reconocía. Su sonrisa cálida y amable había sido reemplazada por una mueca de amargura. El hombre que sólo quería pasar tiempo con ella, había sido cambiado por un hombre que aprovechaba cualquier oportunidad para estar lejos de ella. El hombre que no podía dejar de tocarla se había convertido en un hombre que apenas la miraba.

Mariana sabía que no podría ir a Bogotá. Sabía que tendría que sanar su amor donde había nacido, en Buga.

"Gracias, mami, pero no podemos irnos a Bogotá."

Amparo sabía que Bogotá era un sueño imposible para Mariana. Sabía que Mariana se encontraba justo donde ella lo había predicho. Con el corazón roto, sintiéndose sola y confundida acerca del hombre en el que su marido se había convertido. Amparo lloró hasta que le dolieron los ojos pero sabía que no podría seguir haciéndose cargo de Mariana. Debería luchar por su propia supervivencia. Le prometió a Mariana que no se iría hasta que ella estuviera lista. Mariana no estaba preocupada por la maternidad. Sabía que su bebé estaría a salvo entre sus brazos desde el momento en que dejara su útero. Lo que más la preocupaba eran las necesidades prácticas de la vida. ¿Dónde iban a vivir? Durante los últimos seis meses Antonio y Mariana habían vivido en el hogar de su madre. Antonio apenas si ganaba para llevar comida a la mesa. Sus empleos llegaban y se iban como arepas calientes en la mañana. Forzó una sonrisa en su cara.

"Creo que mudarse a Bogotá es una buenísima idea. Todos pueden volver a comenzar." Secó las lágrimas en los ojos de su madre.

"Pero antes de irte, enséñame a preparar tus empanadas."

Amparo inclinó la cabeza hacia atrás y rió. Su risa profunda y estruendosa hizo vibrar las paredes y las siguió a la cocina y bailó entre ellas mientras amasaban la harina de maíz de las empanadas.

Esa noche, Mariana se recostó en la cama y miró el espacio vacío donde debería estar Antonio. Necesitaba que él fuera el ancla durante la tormenta pero, como se le estaba volviendo costumbre, no se sabía dónde estaba. Se perdió en fantasías pero esta vez no eran Antonio ni El Jején quienes la salvaban. En el laberinto de su imaginación, conoció a su hijo por primera vez. Vio sus ojos verde-marrón, sus labios con forma de corazón y su pelo negro salvaje y espeso. Su voz resonó en la imaginación de Mariana. Con cada palabra que dijo, el miedo de ella se derretía lentamente y era reemplazado por amor, perdón y comprensión. Protegida en su cama, fue capaz de olvidar las lágrimas derramadas en tantas noches de pánico acerca del futuro. Fue capaz de perdonar los insultos de Antonio, arrojados contra ella con tanta rabia que le cruzaban la cara como un golpe. Borró de su memoria las incontables cenas que se quedaron sin comer porque la soledad las había infestado. Una vez que su cuerpo estuvo lleno de perdón, su hijo pidió venir al mundo.

Gabriel Rodríguez Cabal nació en un día nublado y lluvioso a mediados de Noviembre. Los doctores estaban asombrados de que un bebé tan gordo hubiera forzado su salida de una mujer tan delgada. Sus brazos y piernas eran rollos de grasa que terminaban en pequeñas manos y pies empuñados como ramas de un espantapájaros. Desde el momento en que Mariana lo vio, el corazón se le derritió en devoción. Los ojos de ambos se encontraron e hicieron la promesa silenciosa de protegerse el uno al otro de todo lo que se pusiera en el camino. Mariana supo que nunca más tendría que enfrentar el mundo sola.

La puerta de su habitación chirrió al abrirse. Antonio estaba de pie en el umbral, sostenía un ramo de flores. Él le sonrió tratando de frenar las lágrimas. Con una inclinación de cabeza, ella lo invitó a acercarse. Él se sentó en la cama y observó a su hijo. No se dijo palabra. La habitación estaba silenciosa y en el silencio el amor nació. Antonio se prometió ser el padre que nunca tuvo. Amar a su hijo de la forma en que su padre nunca lo amó. Se prometió darle el hogar que siempre había deseado pero nunca había tenido. Sabía que no podría darle a Gabriel la vida que había soñado para él, pero que le daría algo mejor de lo que estaba dando.

Antonio miró a su hijo envuelto en los brazos de Mariana y la puerta para amar a Mariana se abrió una vez más. Gabriel hizo que quisiera estar cerca de Mariana. Le hizo desear algo mejor de lo que tenía.

Instantáneamente Mariana vio el cambio en Antonio. Su sonrisa resurgió, volvieron los besos y sus risas llenaban el hogar humilde. Mariana y Antonio se mudaron a su primer hogar tres meses después del nacimiento de Gabriel. Ella estaba contenta con lo que la vida le daba. Sí, la casa era más pequeña de lo que le habría gustado. La cocina era una reliquia de un pasado olvidado y el sanitario constantemente tapado la envolvía en olas de rabia, pero era su hogar. Restregaba las paredes manchadas de tiempo con tanta dedicación como cambiaba los pañales de Gabriel. Trapeaba los suelos de baldosa resquebrajada en la mañana y en la tarde antes de servirle la cena a Antonio en la frágil mesa con sillas dispares de madera. Pasaba el tiempo libre cosiendo cortinas para las dos ventanas pequeñas de la sala con la esperanza de olvidar que enfrentaban un largo muro de ladrillo. Cubría las grietas de las paredes con pequeñas réplicas en porcelana de los mejores hogares de Colombia.

Mariana encontró un equilibro entre las noches sin dormir con Gabriel y los siempre renovados adioses con Antonio. El mundo se derretía tras los ojos de Gabriel y encontró la felicidad con él. La soledad se convirtió en una costumbre para Mariana. Con su familia en Bogotá, Antonio viajando por todo el país en su búsqueda de dinero, los días pasaban y la única persona a la que veía era a Gabriel, sin embargo aquellos eran los días más felices.

Contrario a la paz que Mariana encontró en su nueva vida, Antonio se sentía torturado. Las despedidas constantes le partían el corazón en pedazos. Detestaba dejar a Gabriel, aunque sabía que tenía que irse a buscar trabajo donde hubiera. Conducía camiones llenos de pollos chillones a los largo de los picos y valles del país, a lo largo de la ciudad y de las costas de los océanos Atlántico y Pacífico. En los meses buenos se quedaba cerca de casa y vendía neveras a los vecinos. En los peores momentos, navegaba ríos solitarios transportando paquetes que no tenían dueños ni destino final, sino que eran empujados hacia el norte por miles de manos para ser olidos por narices extranjeras tras puertas de baño cerradas. Sin importar cuántos trabajos tuviera o cuantos días estuviera lejos de su familia, nunca parecía haber suficiente dinero. Los años pasaron con miles de horas trabajadas y nada cambió. Sin importar cuán duramente lo intentara, Antonio no lograba sacar a su familia de la escasez. El decadente apartamento, de delgadas paredes y sanitario dañado, no le permitía olvidar su fracaso.

Mariana miró a Gabriel dormir en su cama. Aún podía ver las huellas del bebé que había sido. Cuatro años de vida se habían llevado la gordura de su bebé y la habían reemplazado con brazos musculosos y piernas flacas que salían de debajo de su barrigota. Mariana sabía que Gabriel sería un hermano maravilloso para la hermanita que crecía dentro de ella. Así como Mariana había conocido a Gabriel en sueños, su hija la visitaba en las noches. Aún no le había contado a Gabriel que tendría una hermanita porque Antonio lo ignoraba todavía. Habían pasado tres meses desde que Antonio había dejado la casa y Mariana estaba entusiasmada de verlo esa noche. Mantener en secreto su embarazo había sido una de las cosas más difíciles que había hecho. Mariana se negaba a decirle a Antonio que volvería a ser padre por teléfono. Esta vez, deseaba ver la alegría en sus ojos cuando supiera que tendría una niña.

La puerta chirrió al abrirse. Mariana se levantó. En silencio y con rapidez salió de la cama hacia la puerta de entrada. Antonio dejó las maletas en el suelo. Miró hacia Mariana y le sonrió. Mariana no pudo evitar notar cómo lucía de cansado. Lo envolvió en sus brazos. Sintió sus huesos a través de la piel.

Lo sentó en el sofá y le sirvió un tinto y una empanada recién hecha. Lo observó comer en silencio. Estaba convencida de que la hija que crecía en su vientre era justo lo que el matrimonio necesitaba para resurgir del daño que el tiempo había infligido al amor.

"¡Estoy embarazada!"

Antonio se atragantó con la empanada. Giró hacia ella con los ojos bien abiertos.

"¿Qué?"

"¡Estoy embarazada! ¡Tengo tres meses! Sé que va a ser una niña, ¿puedes creerlo? ¡Una niñita!"

"¿Estás segura?"

Mariana afirmó con la cabeza emocionada.

"¡Sí, sí, estoy tan segura, es una niña!"

"¡No, de que estás embarazada!"

"¡Sí, mi amor, sí!"

Antonio tragó con dificultad. El peso del mundo vino a agolparse sobre sus hombros. Se vio hundiéndose profundamente en el abismo. Mariana, ciega por la excitación, no vio la devastación de Antonio. Esa noche en la calma oscuridad del dormitorio, con Mariana dormida a su lado y Gabriel en el suelo, Antonio le prometió a su hija que no viviría una vida de escasez.

Antonio estaba decidido a comenzar su propio negocio. Creía que la única forma en que encontraría el éxito sería convertirse en su propio jefe. Había pasado toda su vida trabajando arduamente para otros y eso lo había llevado a un callejón sin salida. Salió a las calles buscando inspiración y la encontró en una esquina solitaria. Un camión dañado y derruido, con dos llantas desinfladas y sin una puerta, estaba a la venta. Sin pensarlo dos veces, sacó la chequera y lo compró. Sabía que su nuevo camión transportaría pollos vivos por las cordilleras, hacia las sabanas y llenaría sus bolsillos de dinero. Pero antes de ver llenos sus bolsillos, necesitaba hacer funcionar el camión. Compró neumáticos nuevos, un motor nuevo fue instalado y encontró la puerta de otro camión y la encajó en el suyo. Compró cientos de jaulas para pollos y una carpa para cubrir la carga. Se movía a la velocidad de la luz. Trabajaba en su camión todos los días, reemplazando, ajustando o añadiendo algo hasta que finalmente estaba preparado para comenzar el viaje.

A lo largo de cuatro años de matrimonio, Mariana había aprendido a dejar que su marido se moviera libremente hacia sus ideas irracionales. Sabía que era un espíritu libre que cuando se sentía atrapado respondía con rabia, tristeza o desapareciendo varios días seguidos. Había aprendido que sus ideas irracionales tendían a quemarse solas sin que ella se involucrara, pero esta última idea la tenía preocupada. Él estaba gastando el dinero como si tuvieran una fuente infinita debajo del colchón. Lo vio pararse frente al precipicio del riesgo, listo para saltar a lo desconocido. Mariana lo cogió de la camisa y trató de halarlo hacia la comodidad del mundo conocido.

"Mi amor, no puedes hacer esto ahora."

"Mari, tiene que ser ahora."

"Pero debemos ser responsables."

"Lo soy. Lo prometo. Estoy cuidando de mi familia, Mari. Solo estoy cuidando de ti, mi vida."

Las palabras de Antonio estaban cubiertas de arequipe. Mariana no quería morder su dulzura pero eran demasiado fascinantes, demasiado apetitosas, demasiado divinas para no ser hechizada por ellas. Mariana se perdió en la dulzura del sueño de Antonio.

La mañana que el sueño se estrelló con la realidad, era una mañana como cualquier otra. Tres arepas se asaban en la estufa, el chocolate estaba hirviendo y Mariana cortaba tomates y cebollas para los huevos pericos. Un golpe fuerte en la puerta la alarmó. Caminó con precaución hacia la puerta.

"¿Quién es?"

"¡Abra la puerta!"

Antonio salió de la habitación medio dormido.

"¿Qué quiere?"

De repente, la puerta se abrió de un golpe. Mariana gritó. Antonio vio a los dos policías y corrió hacia la ventana abierta de la sala. Los dos corrieron para agarrarlo pero Antonio logró safarse de sus manos y saltó por la ventana. Mariana gritó cuando vio a Antonio caer en el cemento. Corrió a la ventana. Antonio se levantó del suelo, la pierna herida. Ella lo llamó. Él le gritó.

"¡Lo siento, Mari!"

Las lágrimas le corrieron por el rostro al verlo cojear calle abajo. Un policía corrió tras él. Antonio corrió tan rápido como pudo pero no fue suficiente. Mariana observó desde arriba cómo su marido era empujado al carro de policía.

Los días siguientes al arresto de Antonio despojaron a Mariana de sus sueños y la tiraron en un mundo implacable de celdas de prisión, policías corruptos y un sistema legal que cuidaba de los ricos y exprimía a los pobres. La primera falta de Antonio era haber firmado cientos y miles de pesos en cheques sin fondos. Para cubrir la deuda, Antonio había accedido a ser una parte en la larga cadena de ladrillos blancos que viajaban hacia el norte. Los oficiales de policía habían llegado a la casa de Antonio no para arrestarlo sino para recibir la paga por asegurar que los ladrillos pasarían desapercibidos. El miedo y la inexperiencia le hicieron correr, su error más grande. Los policías estaban furiosos de no haber obtenido su dinero, estaban molestos porque Antonio los había obligado a trabajar en la calurosa mañana del sábado, así que fueron inmisericordes con el castigo.

Antonio fue encarcelado. Se mantuvo de pie, incapaz de sentarse en la celda hacinada. Lo rodeaban baldes de orina y mierda. Antonio no comió por cuatro días. Observaba con nostalgia cuando las mujeres traían comida a sus maridos. Se preguntaba por qué Mariana no había ido. Estaba muy hambriento pero temía pedirle comida a alguien. Los calambres del hambre no eran nada comparados con la preocupación. Le preocupaba haber perdido a Mariana para siempre, hasta que al cuarto día vio la altura de su pelo caótico por encima de los demás a través de las puertas de la cárcel. A través de las barras de hierro, Mariana pasó un plato repleto de arroz, pollo, carne y empanadas.

"Mari, lo siento tanto."

"Lo sé, lo sé. Antonio esto se ve mal, muy mal."

"¿Qué tan mal?"

"Están diciendo que vas a estar aquí durante cinco años."

El corazón de Antonio le cayó a los pies. Sacó la mano y tocó el vientre de Mariana. Ella miró hacia arriba tratando de contener las lágrimas.

"Hablé con mamá a ver si alguien puede ayudarnos pero no parece tan fácil, mi amor."

"¿Vas a esperarme?"

La palabras escaparon del cuerpo de Mariana. Trató de hablar pero sólo había vacío. Asintió con la cabeza porque fue todo lo que logró hacer. Cuando llegó el momento de irse, Antonio observó a Mariana caminar a través del patio central y fuera de las grandes puertas de metal. Se sentía como si lo estuvieran desollando. Miró el plato repleto de comida. Aunque no había comido por cuatro días, no tenía apetito. Se acuclilló y puso la comida al lado en el suelo mugriento. La realidad de cinco años solo en una celda derruida lo golpeó, lo tiró al suelo. ¿Cómo iba a sobrevivir a cinco años de suciedad, cinco años de noches en vela, cinco años de miedo? Se agarró de las barras para no caerse. Su mente corría tratando de descifrar cómo su vida había resultado ser tan diferente de lo que había imaginado. Al crecer, Antonio creía que era diferente a su padre, mejor que los orígenes de su madre, sabía con el corazón que estaba destinado a vivir una vida mejor que la de sus hermanos y hermanas porque era especial, pero aquí estaba, en una celda mugrienta, rodeado de hordas de criminales. Los ojos se le llenaron de lágrimas, los brazos y las piernas le temblaban incontrolablemente, el pecho se le apretaba con cada respiración. Un hombre le murmuró al oído:

"Más te vale sacar fuerza, es la única forma de sobrevivir."

Antonio tenía que sobrevivir por Gabriel, por Mariana, por su hija sin nacer, por la vida que se había prometido años antes. Las lágrimas desaparecieron, se le relajaron los brazos y las piernas. La respiración volvió a la normalidad. Se sentó en el suelo, sin importarle la suciedad. Cogió su plato de comida y se metió una cuchara llena de arroz con fríjoles a la boca. Estaba decidido a sobrevivir.

La determinación también creció al interior de Mariana. Antonio llegaría a casa antes del nacimiento de su hija. Hizo todo lo que estuvo en su poder para que soltaran a su marido pero sin que importara el número de puertas que golpeó, la cantidad de lagrimas que derramó, nadie estaba dispuesto a devolverle a Antonio su libertad. Con cada rechazo el cuerpo de Mariana caía más profundamente en el abandono. Su madre le suplicó mudarse a Bogotá pero ella no podía dejar que su marido se pudriera solo en la cárcel. Amparo movió cielo y tierra y logró el milagro de que Antonio fuera transferido a la cárcel La Picota en Bogotá. Rota y aturdida, Mariana empacó sus veintidós años de vida en dos maletas y se mudó al deprimente apartamento de su madre en Bogotá.

Cinco años después de la pérdida de El Arado, la familia Cabal seguía peleando la batalla contra el dolor en el corazón y el infortunio. Esperanza se acababa de divorciar y vivía de nuevo con su madre y su niña pequeña. Las gemelas habían decidido encontrar el porvenir donde más brillara el Sol. Catalina soñaba con volar alrededor del mundo como azafata y golpeaba puertas en Cartagena. Juliana decidió probar suerte en Cali. Mario Andrés y Diego cursaban la escuela militar en camino a la marina. El último préstamo que Hernando Andrés fue capaz de obtener, aseguró que sus hijos terminarían la escuela militar y comenzarían la carrera de marinos. El hecho de que dejaran la casa a los quince y catorce años casi mata a Amparo. En Bogotá, Hernando Andrés abandonó toda esperanza y se retiró al abismo de miedo que su mente había creado. El miedo inundaba su ser por entero. Incapaz siquiera de salir a la calle, se sentaba en una silla a mirar la ciudad, apenas si decía palabra, mientras Amparo y Mariana se levantaban con el Sol y trabajan en lo que encontraran.

El frío de Bogotá penetró los huesos de Mariana. La lluvia interminable fluía tan fácilmente como las lágrimas interminables de Mariana. Gabriel era lo único que le daba alegría y, de no ser por sus preguntas constantes. Mariana habría olvidado completamente que estaba embarazada. Dormía sólo porque Gabriel la hacía dormir a su lado, comía sólo porque Gabriel le decía que comiera. Comer era una tortura para Mariana. Los ácidos de su estómago habían abierto un hueco del tamaño de una ciruela y era un milagro que su hija no atravesara ese hueco y cayera en el pozo de tristeza.

Andrea Rodríguez Cabal nació una mañana sorprendentemente cálida de Diciembre bajo el siempre frío y plomizo cielo de Bogotá. A diferencia de su hermano, Andrea era una recién nacida enfermiza. Mientras Gabriel había sido una bola de gordos, Andrea era una pila de piel y huesos coronada por un manojo de pelo ondulado marrón. La frágil piel amarillenta colgaba sobre el débil cuerpecito. El blanco de los grandes ojos color marrón era tan amarillento como la piel. Andrea era tan pequeña que Mariana temía romperla. Insegura, hizo todo lo que una madre habría podido hacer, con delicadeza acercó a Andrea a su pecho y puso su pezón en la boca pequeñita de su hija. Andrea escupió y revolvió su pequeño cuerpo en la profundidad de los brazos de su madre.

"Vamos… por favor."

Mariana volvió a poner el pezón en la boca de Andrea y derramó una gota de leche en su lengua. La lengua sedienta de leche de Andrea absorbió instantáneamente la gota. Buscó con la boca a su madre y la cerró contra el pezón con tanto poder que Mariana supo que a pesar de parecer tan frágil, Andrea tenía un poder indomable.

La fuerza de Andrea estuvo totalmente presente durante los primeros ocho meses de vida. El amarillo de la piel desapareció en los primeros días después de nacida, pero con su desaparición, una enfermedad más siniestra surgió. El estómago de Andrea trabajaba al revés. En lugar de guardar la leche de su madre en el interior, su estómago la empujaba hacia fuera. El estómago la rechazaba como si fuera veneno. Comenzó como una gota de leche mojando sus labios arrugados pero hacia el final del séptimo día de vida, el vómito de Andrea rociaba las paredes al otro lado de la habitación. Sin importar cuánto alimentara Mariana a su hija, la leche siempre terminaba en el suelo, en las paredes, en su regazo, en todas partes salvo en el estómago de Andrea.

Andrea estaba bailando con la muerte. Pocas semanas después de su nacimiento, mientras caminaba entre la vida y la muerte, Mariana comprendió lo que necesitaba su hija. En la tranquilidad de la noche, Andrea tendía a guardar la leche de su madre en el cuerpo. Mariana entendió que lo que su hija necesitaba era quietud. Necesitaba estar completamente quieta para poder vivir. Mariana le hizo a Andrea una silla que la mantenía perfectamente quieta y en su quietud Andrea comenzó a abrazar la vida. Andrea dormía en la silla, comía en la silla y crecía en la silla.

Gabriel miraba a Andrea en la silla. Era delgada, arrugada, con ojos tan grandes que le recodaban a una mosca. Esta no era la hermana que había imaginado cuando le dijeron que sería hermano mayor. Deseaba alguien con quien jugar. Alguien con quien reír. Alguien a quien enseñarle a jugar fútbol. Gabriel ni siquiera podía tocar a Andrea. Cuando sus dedos se acercaban a ella, Mariana gritaba: "¡No toques la silla!" Cuando le preguntaba a Mariana cuándo iba a salir Andrea de la silla, ella respondía: "Yo también quisiera saberlo, mi rey." Cuando preguntaba: "¿Va a estar en esa silla por siempre?" Los ojos de su madre se llenaban de lágrimas y su abuelita lo mandaba fuera a jugar. Deseaba que Andrea saliera de la silla para que Mariana dejara de ignorarlo. Deseba que Andrea saliera de esa silla para que la vida volviera a la normalidad, pero ocho largos meses pasaron antes de que Andrea pudiera finalmente dejar atrás la silla que le salvó la vida.

Como era su costumbre, Mariana estaba acostada en la cama escuchando los sonidos de la vida vibrar al otro lado de su ventana. Se preguntaba con qué sonidos Antonio se quedaba dormido en la noche. ¿Escuchaba pitos de carros y el canto de los pájaros o la respiración de desconocidos y golpes en las puertas? Miró a Gabriel, dormido a su lado. Miró hacia la cuna que la iglesia de su madre le había regalado y se dio cuenta de que podría compartir esa misma cama con Gabriel, Andrea y Antonio por el resto de su vida a menos que ella creara el cambio. Antonio no podía ayudarla. Su madre había hecho todo lo que estaba en su poder. Su padre era un fantasma ambulante y sus hermanos y hermanas estaban tratando de construir sus propias vidas. Mariana había tomado sus decisiones, pero las vidas de sus hijos apenas comenzaban. Sabía que tendría que darles más de lo que Colombia les podía dar. Escuchó las palabras de su madre tan claras como el día que se las dijo:

"No quería esto para ti. Quería que tuvieras más de lo que yo he tenido. Ay Mari, desafortunadamente algún día vas a entender lo que te estoy tratando de decir."

Sola en el cuarto, a oscuras con sus dos hijos, Mariana finalmente entendió las palabras de su madre. Caminó hacia la cuna de su hija. Andrea estaba dormida en su silla. Seguía siendo más delgada que la mayoría de niños de su edad pero había logrado lo imposible. Había sobrevivido. Mariana se sintió abrumada por el deseo de cargar a su hija. Cargó a Andrea entre sus brazos y la puso contra su pecho por primera vez desde que nació. Andrea se acomodó en el cuello de su madre. Quedaba perfecta. Su aliento bailaba a lo largo de la espalda de su madre. Escalofríos le recorrieron la columna. Esperó que Andrea vomitara. Los segundos se volvieron minutos y Andrea durmió apaciblemente en los brazos de su madre. Mariana había esperado este momento por más de ocho meses. Contuvo la respiración. Cerró los ojos y vio su destino. Mariana cogió el destino por la nuca, luchó hasta ponerlo en el suelo, le dobló el brazo por la espalda y le mostró hacia dónde deseaba ir. Hacia dónde necesitaba ir.

capítulo
SEIS

Mariana llegó a Estados Unidos con el bolsillo lleno de sueños. Tenía una reserva de diez años de sueños para Gabriel y Andrea. A los diez años, como cualquier niño colombiano, a Gabriel le encantaba jugar fútbol, aunque leer le gustaba todavía más. Se enamoró de los libros porque le permitían escapar de los rincones oscuros de la casa en Bogotá sin tener que alejarse del lado de su madre. En cambio, Andrea no podía esperar para alejarse de su madre. Tan pronto como fue capaz de gatear, escapaba constantemente de Mariana. No podía quedarse quieta por más de unos segundos. Mariana siempre sabía dónde estaba Andrea porque dejaba un camino de destrucción a su paso. Destrozaba las casas como un tornado. Mariana siempre corría detrás de Andrea, limpiaba, se disculpaba con desconocidos, se halaba el pelo de frustración, ansiedad y cansancio.

"Mami, en el colegio me dijeron que si te rascas mucho la cabeza es porque tienes piojos, ¿tienes piojos?"

Gabriel preguntó inocentemente un día que Andrea había destrozado el baño derramando shampoo y acondicionador en el suelo, desenvolviendo el papel higiénico y rasgándolo en pedacitos en un montón pegajoso.

Mariana rió.

"No, mi rey, es tu hermana. Me vuelve tan loca que es como si tuviera piojos."

"Andrea es un piojo", rió Gabriel.

"Sí, es mi piojito."

Ambos rieron a carcajadas. Andrea era justo como esos pequeños insectos que cavaban en las cabezas de las personas, tan pequeña, tan aparentemente inofensiva, pero siempre inolvidable. Andrea se convirtió en *piojito* a los dos años y para el momento en que la familia llegó a los Estados Unidos, Andrea era un *piojito* de seis años que caminaba, hablaba y corría.

Antonio y Mariana estaban de acuerdo en que no había nada para ellos en Colombia. Anidados en las montañas de los Andes, los futuros de sus hijos parecían no tener oportunidad. Gabriel y Andrea necesitarían las vastas planicies de Montana para alzar las alas, necesitarían los pantanos de Luisiana para plantar las semillas de sus futuros y necesitarían los bosques de secuoyas de California para alcanzar las estrellas.

Desde la húmeda celda, Antonio se preparó para el que sería el trayecto más difícil de su vida. No tenía nada que ofrecerle a su familia más que las promesas de Estados Unidos y en eso pondría su vida. Mariana se encargó de la preparación del viaje. Pasó muchas horas en oficinas oscuras negociando precios, fechas de partida, trayectos en bote por las selvas de Centroamérica. Rogaba garantías. Necesitaba saber que Antonio estaría a salvo, que llegaría a los Estados Unidos, que no terminaría encarcelado en medio de una selva olvidada por Dios. Pero las garantías eran imposibles. Lo único seguro eran los miles de dólares que tendría que pagar por el viaje de Antonio a Gringolandia.

El tiempo estaba del lado de Mariana. Tuvo cinco años para ahorrar dos mil dólares. Cinco años para trabajar en cuanto empleo se le cruzó en el camino. Cinco años para conspirar con su madre sobre la forma de obtener una visa de turista para los Estados Unidos. Tuvo cinco años para convertirse en una mujer. Cinco años de soledad habían cambiado a Mariana. La niña que se sentía desmayar cuando Antonio la miraba se había ido. En su lugar había una mujer práctica. Una mujer dispuesta a arriesgarlo todo por el futuro de sus hijos.

• • •

Mariana esperaba en la fila, Gabriel y Andrea tomados de las manos. Estaba rodeada por cientos de personas que hablaban idiomas que jamás había escuchado. Las voces creaban una dulce melodía en sus oídos. Las duras luces fluorescentes no quebraban el encanto de la belleza en la que se sentía sumergida. Mariana nunca había visto rostros tan diversos con tantos matices de color. Se maravillaba de la exquisitez de sus compañeros pasajeros. El trance de Mariana se quebró cuando el hombre tras la ventanilla de vidrio la llamó.

El corazón de Mariana empezó a correr. Había estado temiendo este momento por meses. Agarró las manos de sus hijos, las palmas le sudaban. Repitió todo cuánto su madre le había dicho. La vida de Amparo y Hernando Andrés, antes de la pérdida de El Arado, había estado poblada de recuerdos de Los Ángeles, Miami, Nueva York, Seattle, la lista era larga. Habían pasado tanto tiempo en los Estados Unidos que habían llegado a sentir el país como su segundo hogar. Mariana se acercó a la ventanilla. Se rogó a sí misma: *No dejes que te tiemblen las manos cuando le entregues los pasaportes. Le* sonrió al hombre al otro lado de la ventanilla. El pelo crespo rubio y el bigote eran exactamente como Mariana había imaginado que se veían los gringos.

"Passport."

La voz era aburrida e indiferente. Exactamente como Mariana había pedido en sus oraciones. Deseaba que fuera alguien cansado de su trabajo, alguien que no hiciera demasiadas preguntas. Le pasó los tres pasaportes. No le tembló la mano cuando los entregó. Él pasó las páginas de los pasaportes vinotinto. Se detuvo cuando vio las grandes calcomanías de visa.

"How long are you staying?"

Mariana entró en pánico. No entendía qué le estaba diciendo. Las palabras salieron de su boca con tanta velocidad que ella no supo cuándo empezaba una y terminaba la otra. El corazón le latió con fuerza. No deseaba llamar la atención.

"Slow. Please. Despacio."

Él dejó escapar un suspiro de frustración.

"How. Long. Are. You. Staying?"

"Ah, cuanto tiempo nos estamos quedando, two months." Confirmó sosteniendo dos dedos frente a la ventanilla.

"Where are you staying?"

De nuevo, las palabras cobraron vida propia hasta convertirse en barro.

"Sorry. No understand."

Gabriel giró hacia su madre.

"Quiere saber dónde nos vamos a quedar."

Mariana no lo podía creer. Cuando Antonio se fue a Estados Unidos seis meses atrás, Gabriel le prometió a su padre que sabría inglés la próxima vez que se vieran y allí estaba, un niño de palabra. Mariana sonrió encantada. Giró hacia el hombre y respondió:

"La casa del Tio– Uncle's house. In Los Ángeles."

El hombre observó a Mariana. Ella mantuvo la mirada fuerte, directa, como si no tuviera nada que esconder. Él volvió a mirar los pasaportes frente a él. Sus dedos gordos pasaron las páginas. Se detuvo en una página vacía, agarró el sello del escritorio e imprimió tres sellos, uno en cada pasaporte. Le devolvió los pasaportes a Mariana. Ella sonrió de oreja a oreja. Tomó a Gabriel y a Andrea de las manos y entró tranquilamente a Estados Unidos para comenzar una nueva vida.

Gabriel parecía un caballo salvaje. Apenas si Mariana lograba detenerlo. Ni él ni Andrea habían podido dormir la noche anterior al viaje. Los regaños en sordina de Mariana cortaban la negra noche, sin embargo los ojos de los niños permanecieron abiertos hasta que el Sol se levantó. Dieron vueltas en la cama por diferentes razones. Gabriel estaba entusiasmado de volver a ver a su padre. Andrea estaba emocionada de su primer viaje en avión.

Gabriel sabía que su padre se encontraba al otro lado de esas puertas y no deseaba más que estar entre sus brazos. Tan pronto como atravesaron las puertas vio a Antonio. Corrió tan rápido que tropezó y cayó en las manos extendidas de su padre. Gabriel envolvió el cuello de Antonio con sus brazos y escondió la cabeza en su hombro. Lloró sin control. Tembló en los brazos de su padre. Antonio lo apretó cerca del pecho y lo meció de un lado al otro. Los ojos de Mariana se llenaron de lágrimas. Por años le había prometido a Gabriel que su padre seguía amándolo pero, sin importar cuántas veces lo dijera, sabía que él no lo había creído hasta ese preciso momento.

Andrea estaba agarrada a la mano de su madre. Se sostenía un poco por detrás de ella. Deseaba desaparecer. Sabía que se suponía que debía estar entusiasmada de ver a su padre porque era lo que todos le preguntaban antes de dejar Colombia.

¿No estás contenta de ver a tu padre? Andrea alzaba los hombros como respuesta. Sabía cómo se sentía estar emocionada. Lo sentía cada vez que su madre le daba un helado o cuando Gabriel la dejaba jugar con él, pero no sentía nada cuando pensaba en su padre. Durante su vida entera él había sido una persona imaginaria. Una persona de la que todos hablaban en pasado o por medio de suposiciones: "Imagina, si tu padre estuviera aquí..." Nunca lo imaginó porque no necesitaba hacerlo. Él era una fotografía en el refrigerador. Él era la imagen desenfocada al lado de la cama de su madre. Antonio era una presencia constante en su vida pero nunca había existido de verdad. Y así estaba bien para ella. No deseaba conocerlo. Le bastaba con su imagen.

Gabriel dejó de llorar. Antonio lo puso en el suelo y le palmeó la cabeza. Se arrodilló frente a Andrea. Sonrió. Andrea se escondió detrás de su madre. Deseaba que él se fuera. Deseaba jugar con Gabriel.

"Andreíta..."

La espalda se le tensó. *¿Por qué me llama Andreíta? Nadie me llama así.*

"Tengo algo para ti."

Andrea miró a su padre desde atrás de las piernas de su madre. En la mano de Antonio había un cuadrado amarillo brillante. Andrea estaba intrigada. Salió detrás de las piernas de su madre. "Es un dulce, como las frunas." Andrea sacó la mano y agarró el dulce de la mano de Antonio para desaparecer de nuevo tras su madre. A él le sorprendió su velocidad.

"*Piojito*, besa a tu papá y dale las gracias."

Mariana empujó a Andrea hacia Antonio. Antes de que pudiera huir, Antonio se abalanzó sobre ella y la apretó contra su pecho. Había esperado seis largos años para cargar a su niña. Las lágrimas le resbalaban por la cara. Mariana se sintió colmada de alegría al ver a Andrea en los brazos de su padre. Mariana abrazó a Antonio, lloró de alegría y él de tristeza, de miedo, de felicidad. Gabriel los abrazó a los dos, madre y padre. Por fin, tras seis años, la familia Rodríguez Cabal estaba reunida.

Mariana y sus hijos llegaron a Los Ángeles a comienzos de verano, la forma perfecta de comenzar sus nuevas vidas. Andrea estaba fascinada con las ondas de calor que se levantaban del asfalto. Gabriel estaba asombrado de cuán grande era todo. Mariana estaba maravillada por la limpieza de las calles. Se sentían contentos de dejar lejos el frío penetrante de Bogotá. Desgraciadamente, la alegría duró poco. Los duros golpes de la vida encontraron a la familia amontonada en el pequeño aparta-estudio de una esquina anodina de la ciudad de Los Ángeles a la velocidad de la luz. Mariana odiaba los días solitarios pasados en el pequeño apartamento. Trató de iluminar y alegrar el sombrío hogar pero nada parecía capaz de remover la tristeza de sus paredes. El apartamento era una caja reducida de ventanas cuarteadas y puerta de metal que Mariana despreciaba. El frío metal le recordaba las mil doscientas cincuenta y dos veces que pasó a través de las puertas de metal de La Picota para ver a su marido. Tras las puertas de metal del apartamento, Mariana sintió que estaba encarcelada fuera de la vida. Antonio la convenció de que al final del verano, cuando los niños fueran a la escuela, podría comenzar a trabajar.

Sin nada qué hacer, Mariana puso toda su energía en cocinar comidas deliciosas. Pasó horas en la cocina preparando los platos favoritos de Antonio. Cada noche esperaba que Antonio se arrastrara hasta el apartamento. Le encantaba ver a Antonio comer el plato humeante de arroz con fríjoles, una porción tierna de pollo y plátano dulce. Le daba mucho placer darle ese pequeño gusto. La mayoría del tiempo, Antonio comía en silencio. Mariana asumió que era debido a que estaba demasiado cansado para hablar. Pensó que los momentos silenciosos pasados a la mesa eran tan románticos como sus primeros momentos juntos por los rincones de Buga. En los silencios, Mariana cayó más profundamente enamorada. La noche que le preparó ajiaco dejó de caer y empezó a ahogarse.

"Mari..."

Antonio miró desde el plato humeante de sopa. Ella lo miró llena de amor.

"Mari, ya no tienes que prepararme la cena."

"¿Por qué?"

"No dije nada antes porque sé que te gusta prepararme comida, pero como en el trabajo y sólo quiero llegar a casa y dormir."

Mariana afirmó con la cabeza. El aire vació su cuerpo. Sintió que Antonio se estaba alejando otra vez de ella, como cuando la familia perdió El Arado. Cuando Mariana se sentó frente a él en un apartamento del tamaño de su balcón en Buga, en un país donde no conocía a nadie, sin hablar el idioma, se dio cuenta de lo extraño que él era para ella. Mariana había pasado un mes en los Estados Unidos. Antonio sólo había hecho el amor con ella dos veces. Se decía que era porque estaba tan cansado de trabajar para proveer para la familia, pero cuando Antonio terminó el ajiaco la verdad comenzó a quebrar el corazón de Mariana.

A la noche siguiente, Mariana no le preparó comida a Antonio, tal como él lo pidió. El apartamento estaba negro como la brea cuando la puerta de entrada chirrió al abrirse. Mariana fingía estar dormida cuando Antonio se deslizó a su lado. Esperó que él la tocara. Nada. Cruzar los pocos centímetros que los distanciaban en la cama era como cruzar a través del Océano Atlántico y tocar la punta de África: imposible.

Antonio estaba perdido en un mar de fracaso. Durante los cinco años pasados en La Picota, sólo pensaba en las oportunidades soñadas que estaba seguro de encontrar en los Estados Unidos. Arriesgó su vida para tener la oportunidad de agarrar finalmente sus sueños. Tomó el empleo en un restaurante porque era un paso hacia sus sueños de un futuro mejor. Al principio, ignoró a los compañeros de trabajo cuando hablaban de los años infructuosos pasados encorvados lavando platos o recogiendo loza al paso de gringos que ni siquiera notaban que estaban vivos. Se rehusaba a creer que era prescindible.

Habían pasado meses desde su llegada a los Estados Unidos. Su inglés era casi perfecto. La Picota le había dado el tiempo para estudiar inglés y las calles de Los Ángeles le habían dado la posibilidad de practicar. Antonio decidió que era tiempo de comenzar a cazar sus sueños. Golpeó la puerta maltratada detrás de la cocina, donde su jefe se escondía siempre.

"It's open."

Antonio abrió la puerta con una sonrisa. Su jefe lo miró y volvió a sus papeles.

"¿Qué quiere?"

"¿Cómo está?"

"Bien."

Silencio. Antonio se aclaró la garganta.

"Quería hablarle de trabajo, necesito ganar más. Mi familia viene."

"Mire...¿?"

"Antonio, me llamo–"

"Está bien. Usted ya es lavaplatos, ¿qué más quiere?"

"Memoricé el menú. Quiero ser mesero."

"Eso no va a pasar."

"¿Qué quiere decir con que no va a pasar?"

"No va a ser mesero. Sólo lavaplatos. Por siempre. ¿Entiende? Necesito volver al trabajo. *Adiós*."

Antonio lo miró y escupió las palabras.

"Renuncio."

Antonio supo que había tomado la decisión correcta cuando a la mañana siguiente fue contratado como lavaplatos en otro restaurante. Esta vez le prestó atención a la charla de sus compañeros y entendió que el único lugar para él en este mundo era lavar los platos. Para el momento en que Mariana llegó con los niños, despreciaba su trabajo y se odiaba aún más.

Siete noches insoportables habían pasado desde que Mariana preparó el ajiaco que le rompió el corazón. Antonio y Mariana no intercambiaron palabra hasta la noche en que Antonio llegó a casa y en silencio la palmeó en el hombro. Ella se despertó desorientada. Él la tomó de la mano y la haló hacia el baño. Mariana sintió que su corazón revivía. La estaba llevando al baño, el único lugar en el pequeño apartamento donde tendrían privacidad. ¡Deseaba hacer el amor con ella! Las mariposas que habían estado dormidas por años dentro de su estómago se despertaron con tanta fuerza que casi la hacen caer.

Antonio abrió con rapidez la puerta del baño. Encendió la luz. Se quitó la camiseta. Mariana lo devoró con los ojos. Se quitó los pantalones. Todo pasaba demasiado rápido y ella deseaba disfrutarlo. Antes de que ella pudiera decir una palabra, él entró a la ducha y desapareció tras la cortina. Mariana no estaba segura de qué hacer. ¿Debería seguirlo a la ducha? ¿Debería sorprenderlo cuando saliera de la ducha con su desnudez? Antes de que pudiera decidir, Antonio dijo las palabras que cambiaron su vida por segunda vez.

"¡Mari, tengo muy buenas noticias!"

Ella sonrió. ¿Cuántas veces lo había oído decir esa misma frase? Sintió como si volviera hacia ella.

"¿Qué pasa, mi amor?"

"Tengo una muy buena oportunidad de trabajo."

"¡Genial! ¿Haciendo qué?"

"Es un empleo que me va a sacar del restaurante."

"¿Ves? Te lo dije. Sólo tenías que ser paciente."

Antonio salió de la ducha. Cogió la toalla y se secó. Mariana se perdió en las gotas de agua que resbalaban por su espalda, sus brazos y su vientre. Se veía más hermoso que nunca.

"Mari, el trabajo es en Miami."

"¿Miami? ¿O sea que nos vamos para Miami?"

"Bueno… no, me voy yo."

"¿Qué?"

"Es sólo por unos meses, hasta que pueda mandar por ustedes."

"¡No, no, no! No nos puedes dejar aquí. ¡Acabamos de llegar!"

"Es sólo por un tiempo…"

"¿Qué se supone que le voy a decir a los niños, ¿su padre nos va a dejar otra vez?"

La ira la inundó. Le rogó que no la dejara. Que no dejara a los niños. Que no dejara a Gabriel. Imploró, lloró, gritó y fue inútil. Antonio dejó a Mariana cinco días después. Ella se rehusó a despedirse. Miles de despedidas le habían dejado el corazón pesado de vacío. Observó cuando Antonio se despidió de Gabriel. Observó cómo abrazó a Andrea. Los ojos se le llenaron de lágrimas cuando lo vio alejarse por la calle y desaparecer al cruzar la esquina sin volverse una vez siquiera.

En la cama encontró una carta de Antonio. Prometía mandar por ella una vez que estuviera establecido en Miami. Le aseguró que estarían juntos en menos de un mes. Contó el dinero que le había dejado. Mariana poseía cuatrocientos dólares. Con cada día que pasaba, la ira de Mariana crecía y crecía. Se enconó en su ira durante siete días. El mero recuerdo de su voz mandaba disparos de rabia a cada rincón de su cuerpo. Tras una semana, la ira empezó a sofocarse porque el fuego de la añoranza empezó a consumirla. Se preguntaba cómo estaba, si estaba comiendo bien. Finalmente, al décimo día llamó al número que le había dejado en la carta. Un contestador automático respondió.

"Sigo brava contigo pero quiero saber si estás bien. Llámame."

Esperó la llamada todo el día pero el teléfono nunca timbró. A la mañana siguiente, llamó de nuevo. El mismo contestador automático respondió. Al cabo del tercer día de tratar de entablar contacto con él, perdió la cordura. Se sentó al lado del teléfono y llamó cada veinte minutos durante siete horas. Su mente bajaba en espiral hacia los lugares más oscuros. Estaba convencida de que había muerto. Cogió a sus hijos y fue a la casa del único amigo que Antonio le había presentado. Aporreó la puerta. Alejo le abrió. Se alarmó al verla. Sus ojos pequeños y brillantes color café recorrían nerviosamente la habitación. La dejó entrar a regañadientes. Los niños desaparecieron frente a los dibujos animados en la sala de televisión.

"Alejo, ¿has hablado con Antonio?"

"Sí."

"¿Sí? ¿Dónde está? ¿Está bien?"

"Mari, lo siento… mira, Mari, él no va a volver."

"Lo sé, nos vamos a mudar a Miami."

"No, Mari. No va a volver y no quiere que ustedes vayan tampoco."

"¿Cómo así que no quiere que vayamos?"

"Dice que se acabó, Mari."

"¿Qué?"

"Lo siento, Mari. Me dijo que iba a hablar contigo."

"¿Está en Miami?"

"No lo sé."

"Sé que lo sabes. ¿Dónde está?"

"Déjalo en paz."

"¡Tengo dos hijos! ¿Cómo mierda puedo dejarlo en paz? ¡Nos vamos a Miami!"

"No... por favor, Mari."

Mariana lo miró con un desprecio tal que las palabras se le devolvieron en la garganta. La vergüenza se derramó desde sus ojos y flotó en el apartamento empujando a Mariana fuera con sus hijos y cerrando la puerta de golpe.

Mariana se tambaleó desorientada calle abajo. Observó a los desconocidos que la pasaban caminando en cámara lenta. Los motores de los carros rugían al acelerar por las calles. El Sol refulgía en el asfalto obligándola a cerrar los ojos. Mariana estaba perdida en mundo al que no pertenecía. Había sido arrojada al mar y nadie podía salvarla. Los sonidos de la ciudad entremezclados con el latido de su roto corazón creaban la sinfonía del más puro miedo.

Los gritos de Andrea y Gabriel devolvieron a Mariana a la realidad. Sus ojos enfocaron lentamente al verlos saltar y señalar y rogar frente al ocioso camión de los helados. Necesitaba tiempo para pensar y un helado era la distracción perfecta.

Miami rondaba la mente de Mariana mientras veía a los niños chupar y sorber sus helados. Sabía que podía lograr que Antonio cambiara de parecer. Lo único que necesitaba era hablar con él frente a frente. Necesitaba ganar dinero. Necesitaba ganar dinero pronto. Llamar a su madre no era una opción. Su padre estaba enfermo y Mariana temía que las noticias lo mataran. Esperanza estaba peleando su propia batalla sin marido. Las gemelas habían vuelto a vivir con Amparo y Hernando Andrés para ayudar a cuidar de su padre. Los chicos estaban lejos luchando una guerra fútil en ríos devorados por la jungla. Pedirle dinero a alguien más en Colombia era imposible dado que las lenguas chismosas de Buga llegarían hasta su madre. Su mente corrió agitada en todas las direcciones hasta que finalmente se estrelló con la salvación: ¡Empanadas! Las famosas empanadas de su madre iban a salvar su matrimonio.

"Vamos niños, ¡tenemos que ir a hacer mercado!"

La primera tanda de empanadas fue preparada por tres pares de manos. Andrea amasaba la harina de maíz, Gabriel la enrollaba en bolas que le cabían en la mano a la perfección, mientras Mariana picaba tomates y cebollas y salteaba la carne. Gabriel y Andrea miraron con ojos hambrientos cuando su madre echó las empanadas repletas en el aceite hirviente. Le dio a Gabriel y a Andrea dos humeantes empanadas. Las pequeñas bocas saborearon cada pedacito y por unos segundos la alegría hizo que Mariana olvidara qué tan completamente sola estaba.

Al día siguiente, Mariana se levantó con el Sol. Llenó una cacerola de empanadas, su tiquete a Miami. Despertó a los niños y les describió toda la diversión que iban a vivir porque irían a trabajar con ella. Andrea daba alaridos de contento. Le encantaba toda nueva aventura. Gabriel sabía que algo no estaba bien. Mariana se apresuraba por la casa. No deseaba que él la mirara a los ojos. No deseaba que él viera la verdad.

Mariana cargaba las empanadas y los niños caminaban a su lado.

"¡Recuerden no pisar ninguna grieta!"

Andrea saltó encima de una. Gabriel se rió de ella.

"¡La pisaste!"

"¡No la pisé!"

"¡Sí, la pisaste!"

"¡Mamá!"

"Yo no me voy a meter en eso."

Mariana no sabía hacia dónde se dirigía pero puso la fe en su destino y siguió caminando. Tras unas horas de caminata sin rumbo por la ciudad, cayó en un grupo de mujeres. Los ojos pasaron a Mariana y se enfocaron ansiosamente en los carros detrás de ella. Mariana se les acercó con una sonrisa.

"Hola. ¿Empanadas?"

El idioma español saltó desde la lengua de una mujer y bailó en los oídos de Mariana.

"¿Cuánto?"

"Un dólar."

Una de las mujeres negó con la cabeza.

"Dos por un dólar."

"¡Eso sí!"

Las empanadas volaron de la cacerola de Mariana y los billetes de dólar cayeron en los bolsillos de Gabriel. Un carro pitó y las mujeres se arremolinaron a su alrededor. Mariana vio confundida a cuatro mujeres desaparecer en el carro. Las que quedaban fuera golpearon los vidrios y suplicaron que las dejaran entrar. Las ruedas del carro chirriaron en el asfalto dejando un montón de mujeres decepcionadas. Las mujeres volvieron a la esquina con los hombros caídos cargados de rechazo.

"¿Qué están haciendo?" Preguntó Mariana.

La mujer sonrió.

"¿Cuánto tiempo llevas aquí?"

"Un mes y medio."

"Eres un poco lenta. Si los gringos te escogen, tienes trabajo por un día."

"¿Cuánto pagan?"

"Alrededor de veinte dólares."

La mujer le murmuró al oído.

"Tienes que dejarlos en casa. No te van a escoger si tus niños están contigo."

Cuando la noche cayó en la caja de zapatos de apartamento, Mariana le pidió a Gabriel el primero de muchos favores. Necesitaba que cuidara de Andrea mientras ella iba a trabajar. Él la miró a los ojos y Mariana lo sintió hurgar la verdad de su alma. Pronunció las palabras que ella más temía.

"Mami, ¿qué pasa con papi?"

"No lo sé, mi rey."

Fue todo lo que se atrevió a decir. Era la verdad. Una verdad que él podía manejar y una verdad que ella podía decir. Una nube de tristeza envolvió los ojos de Gabriel.

"Pero vamos a ir a Miami."

"¿Cuándo?"

"No lo sé, pero pronto, muy pronto."

Mariana pensaba que la única forma de aliviar el dolor de Gabriel era ir a Miami y que para llegar a Miami debía trabajar.

"Mañana cuando me vaya, no pueden salir. Nadie puede entrar. Les dejaré el desayuno y el almuerzo en la nevera. No enciendan la estufa. ¿De acuerdo?"

"No te preocupes, mami, todo va a estar bien."

Ella tomó la pequeña mano entre las suyas.

"Gracias, mi rey."

Mariana le dio la espalda a Gabriel, no quería que la viera llorar. Gabriel le dio la espalda a Mariana, no quería que lo viera llorar. En las sombras de sus tristezas, las lágrimas se encontraron y bailaron hasta que el Sol se levantó.

A la mañana siguiente, Mariana salió del apartamento. Cerró la puerta de metal agradecida de que estuviera hecha de acero. Recostó la frente en la fría superficie y rogó que fuera lo suficientemente fuerte para mantener al mundo fuera. La mente de Mariana se preguntaba constantemente por el apartamento del tamaño de una caja de zapatos mientras limpiaba casas, recogía naranjas y cosía vestidos. Sus empleadores siempre se quejaban de que no trabajara lo suficientemente rápido o durante el tiempo suficiente. Tan pronto como el Sol empezaba a sumergirse en el Océano Pacífico, Mariana era la primera en empacar para irse. Sus compañeras le decían perezosa, ingrata y melindrosa, pero a Mariana no le importaba. Dejar a sus hijos le desgarraba el corazón, pero no poder servirles la comida era inimaginable.

A Mariana no le gustó como la hacía sentir la mujer rubia desde el primer momento. Sus ojos azules le recordaban el hielo. Los labios delgados, cuarteados, eran como dos serpientes que se deslizaban por su cara cuando ladraba órdenes.

"¡Usted y usted!"

Señaló a Mariana y a algunas otras. El trayecto fue largo y el día de trabajo fue aún más largo. Cuando el Sol empezó a ponerse, Mariana le dijo a la mujer que se iba. Ella no la dejó ir. Cerró con llave la puerta de entrada.

"No se va a ir hasta que termine el trabajo."

Mariana miró hacia la pila de vestidos que todavía faltaba por coser.

"Me tomará toda la noche."

La mujer agarró a Mariana del cuello, la haló hasta la máquina de coser y la soltó sobre su silla.

"Más le vale que comience el jodido trabajo, en ese caso." Le haló el pelo con fuerza y le susurró al oído:

"¿Entendió?"

Mariana trabajó la noche entera sin parar. Sus dedos se

movían dentro y fuera de las costuras, su pie tamborileaba al ritmo en el que imaginaba que Gabriel y Andrea estarían soñando. Dondequiera que mirara, veía las grietas de la caja de zapatos de su apartamento y añoraba estar allí. Cuando el Sol salió sobre las montañas de Santa Mónica, la mujer monstruosa abrió la puerta. Mariana no deseaba aceptar los míseros cuarenta dólares que la mujer le tendía, pero no tenía otra opción. Cogió el dinero y corrió hacia su hogar. Corrió más rápido que los buses que se arrastraban a su lado, corrió entre los carros y pasó disparada por los pasos peatonales. Abrió la puerta de su caja de zapatos. Casi cae de rodillas cuando vio a Gabriel durmiendo en una silla con la cabeza recostada en la mesa del comedor. Lo cargó entre sus brazos. Era tan grande que apenas si lograba cargarlo. Él abrió los ojos y sonrió a la cara surcada de lágrimas de su madre.

"Mami, ¿dónde estabas?"

"Shhh… mi rey, ya llegué a casa."

"¿Tienes que irte a trabajar?"

"No, mi rey, no."

Al día siguiente, Mariana salió de nuevo a las calles. La cacerola de empanadas en una mano y Gabriel y Andrea en la otra. Caminando a lo largo de las desoladas calles de Los Ángeles, Mariana enfrentó el destino una vez más. La agarró por los hombros y la empujó hacia la dirección correcta.

Cualquier otro día, el hombre hurgando en la basura habría permanecido invisible como lo era para millones. El hombre viejo de pelo crespo gris y suave piel negra era un fantasma que embrujaba las calles de Los Ángeles, un ángel que vivía gracias a lo que otros botaban.

Mariana miró al hombre frente a ella. Lo observó inclinarse sobre el tacho de basura. Sus manos empujaban y sacaban a través de la suciedad de las vidas descartadas de la gente. Mariana observó cuando sus manos agarraron una lata de gaseosa. Brilló a la luz del Sol cuando él la tiró a su carro de compras. La lata se reunió con los cientos de otras latas que el hombre había recolectado en medio del laberinto de basura de su amada ciudad. Mariana se fijó en cada detalle del carro. Una bolsa de plástico clara colgaba de cada barra y estaba llena hasta el borde de cientos y cientos de botellas plásticas. Las bolsas eran como nubes que lo ayudaban a flotar sin ser notado a través de las calles solitarias de la ciudad.

El viejo empujó su carro lentamente por la calle. Los tintineos sordos rebotaron en las nubes cargadas de plástico y aterrizaron en la palma de la mano de Mariana. Sintió el poder de la oportunidad en sus manos. Supo que esa sería su vía de redención. En la basura de la ciudad encontraría la vía de regreso al amor.

La mañana siguiente, Mariana empujó el carro con las bolsas de basura colgando a los lados hasta una calle silenciosa. Andrea estaba sentada en el carro vacío y golpeaba el exterior con sus piernas. Con las bolsas vacías volando al viento, Mariana se acercó al primer contenedor de basura. Gabriel la miró desde la distancia, las mandíbulas apretadas de rabia. Estaba confundido. No entendía por qué su madre estaba hurgando en la basura. No sabía dónde estaba su padre. Deseaba respuestas a sus preguntas, respuestas distintas al constante "no lo sé" de su madre.

Gabriel observó cómo su madre deslizó una mano dentro de la basura. En ese momento, extrañó a su padre más que nunca. Recordó el día en que se fue. Era un día soleado y caluroso. Mariana estaba mirando a distancia, los brazos cruzados. Antonio abrazó y besó a Andrea de despedida. Se volvió hacia Gabriel. Lo abrazó fuertemente por unos pocos segundos y luego se volteó abruptamente. Gabriel vio a Antonio alejarse por el andén. Lo sobrepasaba la urgencia de abrazar a su padre una última vez. Gritó "¡Pa!" y corrió detrás de él. Antonio se volteó y Gabriel salió disparado a encontrar los brazos de su padre. No quería dejarlo ir. Lo extrañaba tanto desde ya que le dolía. Antonio se liberó de Gabriel, se aclaró la garganta y murmuró al oído de su hijo: "Cuida a tu madre y a tu hermana por mí." Gabriel asintió con la cabeza. Antonio lo besó en la frente. Gabriel lo vio desaparecer al cruzar la esquina.

Al ver a su madre hurgar en la basura, Gabriel pensaba angustiado en la decepción que le causaría a su padre. Él nunca permitiría que su madre hurgara en la basura. Gabriel se sentía avergonzado por el fracaso. Se preguntaba qué diría Antonio cuando se enterara. ¿Lo castigaría? Quizás no fuera tan duro y no lo dejara salir por una semana. O quizás se pondría tan furioso que no lo dejaría jugar fútbol durante meses. Gabriel peleo con las lágrimas de rabia que se asomaban.

Mariana sintió cómo la mirada furiosa de Gabriel se le clavaba lentamente en el corazón. Sin importar cuánto doliera, sabía que ésta era la única salida. Sus manos rebuscaron entre periódicos mojados y blandas sobras de comida hasta que sus dedos atraparon una lata suave como seda. La sacó y sonrió para sí. Se volteó hacia Andrea.

"Aquí hay cinco centavos que no teníamos."

Andrea rió con placer y pateó el carro de la emoción. Mariana empujó el carro hasta el siguiente cubo de basura. Gabriel no se movió. Ella siguió su camino. Mientras sintiera su mirada furiosa, sabía que Gabriel estaba a su lado. Cada vez que terminaba de hurgar en un cubo de basura se volteaba a buscar dónde estaba Gabriel. Él se mantenía unos metros más atrás, los brazos cruzados y las cejas negras y espesas fruncidas.

Al ver a su madre encorvada sobre los tachos de basura, el sudor corriéndole por la cara, se preguntó si su padre pretendía que él tendría que hacerse cargo de su madre incluso cuando no estaba de acuerdo con ella. Se sentía culpable de verla trabajar tan duro mientras él se quedaba quieto sin hacer nada. Estaba confundido sobre qué camino tomar. Anhelaba pedirle a su padre consejo.

Para el momento en que el Sol bajó, Gabriel había tomado una decisión. Había seis manos recogiendo latas en lugar de cuatro. Seis manos llenaron el carro con más de ochocientas latas. Los veinticinco dólares que ganaron ese día mantuvieron un techo sobre sus cabezas y la comida necesaria en la mesa. Las latas los mantuvieron a flote.

"Es hora de las latas" era la llamada a despertar para los niños. Mariana se sorprendía y se le rompía el corazón al ver que sus hijos nunca se quejaran cuando ella les decía que era hora de ir a trabajar. Se ponían sus ropas de trabajo y salían a la puerta antes que ella.

La familia recogía latas bajo el sol, bajo la lluvia, recogía latas en las esquinas, en los callejones y en los complejos de apartamentos. Mariana inventaba juegos para que el tiempo pasara más rápido y el trabajo fuera más liviano. Andrea y Gabriel amaban los concursos y Mariana se mantenía en vela por las noches pensando en los diferentes concursos que jugarían al día siguiente. Algunos eran tan simples como adivinar cuántas latas se encontrarían en el cubo o cuántas latas tendrían al final del día, pero el preferido era la carrera.

La carrera comenzaba escogiendo los equipos. Casi siempre eran Gabriel y Andrea contra Mariana. Mariana colgaba dos bolsas de basura vacías de unos palos de escoba en cada esquina del carro. Cada equipo tenía una bolsa designada. El objetivo era recoger tantas latas como fuera posible antes del almuerzo. Había una regla solamente: no podían perderse de vista. A Andrea le encantaba hurgar en el mismo cubo que Mariana. Reía sin control cuando ella y Mariana cogían la misma lata. Se las arreglaba para robarla de las manos de su madre, correr hasta la bolsa y tirar la lata triunfalmente. Los niños siempre tenían ventaja sobre Mariana cuando encontraban un contenedor. Gabriel saltaba dentro y tiraba las latas a la calle como un loco. Andrea recogía las latas y corría al carro, riendo a todo lo largo del camino. Mariana luchaba duramente por esos breves momentos de alegría. Cuando los días se volvieron semanas, el silencio de Antonio fue la única certeza de Mariana. Cada noche después de llevar a los hijos a dormir, Mariana se deslizaba silenciosamente fuera de casa. En una esquina a unas cuadras del apartamento, donde las luces de la noche zumbaban sin cesar y la música se colaba desde bares solitarios llenos de humo, Mariana llamaba a Antonio por un teléfono destartalado de monedas. Cada noche le dejaba el mismo mensaje.

"Antonio, te necesito. Los niños te necesitan. Apenas logramos sobrevivir. Por favor, sólo devuélveme la llamada. Al menos hablemos acerca de todo. Aún te amo."

Mariana dejó el mismo mensaje para Antonio treinta veces. A la número treinta y uno todo cambió. Mariana marcó el mismo número que había marcado cada noche pero en lugar de escuchar la voz desconocida del contestador automático, oyó un mensaje grabado que cambió su vida para siempre.

"El número que acaba de marcar ha sido desconectado. Si cree que ha llegado a este mensaje por error, cuelgue y vuelva a marcar."

Oyó a la voz computarizada decirle que su única conexión con Antonio estaba rota. Sola, en una esquina, en una ciudad que no era la suya, un teléfono sucio contra su oído, Mariana fue abandonada. Sintió que su alma comenzaba a cambiar. Quemaba sus brazos y la parte de atrás de sus piernas como si creciera en lugares que ella no habitara antes. La relación de diez años entre ellos dos pasó frente a sus ojos. Vio la verdad que se había negado a ver durante tantos años. Donde una vez vio belleza, ahora encontraba mentiras. Donde una vez sintió amor, ahora percibía manipulación. La rabia explotó en un millón de piezas incendiadas de odio.

"¡Cabrón de mierda, te odio! ¡Malparido, cómo pudiste hacerme esto, hijueputa!"

Mariana golpeó la bocina contra el teléfono una y otra vez hasta que se le deshizo en las manos. Dejó caer las piezas rotas de plástico al piso y se fue. Pensó en cada lata que había recogido durante el mes desde que Antonio se fue. Cada lata recogida era un espejo de la traición de Antonio pero hasta entonces se había negado a ver. Ahora veía todo claro como el cristal. Vio su cobardía, su egoísmo, pero lo más importante, vio su propia estupidez, su propio miedo y sus propias inseguridades.

Mariana entró al apartamento a oscuras. No podía mirar a Andrea y a Gabriel. No tenía la fuerza para soportar ese dolor. En silencio entró al baño, su santuario privado. Sus pensamientos daban vueltas en torno a la enormidad de lo que debería soportar desde ese momento. Tendría que aprender a caminar sin Antonio, a respirar sin Antonio, a soñar sin Antonio. Entró a la ducha caliente. El chorro de agua caliente era un látigo lacerando su espalda. Las rodillas se le doblaron al recibir los hombros el peso de la aceptación. Se derrumbó en el suelo. Las lágrimas saladas y el agua dulce de la ciudad formaron remolinos y se perdieron en el sifón. Estaba recostada con los ojos cerrados, perfectamente quieta. El sólo acto de respirar le dolía. Su mente descendía por laberintos de miedo.

La oscuridad la rodeó. Se estremecía sin control. De repente, explotó un relámpago de luz alrededor suyo. Se congeló. Cada vello de su cuerpo se erizó. El sonido de su respiración la rodeaba. Olió a la distancia el perfume dulce de las rosas. Desnuda se puso en pie y caminó por la luz blanca hacia las rosas de su infancia. La luz blanca se disipó a su alrededor, estaba parada en su balcón en Buga.

La noche era caliente y despejada. La Luna estaba llena y las estrellas parecían diamantes resplandeciendo en el cielo. Mariana se quedó desnuda en su balcón, el pelo le danzaba al viento. Le sonrió a las calles adoquinadas. Entró a su cuarto y quedó sorprendida con lo que vio. La habitación en la que había crecido era irreconocible. El cuarto había sido dividido en varias habitaciones. Pequeñas camas sencillas se alineaban contra las paredes sucias. Los pisos estaban tan destrozados que ya no los reconocía. Había ropa de desconocidos esparcida en el suelo, apilada en las camas estrechas y colgando de las paredes improvisadas. Su casa ya no era su casa. No quedaba ningún lugar al cual volver. Su vida anterior había muerto. Debía comenzar de nuevo. Una vida sin Antonio, una vida sola. Una vida en la que su madre no podría salvarla de sus decisiones. Supo que quedarse en Los Ángeles le dolería como el infierno pero volver a Colombia la mataría. Vivir como madre soltera en Bogotá era el infierno que había visto sufrir a Esperanza y era un tormento que no deseaba soportar. Prefería enfrentar la desconocida ciudad de Los Ángeles porque en su viento sentía las caricias de la posibilidad. Creía que la esperanza de las posibilidades para sus hijos valía los dolores de crecimiento que tendrían que vivir como familia.

La comprensión la devolvió a su cuerpo. Mariana se esforzó por salir de la tina. Abrió la puerta de la sala estrecha. Miró a Gabriel y a Andrea dormir. Se sentó al lado de sus hijos. Acarició el pelo largo y marrón de Gabriel. Él abrió los ojos de inmediato.

"¿Qué pasa?" preguntó.

"Necesito hablar contigo y con Andrea."

Él se sentó a su lado. Mariana despertó a Andrea con ternura. Tenía capas de sudor en la frente. Mariana sonrió.

"Hace calor, ¿cierto?"

Andrea afirmó con la cabeza.

"Piojito, necesito que te despiertes."

"¿Tenemos que ir a trabajar ya?"

"No, mi amor."

Andrea se sentó en la cama con el sueño tras los ojos. Mariana respiró profundo.

"Quiero que ambos sepan que ya no vamos a ir a Miami."

"Ya lo sé..." La voz de Gabriel fue tragada por la oscuridad.

"¿Eso significa que volvemos donde la abuelita?" Preguntó Andrea.

"No, nos quedamos acá."

"Bien. Me gusta aquí."

Andrea empezó a tararear. Gabriel la miró mal. El silencio era aplastante. Decía todo lo que Mariana era incapaz de decir.

"Mi rey, si él llegara a volver, ¿te gustaría verlo?"

"Sí, no tendría que hablar con él si él no quisiera. Sólo me gustaría verlo, saber que está bien."

Más silencio.

"Andrea, si papi llegara a volver, ¿te gustaría verlo?"

Andrea se encogió de hombros. Gabriel miró a su madre. Parecía diferente. El nuevo hogar la había transformado de alguna forma.

"Mami, ¿quieres verlo?"

"No, mi rey, ya no."

Gabriel envolvió a Mariana con sus brazos. La contuvo por largo tiempo. Gabriel sabía por qué los había dejado su padre. Deseaba darles más que ese apartamento del tamaño de una caja de zapatos. Sabía que Antonio soñaba con vivir en una casa de dos pisos, con jardín trasero y piscina con trampolín. Sabía que Antonio soñaba con manejar un convertible rojo por la ciudad de Los Ángeles, en lugar de aguantar las constantes paradas del bus público. Gabriel sabía que su padre se había ido para trabajar día y noche. Sabía que una vez que Antonio tuviera la casa grande, el carro y la piscina, volvería a ellos y todo volvería a ser como antes.

Mariana encontró un alivio enorme en el abrazo de Gabriel. Su inocencia la protegía. Su amor le daba fuerza. Su fuerza le daba fe. Andrea se anidó entre los dos y pronto volvió a dormirse. Gabriel luchó con todas sus fuerzas pero eventualmente los párpados le pesaron demasiado y se hundió en el sueño más profundo. Mariana pasó la noche en vela mirando el techo hasta que salió el Sol. Al amanecer, Mariana sintió con la aparición de la luz que un peso era suavemente levantado de sus hombros. Había cargado a Antonio sobre su espalda por diez años. Cargó sus mentiras, sus esquemas, sus fracasos y sus sueños imposibles. Su espalda se había vuelto un puente hacia ninguna parte pero, ahora que él se había ido, había espacio para sus propios sueños. Hurgó profundamente en los bolsillos y por primera vez encontró sus propios sueños.

Empezó con modestia. Deseaba que Gabriel y Andrea fueran al colegio. Cuando los acompañó hasta el corredor de los salones, la alegría que sintió fue la más grande que hubiera sentido hasta el momento. El siguiente sueño era para sí misma. Deseaba trabajar en un restaurante, lejos de la basura de la ciudad. El universo le abrió la puerta a su sueño y Mariana lo agarró con las dos manos. Mariana deseaba un hogar y seis años más tarde, con la ayuda de la familia, lo encontró en las planicies solitarias del desierto.

A Mariana la tomaron por sorpresa los horrores que acechaban tras los cactus y los secretos manchados de sangre de las plantas rodadoras. Observó con terror cómo sus sueños eran tragados por el desierto hacia el vacío.

capítulo

SIETE

Little Quartz, 1993

"Diez. Nueve. Ocho. Siete."

Lo vas a lograr, sólo tienes que aguantar unos segundos más. Andrea ya no podía sentir el dolor. Los golpes que habían apaleado su espalda, su cabeza y sus piernas le habían adormecido el cuerpo. Sintió un golpe de rodilla en su vientre cuando caía. Vio relámpagos de tenis blancos cuando escondía la cabeza entre los brazos, cubriéndose como le había dicho Rebeca. Unos cuantos golpes se las arreglaron para alcanzarla. La sal de la sangre le tocó la lengua. *Mierda, mi cara no.*

"Tres. Dos. Uno."

Manos. Incontables manos recogieron a Andrea del suelo y la sostuvieron sobre sus pies. Ella se tambaleaba pero las manos la mantenían en pie. Estaba cubierta de polvo. Las manos la limpiaron. Andrea se limpió el labio, la sangre le manchó la mano.

144

"Mierda."

"Te dije que te taparas la cara, *esa*."

Andrea miró hacia arriba y vio a Rebeca parada frente a ella. Los ojos cafés estaban delineados de espeso negro, el pelo vinotinto estaba amarrado en una cola de caballo lisa y apretada, tenía un pañuelo negro alrededor de la frente. Si no estuviera poniéndose de nuevo los aretes de plata en las orejas, nadie habría creído que era la líder de la paliza que le acababan de propinar a Andrea durante los últimos treinta segundos.

"Les dije que fueran suave contigo, pero mierda, *vata*, sabes recibir una golpiza."

"No me la pongas suave, cabrona. Voy otra vez. ¡Ahora mismo!"

"Relájate. Sólo estoy jugando. Nadie fue suave contigo. Te sacaron la mierda a golpes. Mira tu labio. Dreamer te apaleó jodidamente duro."

Andrea se limpió la sangre del labio. Había esperado seis meses para que le dieran la paliza de entrada a la Calle 22. Había esperado seis meses para que finalmente la pandilla se convirtiera en su familia. Deseaba que le dieran la paliza en el cumpleaños dieciséis porque deseaba que todos supieran qué tan fiel era a su nueva familia. Rebeca era su mejor amiga y todos respetaban a Andrea porque respetaban a Rebeca, pero Andrea deseaba ganar su propio respeto. Deseaba que todos supieran que estaba aún más loca que Rebeca. Lista para hacer lo que fuera necesario por su nueva familia.

"Ven, ¡vamos a celebrar!"

Rebeca y Andrea se deslizaron en el asiento de atrás del carro de Casper. Casper tenía un porro en la boca y se lo pasó a Rebeca. Rebeca le dio una fumada y se lo pasó a Andrea. A ella no le gustaba trabarse, prefería beber, pero el labio y la espalda latían de dolor punzante y necesitaba aliviarse rápido.

Inhaló una fumada profunda y, cuando exhaló, el dolor salió con su aliento.

"¿Adónde vamos, Casper?"

"Mamacita, te voy a cuidar esta noche. No te preocupes, esta noche es tu noche."

"¿Tienes que llegar a tu casa temprano?"

"No. Me estoy quedando donde Rebeca."

"Chido. Vamos a quedarnos fuera toda la noche."

Casper encendió el motor. El carro rugió calle abajo. El asiento de atrás vibraba con la línea del bajo al ritmo de la música a todo volumen. El viento sopló a través del pelo ondulado marrón de Andrea, danzó en su cara y brincó en sus labios. Miró por la ventana hacia el desierto desolado y estéril. Por fin se sentía en casa. Cuando llegó a Little Quartz a los doce años, el vacío del desierto la asustó. Se sentía pequeña e insignificante en su vastedad. Sabía que había secretos que se escondían de ella en el polvo rojo que la rodeaba. Los secretos de Little Quartz eran tan negros como vasto era el desierto. Era un pueblo en medio de la guerra. Las pandillas habían infestado cada esquina. Esqueletos de anfetamina caminaban las calles martillando las fauces al sonido de bebés hambrientos y lamentos de madres. Los padres trabajaban día y noche en la fábrica de carne. Se convertían en asesinos de ovejas y sus hijos se convertían en asesinos uno de otro. La comunidad estaba colapsando y justo en el centro estaba Andrea.

La ciudad de Los Ángeles sostuvo a Andrea sobre sus alas hasta que Mariana la obligó a sumergirse en las entrañas del desierto. Andrea le suplicó a Mariana que no se mudaran a Little Quartz. Se sentía nerviosa de comenzar el sexto grado en Los Ángeles pero pensar además en comenzar la escuela en otro pueblo en el que no conocía a nadie le parecía una broma cruel. Mariana veía los colmillos agazapados en los ángulos de los estrechos apartamentos de Los Ángeles y deseaba una vida más tranquila, más segura, para Andrea y Gabriel.

"¡Pero mami, no me quiero ir de Los Ángeles!"

"*Piojito*, te va a gustar Little Quartz."

"¡Me gusta aquí!"

"Lo sé, pero te va a gustar allá también."

"¡Lo odio, va a apestar. Mi vida apesta!"

Mariana vio cómo Andrea entró a su cuarto dando pisoteadas y tiró la puerta tras de sí. Se sonrió. Las caderas de Andrea se estaban llenando y los pechos le estaban naciendo, pero al final del día, seguía siendo sólo una niña obstinada.

Andrea llegó a la Escuela Sage como una niña de doce años que sobresalía en las notas sin esforzarse y se fue cuatro años después con un puñal en el bolsillo, ojos negros delineados y una rabia que consumía cada parte de su cuerpo. La vida en casa era una batalla constante. La guerra que enardecía las calles de Little Quartz explotaba con diez veces más furia en el hogar Rodríguez Cabal. Las palabras de Andrea y de Mariana entraban en combustión tan pronto se encontraban. El único refugio de la guerra para Andrea eran las silenciosas esquinas de su cuarto. Sin embargo, la calma de las esquinas no le daba paz. Cargaba un dolor interno que la carcomía y, sin importar de qué lo alimentara, alcohol, drogas, crueles peleas o carros robados, el dolor jamás la abandonaba. Era un dolor oscuro. Era profundo y lo consumía todo. Estaba lleno de sufrimiento. Vivía en las sombras del padre casi olvidado.

Rebeca era la única capaz de adormecer el dolor de Andrea. La conoció el tercer día de clase. La peor pesadilla de Andrea se estaba desplegando frente a sus ojos. Grupos de amigos estaban dispersos por el negro asfalto y la cancha sucia. Los círculos eran impenetrables como paredes de acero. Andrea estaba sola en una banca, la cara enterrada en un libro.

"¡Oye! ¿Vas a audicionar para el grupo de barras?"

Andrea miró hacia arriba y encontró los ojos de Rebeca. Rebeca tenía grandes ojos marrones que se veían aún más grandes gracias al negro carbón que los delineaba. El pelo le caía en bucles perfectos justo bajo los hombros y los labios estaban delineados de vinotinto. Los dedos de Rebeca estaban cubiertos de anillos abultados y el tatuaje de *mi vida loca* en su mano confirmó lo que Andrea ya sabía. Rebeca era pequeña y delgada, pero su tamaño no era más que una ilusión. Andrea había visto hacer las cosas más locas a chicas como ella en las calles de Los Ángeles y sabía que Rebeca era una de esas chicas. Andrea se tragó su miedo.

"No."

"¿Por qué?"

"Porque las barras son estúpidas."

"¿Cómo te llamas?"

"Andrea. ¿Tú?"

"Mis parceras me dicen la Flaca. ¿De dónde vienes?"

"Los Ángeles."

"No, ¿de dónde vienes, con quién parchas?"

"Ah, con nadie."

"¿Todo bien con Calle 22? Porque esta escuela va con la Calle 22. Más te vale no ser una *drifter* de mierda."

"Todo bien con Calle 22."

"Chido."

Rebeca se volteó y despareció en el grupo de chicas al otro lado del patio. Andrea dejó caer los ojos de nuevo en el libro, sentía el pulso de su corazón como un trueno. Trató de concentrarse en las palabras frente a sí pero las letras se rehusaban a cobrar sentido.

Al día siguiente, Andrea se sentó en la parte de atrás del salón. Estaba enterrada de nuevo en el libro.

"No haces más que leer, *esa*."

Rebeca se sentó al lado de Andrea y desde ese momento sus vidas se entrelazaron. Eran inseparables. Dondequiera que estuviera Rebeca, allí estaba Andrea y Rebeca ya no hacía nada sin Andrea. Andrea necesitaba a Rebeca en su vida porque lograba adormecer su dolor interno. Rebeca necesitaba a Andrea para reemplazar a su hermana, de la que había sido separada hacía años.

La hermana de Rebeca estaba en la cárcel. Encerrada tras barras de acero y muros de concreto desde que Rebeca tenía seis años. Las drogas, las armas y los hombres la habían encerrado allí. Los padres de Rebeca se negaban a caminar por en medio de detectores de metal y a soportar que los palparan para registrarlos con tal de visitar a su hija y verla a través de una ventanilla de plástico y compartir historias con un teléfono pegado a las orejas. En cambio, creían que el amor podía sobrevivir por medio de cartas y dibujos y llamadas por cobrar una vez por semana que llegaban cada domingo a las cuatro de la tarde. Rebeca y su hermana se amaban ferozmente, aunque el amor de su hermana no fue capaz de cambiar el destino de Rebeca.

Los padres de Rebeca se mudaron de las calles infestadas de bazuco de Los Ángeles para llevar a su hija, sin saberlo, a los laboratorios de anfetamina del desierto. Deseaban para Rebeca una vida sin pandillas, sin armas, sin hombres que acosaran a niñas pequeñas. Deseaban que Rebeca fuera parte del sueño americano pero, en su lugar, ella cayó en el abismo de la pesadilla americana. Las pandillas rodearon con engañosos tentáculos el cuello de Rebeca. Una vez que la tenían bien agarrada, lograron alcanzar a Andrea y comenzaron a asfixiarla lentamente.

Andrea miró a Rebeca al otro lado del carro de Casper. Estaba muy agradecida de tenerla en su vida. El dolor que llevaba dentro nunca se iba pero no podía imaginar lo que sería si Rebeca no estuviera a su lado para adormecerlo. Rebeca le entendió. Se hablaban con miradas, en silencio y en los sueños. Rebeca cuidaba de Andrea. La quería por lo que era, no por lo que esperaba que fuera. La presión del futuro no existía con Rebeca. Sólo el regalo del presente.

El carro de Casper se detuvo lentamente frente a la casa oscura de un piso. Siluetas de hombres con la cabeza rapada y chicas con grandes peinados estaban dispersos en el patio del frente. La música estallaba desde los carros alineados en las calles. Los cigarrillos y los porros pasaban libremente de uno a otro, al igual que las botellas de cerveza que los seguían de cerca. El corazón de Andrea corría. Había peleado tantas batallas contra Mariana para poder llegar a este preciso momento. Andrea deseaba la libertad para hacer lo que le diera la gana, pero Mariana la acosaba con preguntas. *¿Con quién vas a ir? ¿Adónde vas? ¿Los padres van a estar?* El pensamiento le dio risa. Los padres no existían acá. Los padres estaban en casa, trabajado o en los rincones más lejanos del mundo. Andrea empujó a Mariana de vuelta a las sombras de su mente. Deseaba que Mariana desapareciera en el pasado. Esta noche era la primera noche en la que podía declarar que pertenecía a la Calle 22 y no deseaba la persecución del fantasma de Mariana. No esta noche. Andrea abrió la puerta. Aterrizó con los dos pies en el asfalto polvoriento. Se paró orgullosa y como un relámpago brillo la Calle 22 sobre su pecho. Una silueta le habló.

"¿Con quién parchas, *vata*?"

"¡Dos, dos! ¡Con la hijueputa Calle 22, cabrón!"

Las siluetas se voltearon. La bañaron de amor. Andrea sintió cómo el calor la abrigaba. Una mujer de más edad, con años de pandillas bajo la piel, se acercó a Andrea. Los tatuajes le cubrían el pecho. La tinta corría de arriba abajo de sus brazos y se enroscaba alrededor de su cuello.

"Eres demasiado joven para hablar así."

"No soy tan joven, *esa*"

La mujer rió para sí y movió la cabeza. Le pasó una cerveza a Andrea.

"No olvides a las parceras muertas."

Andrea vio desaparecer a la mujer en la casa oscura. Abrió la botella de cerveza y regó un poco en el suelo.

"Descansen en paz."

"¡Andrea, Shorty está aquí y está bueno!"

Andrea miró hacia donde señalaba Rebeca. Shorty estaba recostado contra la casa. Tenía un cigarrillo en una mano y una cerveza de cuarenta onzas en la otra. Vestía pantalones cafés perfectamente planchados con pliegue en el centro. Caían hasta unos tenis blancos impolutos. La camisa de franela estaba abotonada arriba y caía abierta permitiendo que la esqueleto blanca brillara por debajo. A Andrea le encantaba la forma en que la esqueleto acentuaba los abdominales perfectos. Él era un misterio para Andrea, desde el momento en que vio sus ojos azules como el hielo supo que lo deseaba. Andrea no quería perder el tiempo. Caminó hacia él y lo tocó en el hombro. Él se volteó. Su sonrisa le dijo todo lo que necesitaba saber.

"¿Cómo estás, Andrea?"

"Bien."

"¿Qué le pasó a tu labio?"

"Nada, hoy me dieron la paliza."

"¿Con quién parchas, *vata*?"

"Con la Calle 22. ¡Que coman mierda los *drifters*!"

"Te ves muy linda cuando dices eso."

Le acarició la mejilla.

"Vamos adentro."

Andrea asintió. Él la cogió de la mano y la guió hacia la casa. La casa estaba llena de humo. La música atronadora salía de un equipo oculto. Estaba oscuro pero Andrea alcanzaba a definir los cuerpos que se restregaban uno contra otro por los corredores, en el sofá y en los umbrales de las puertas. Shorty navegó su rumbo entre los cuerpos semidesnudos y se detuvo frente a una puerta al final de un corredor vacío. Abrió la puerta y encendió la luz. Una cama grande estaba en el centro de la habitación. Las paredes estaban cubiertas de dibujos de caras y lugares desconocidos. Graffittis negros declaraban en las cuatro puertas que éste era su dominio. "Descansen en paz" gravado en negro y mensajes a los parceros encerrados tras las rejas a los que les seguía la cuenta de los soldados idos. La puerta sonó al cerrarse. Andrea se volteó. Por primera vez, vio las líneas delgadas alrededor de los ojos de Shorty y el peso de enterrar a demasiados amigos. Vio los años apilados en su espalda. La música suave llenó la habitación y ahogó el mundo exterior. Él la condujo hacia la cama, le pidió que se sentara.

"No he dejado de pensar en ti."

"¿De verdad? ¿Y tu novia lo sabe?"

"Yo no tengo novia."

"Eso no fue lo que oí."

"Oíste mal, nena. A ver, ¿no has pensado en mí?"

"Un poquito."

"¿Un poquito nada más?"

Andrea asintió.

"Bueno, un poquito es mejor que nada."

Le besó el cuello suavemente.

"Hueles rico."

La volvió a besar. Andrea se quedó quieta. Los labios se deslizaron por su cuello. Las manos resbalaron por su camisa. Su respiración se detuvo. Cerró los ojos. Él le agarró los senos. Le apretó un pezón. Un rayo le atravesó el cuerpo. Placer y dolor enredados. Sintió que el mundo daba vueltas cuando se recostó en la cama. Él se restregó contra ella. Ella se movió al ritmo de él. Los dedos de Shorty abrieron fácilmente el botón y la cremallera. Entraron en ella. Ella sintió los dedos cavando dentro. La estrechez los apretaba. Él la exploró mientras el mundo de ella se expandía. Las palabras de él cayeron en su oído.

"Nena, ¿todavía eres virgen?"

Las palabras desaparecieron de la garganta de Andrea. Cerró los ojos y asintió con la cabeza. La respiración de él se convirtió en jadeo. El cuerpo de él se sentía duro. Su tacto era rudo. Él se restregó más fuerte contra ella. Andrea trató de sacar palabras por la garganta. Se rogó tener la fuerza de decir: *Para. No. No más.* Pero no la tuvo. Él le quitó los pantalones y empujó hasta abrirle las piernas. Ella rezó para que se detuviera. Rezó para que algo lo detuviera.

De repente, el ruido de tres disparos perforó el silencio. La ventana se hizo trizas. El vidrio les llovió encima. Se oyó el ruido de un carro patinando en la esquina. Silencio. Luego gritos. Gritos desde el mundo exterior. La voz de él atravesó los gritos.

"¿Estás bien?"

"Sí."

Más gritos. Él se levantó y corrió hacia los gritos. Los lamentos de las mujeres pasaron a través de la ventana rota. A Andrea le temblaban las manos de miedo. Luchó con sus pantalones. Rebeca entró corriendo.

"¡Le dispararon a Casper!"

"¿Qué?"

"Un camión azul pasó por enfrente hace unos veinte minutos. Bien lento. No hizo nada y luego volvió. Ven. Dreamer sabe de quién es el camión. Vamos a ir todos ya."

Andrea miró hacia la ventana rota mientras salía de la habitación. La mente le corría de una pregunta a otra. ¿Qué habría pasado si no hubiera estado acostada en esa cama? ¿Qué habría pasado si se hubiera quedado fuera de la casa?

Afuera todo era caos. Las mujeres miraban hacia la nada. Las chicas lloraban. Los hombres hervían de ira. Los carros de la policía invadieron el antejardín. Las luces rojas y azules se tragaron las lágrimas. El cuerpo de Casper yacía desparramado en el suelo. Un brazo le colgaba fuera de la sábana blanca. Flotaba en un charco de sangre. Los oficiales de policía hablaron con rostros que parecían muros de piedra. Nadie sabía nada. Nadie vio a nadie. Nadie habló. El color del carro era un misterio. Los pasajeros eran desconocidos. La policía trató de perforar el silencio pero el código de la calle era hacerse cargo de los propios. La venganza se endulzaba con sangre, no con sapos. Uno por uno fueron desapareciendo en la noche. La policía los observó partir con sus secretos hacia sus propias tumbas futuras.

Shorty se acercó lentamente a Andrea. El estómago se le contrajo. Las palmas de las manos le sudaban. Él la rodeó con el brazo. Las palabras cayeron en el oído de Andrea.

"Tú y Rebeca deberían irse. No quiero que las agarren por un toque de queda. Estos cerdos de mierda están buscando cualquier excusa para encerrarnos a todos. Nos vamos a encontrar en el parque McAdams a la medianoche."

"O.K."

"Aléjense de las calles hasta entonces."

La besó en la mejilla y volvió a la casa. Andrea se volteó

hacia Rebeca. Los pensamientos de ambas colisionaron en pleno aire. ¿Cómo iban a volver a casa? Casper las había llevado hasta allá. Miraron alrededor. Los carros se habían ido. La gente se había dispersado. Estaban solas.

"Ven, quedémonos aquí con Shorty."

Andrea le cogió la mano a Rebeca. Dijo que no con una sacudida de cabeza. Las preguntas eran innecesarias. Rebeca entendió su súplica silenciosa. Le dieron la espalda a Casper y caminaron hacia el desierto. La noche estaba despejada. Las estrellas brillaban como diamantes en el cielo. Caminaron en silencio. Rebeca no podía escapar de los rostros de tantos amigos perdidos. Todos los amigos enterrados. Vio sus sonrisas y oyó sus risas. Caminaban cerca de ella en el aire fresco del desierto. Andrea sólo pensaba en Casper. La muerte no había visitado su puerta. Nunca había sentido el roce de su fría mano. El silencio fue interrumpido por los aullidos solitarios de los coyotes que vagaban por el desierto.

"Andrea, deberíamos ir a mi casa. Quedarnos allá hasta el encuentro en el parque."

"¿Podemos quedarnos aquí afuera?"

"Pero los policías están–"

"No nos acerquemos a las avenidas. Por fa."

La verdad era que Rebeca también deseaba quedarse en la oscuridad de la noche. Deseaba caminar con sus fantasmas. Deseaba vivir su dolor para que la venganza fuera más dulce.

"Está bien. Pero vamos al McAdams a medianoche."

"Seguro."

Evitaron las luces azules y rojas de los carros de policía que buscaban traficantes de droga y pistoleros. Caminaron a la sombra de serpientes y de coyotes aulladores, recordando el tiempo pasado con Casper. Lo mantuvieron vivo con sus recuerdos. Rieron de sus escapadas de borracho y de sus bromas

sucias. Recordaron sus sueños de convertirse en artista. Sonrieron ante su amabilidad. Ambas estaban tan perdidas en el
recuerdo de Casper que no notaron el pequeño carro rojo que
las perseguía silenciosa y lentamente.

El carro llevaba las luces apagadas. Dos sombras se movían
de lado a lado en el asiento delantero. Se aproximaban furti-
vamente a las chicas. Ellas seguían riendo, caminaban. El carro aceleró hacia las chicas. Se detuvo con un chirrido justo
frente a ellas. Andrea y Rebeca quedaron congelas a medio
paso. La puerta del pasajero se abrió violentamente. Gabriel
salió a la calle. Andrea sintió que su corazón caía. *¡No, no
ahora!* Gritó para sí. No deseaba ver los ojos verde marrón de
su hermano brillar en la noche. Este no era el momento para
que él intentara ser su hermano. La puerta del conductor se
abrió. Mariana saltó fuera del carro. Parecía un animal enloquecido listo para atacar. Andrea vio las ojeras bajo sus ojos.
Tenía el pelo rociado de blanco. Los pómulos expuestos endu-
recían sus facciones. Las dos semanas que Andrea había pasado lejos de Mariana la habían cambiado.

El día que Andrea huyó fue el día en que comenzó a transformarse su vida. Comenzó como una tarde cualquiera. Andrea
llegó de la escuela y encendió la televisión. Las telenovelas le
hacían olvidar el mundo que la rodeaba. El Sol caía en el
Océano Pacífico. Antes de que se diera cuenta, Mariana cruzó
la puerta de entrada. Exhausta de trabajar, Mariana se arrastró hasta la sala. Estaba acostumbrada a ver a Andrea despa-
rramada en el sofá concentrada en la televisión, pero cuando
entró a la cocina, la rabia explotó.

"¡Andrea! ¿Qué es esto?"

"¿Qué?" Preguntó Andrea molesta, los ojos pegados al televisor.

Mariana apareció en la sala y apagó el televisor.

"¡Má! ¿Qué estás haciendo?"

"¿Por qué no está limpia la cocina?"

"Ay, Dios, se me olvido,"

"Trabajo todo el día y todo lo que pido es que cuando llegue a casa a cocinarte la cena, la cocina esté limpia."

"Otra vez no."

"¿Por qué no puedes hacer esa única cosa por mí?"

"¡Lo olvidé!"

"¿Cómo puedes olvidarlo? ¡Todo lo que haces es ver televisión!"

"¿Qué se supone que tengo que hacer? ¡No me dejas salir cuando no estás en casa! Y nunca estás aquí–"

"¡Porque estoy en el trabajo!"

"¡Consigue un trabajo mejor! Espera, eres tan estúpida que lo único que puedes hacer es cocinar."

Mariana levantó la mano y le cruzó la cara a Andrea. Ambas, madre e hija, quedaron atónitas en silencio. Era la primera vez que Mariana golpeaba a Andrea. La cercanía del aliento de Mariana asqueaba a Andrea. El olor de su madre era como el de cuerpos podridos. Su tacto, como el de una metralleta. Necesitaba irse.

"Voy a casa de Rebeca."

"No."

"¿Por qué no?"

"Porque yo digo."

"Pero ya estás en casa."

"Me importa una mierda. ¡Sal de mi vista!"

Andrea corrió por corredor. Tiró la puerta de su cuarto. Se botó a la cama y hundió la cabeza en la almohada.

"¡Mierda, te odio! ¿Por qué eres una puta tan malvada? A la mierda tu casa. A la mierda tus reglas…"

Se detuvo abruptamente. Levantó la cabeza de la almohada.

Salió de la cama. Cogió el morral y lo vació sobre la usada alfombra azul. Abrió el armario y sacó sus prendas preferidas. Llenó el morral hasta el borde con ropa, su diario, maquillaje y cepillo dental. Sólo lo esencial. Había llegado el momento de irse de casa. Había jugando con la idea por demasiado tiempo. Era una fantasía en la que pensaba a menudo. Y ahora había llegado el momento. Necesitaba escapar. Necesitaba encontrar un lugar donde pudiera descansar. Un lugar donde pudiera bajar la guardia. Un lugar que se sintiera como un hogar. Se trepó a la ventana a la búsqueda de la libertad. Una vez tocó el suelo, corrió sin mirar atrás. Su hogar estaba frente a ella. Su hogar estaba donde ella lo creara. El hogar era cualquier lugar sin Mariana.

Andrea gastó su libertad en los sofás y en los carros de la gente y escondida en casa de Rebeca. Su madre pasaba por la casa de Rebeca casi todos los días y Rebeca le decía las mismas palabras cada vez.

"Andrea no está aquí."

"Por favor, dile que la estoy buscando. Sólo quiero ver si está bien."

"No la he visto desde que se escapó de casa."

Las mentiras saltaban de la lengua de Rebeca. Mariana le escupía dagas por los ojos. Sólo deseaba sacarle de un golpe la sonrisa a la fea cara de Rebeca. Pero no había nada que Mariana pudiera hacer. La policía quería pruebas. No les bastaba con el instinto de una madre. Mariana se tomó las calles. Todas las noches rastreaba en el desierto, en montañas y zanjas. Vio los fantasmas de tantas chicas vagando en la noche que el miedo de perder a Andrea la empujó hasta el precipicio de una elección imposible.

Antes de que Gabriel pudiera alcanzarla, Andrea se alejó. Corrió lejos del pequeño carro rojo. Corrió por su libertad. Le palpitaban las piernas, el pecho se le oprimía. Movía los brazos con fuerza pero no era contrincante para Gabriel. Él estaba detrás suyo en segundos. Cerró los ojos. *¡Corre más rápido!* Se pidió. Sentía tirones en las piernas del esfuerzo. Gabriel la alcanzó y la cogió de la muñeca. Andrea trató de soltarse. Se negó a renunciar. Se negó a perder.

"Déjame en paz. Estoy bien, me estoy haciendo cargo de mí."

"¡Cálla la puta boca, Andrea! Detente. Ahora mismo. ¡Para!"

"¡Vete a la mierda!"

Gabriel supo que tendría que detenerla. Bajó la velocidad. El corazón de Andrea corría furioso. ¡Lo estaba agotando! De repente, él envolvió con los brazos la delgada cintura de Andrea y la empujó al piso. Se golpearon con el andén de cemento, los cuerpos enredados llegaron a un punto muerto. Rebeca gritaba mientras los dos forcejeaban. Saltó sobre la espalda de Gabriel. Lo arañó y lo haló y lo golpeó pero él se negaba a soltar a su hermana. Mariana se les acercó por detrás. Agarró a Rebeca del pelo y la tiró a media calle. Mariana rugió:

"¡Aléjate de Andrea!"

Gabriel recogió a Andrea del suelo. Se sentía floja en sus brazos. No tenía la fuerza para pelear. Lloró. Sus ojos encontraron los de Rebeca. Era una pila de huesos rotos. Rebeca lloraba incontrolablemente. Estiró una mano hacia Andrea como una niña pequeña buscando a su madre. A Andrea se le partió el corazón. El mundo estaba aplastando a Rebeca. Andrea la estaba abandonando, temblando impactada en el asfalto.

La puerta del carro se cerró. El ruido sordo vibró en las grietas del corazón de Andrea. El carro estaba lleno de silencio. El único ruido era el zumbido del motor del carro. Andrea miró hacia el cielo nocturno. La idea de volver a casa era aplastante. Sentía los dedos de Mariana cerrándose lentamente sobre su cuello y sofocando la vida en ella. Sabía que no se quedaría en casa por mucho tiempo. El sabor de la libertad era demasiado bueno para que se lo arrancaran de un tirón. Los pensamientos iban en círculos sin fin. Nada tenía sentido. Le pesaban los ojos de lágrimas, de correr, de la tristeza que palpitaba por todo su cuerpo. Dormir. Necesitaba dormir. Al menos en sueños podría escapar de Mariana.

El pequeño carro rojo no se detuvo en la casa. En cambio, condujo por las montañas y luego por el valle y se detuvo en el corazón de la ciudad de Los Ángeles. El rugido de los aviones sobre su cabeza sacó a Andrea del sueño. Las luces la confundieron. El tráfico la desorientó. Las palabras quebraron la seguridad del silencio.

"¿Dónde estamos?"

Mariana no dijo palabra. Gabriel estaba demasiado asustado para hablar. Andrea leyó el letrero sobre su cabeza.

"*Wellcome to LAX*"

"¿Por qué estamos yendo hacia el aeropuerto?"

"Te vas a ir."

"¿Qué?"

"Tienes un tiquete para Colombia."

Colombia era un lugar desconocido para ella. Un lugar en donde comenzaban los recuerdos. Un mundo en el que la gente sólo existía a través de los crujidos telefónicos de voces retrasadas.

"¿Por qué?"

"Porque vas a vivir allá."

Silencio.

"¿Por cuánto tiempo?"

"Vamos a probar por un año. Si no te gusta, puedes volver."

"¿Ustedes van a venir?"

"No."

Silencio. Estupor. Confusión. El carro se detuvo. Mariana se volteó. Le pasó a Andrea su pasaporte. Sostuvo el librito vino-tinto en sus manos. La palabra Colombia estaba gravada en dorado en la portada. Lo abrió. Vio una foto suya de cuando niña. Estaba tan lejos de esa sonrisa rara, los ojos entusiasmados y las coletas perfectas. Era una extraña. Mariana le pasó a Andrea una tarjeta de plástico. Andrea la miró. Nunca antes la había visto. Decía: *Green card, Legal Alien.*

"Esta es tu tarjeta de residencia. No la pierdas, es la única forma en que puedes volver. ¿Entiendes?"

Una avalancha de recuerdos le llegó a la mente. Recordó cómo había sufrido su madre por ese pedazo de plástico. Todos los días rezaban por la amnistía. Cuando Andrea preguntaba qué significaba, Mariana le decía que significaba que podrían tener un hogar algún día. Significaba que se podrían mudar del apartamento infestado de cucarachas a una casa con tres habitaciones y un patio. Le dijo que la amnistía significaba que podría ver a su abuela y a sus primos. La amnistía les traería la felicidad. Así que Andrea rezó al lado de su madre cada día. Quemaron velas y permanecieron arrodilladas por horas, hasta que por fin un pequeño sobre llegó por el correo. La amnistía les trajo pequeñas tarjetas de plástico. La amnistía estaba enviando a Andrea de vuelta a Colombia.

"¿Con quién voy a vivir?"

"Con tu tía Esperanza. Vas a vivir con tu prima Valentina. Ella te puede presentar a sus amigos. Va a ser divertido."

"¿Y mis cosas?"

"Te empaqué una maleta."

Andrea volteó la cara. No quería mirar a su madre. Una maleta empacada en el baúl del carro significaba que se había desarrollado un plan detallado. Un plan que había sido ejecutado. Era claro que Mariana no la quería. Así que haría lo que su madre quisiera, se iría. El carro condujo hacia las terminales del aeropuerto que eran puentes hacia el otro lado del mundo. El carro se detuvo en un semáforo en rojo. Estaban acercándose a la terminal donde se quedaría. Era la última oportunidad que tenía Andrea para crear la vida que deseaba y no la vida que su madre esperaba que viviera. Silenciosamente, se desató el cinturón de seguridad. Sus dedos lentamente agarraron la manilla de la puerta. Fijó con los ojos a Gabriel y a su madre. Esperó la oportunidad. Y llegó, finalmente. Como un relámpago haló la manilla para que se abriera. Nada pasó. Lo intentó de nuevo. La puerta permanecía cerrada. Su madre golpeó los frenos. Andrea empujó la puerta con el hombro pero seguía cerrada. Con desesperación, trató de abrir la otra puerta y no se abrió.

"Andrea, no vas a poder salir."

Andrea empujó y haló la puerta frenéticamente. Trató de bajar las ventanas pero no se movían. Golpeó la ventana una y otra vez. La voz calma de Mariana atravesó el pánico de Andrea.

"*Piojito*, vas a ir a Colombia te guste o no. Por favor no lo hagas más difícil. Confía en mí, yo sé lo que estoy haciendo."

A través de las lágrimas y la rabia, murmuró las palabras: "Jódete." Esas fueron sus palabras de resignación. Esas fueron las palabras que terminaron la guerra. El silencio se volvió a establecer en el carro. Lo parquearon. Mariana se volteó hacia Andrea una vez más.

"Andrea si corres te vamos a coger. La policía sabe que vienes. Sólo tengo que hacer una llamada y todos y cada uno de los policías van a estar buscándote en segundos. No te meterán en la cárcel. Les pedí que sin importar lo que pasara cogieras ese avión para Colombia. Aceptaron ayudar. Estaban ansiosos de ayudar. Por favor, no hagamos esto más difícil."

Andrea miró por la ventana. Mariana esperaba que Andrea le creyera. Esperaba que Andrea no corriera hacia la noche porque el único recurso de Mariana era correr tras ella. Mariana miró a Gabriel. Bajaron del carro. Gabriel abrió la puerta de atrás. Agarró a Andrea del brazo, la sostuvo firmemente. Mariana la agarró del otro brazo. Pasaron por el puesto seguridad. La condujeron a la puerta de embarque. Andrea era su prisionera. Mariana no la soltaba, demasiado asustada ante la posibilidad de perderla. Pero Andrea estaba rota. Demasiado confundida para correr. Demasiado herida para pensar.

Nadie dijo palabra. El silencio pesaba. Una voz crujió sobre sus cabezas.

"Pasajeros del vuelo 1442 con destino a Bogotá, Colombia, última llamada para abordar."

Gabriel se puso en pie. No podía mirar a Andrea. Masculló: "Cuídate."

La envolvió entre sus brazos. Su figura delgada se perdía en ellos. Recuerdos de la infancia pasaron rápidos por los ojos de Gabriel. Recordó cómo habían recogido latas de las calles de Los Ángeles hasta que encontraron el santuario de la escuela. Mariana siguió recogiendo latas hasta que encontró trabajo en un restaurante. El trabajo en el restaurante pagaba más que las latas de la calle pero tenía un precio. Gabriel y Andrea quedaron abandonados una vez más. Las horas pasadas solo con Andrea eran sus mejores recuerdos de la infancia.

Andrea odiaba quedarse encerrada en el apartamento. Convenció a Gabriel de escaparse al parque que quedaba a unas pocas cuadras. El parque era inmenso, parecía que el pasto crecía para siempre. Andrea y Gabriel encontraron rápidamente el rincón del parque que les pertenecía, los campos de baseball. Un grupo de chicos dispares jugaban baseball todos los días hasta que caía el Sol. Al principio, Andrea y Gabriel sólo miraban desde las bancas deseando que alguien se acercara a preguntarles si querían jugar. Hasta que un día, tras semanas de mirar, Andrea se puso en pie.

"*Piojito*, ¿adónde vas?"

"¡Voy a jugar baseball!"

Él la vio caminar hasta el chico más grande. Le tocó el costado, porque no alcanzaba el hombro. Él se volteó. Andrea le habló. El corazón de Gabriel latía con fuerza de la emoción. No le quitaba los ojos de encima. Ella señaló a Gabriel. El chico alzó los hombros y se volvió. Andrea gritó:

"¡Gabi, podemos jugar!"

Gabriel salió corriendo de la banca. Había estado deseando durante semanas lanzar una pelota, coger el bate, correr por las bases, pero se había quedado en las bancas porque sentía demasiado temor para acercarse a preguntar. No deseaba oír la palabra no. No deseaba sentir que no era bienvenido, que no era suficientemente bueno, un marginal, todos los sentimientos que había sentido desde que llegaron a ese nuevo hogar. Todos los sentimientos que había sentido desde que su padre se fue.

Gabriel recogió un guante viejo. Metió la mano izquierda. Se sentía grande y torpe en la mano pero le encantaba su dureza. Alguien le lanzó la pelota. Él abrió el guante y alargó la mano. La pelota cayó justo en el guante. Una oleada de alegría le recorrió el cuerpo. Se enamoró del baseball en el momento en que atrapó la pelota.

Gabriel y Andrea jugaron al baseball cada tarde después del colegio con el grupo de chicos dispares Gabriel tenía un talento natural. Sus manos agarraban el final del bate, el codo apuntando directamente detrás de él, el mentón bajo el hombro delantero, se balanceaba como si hubiera estado jugando al baseball desde que aprendió a caminar. Pronto, Gabriel jugaba mejor que todos los chicos del grupo dispar. Mariana vio su amor por el deporte y ahorró hasta que pudo pagarles a los dos la entrada a la liga juvenil. Sin saberlo, Andrea le había dado a Gabriel el regalo que lo había salvado de sí mismo. Cuando Gabriel jugaba al baseball podría olvidar las preguntas insistentes acerca de su padre. Podía olvidar cuánto extrañaba a su abuelita. Podía olvidar las preocupaciones de dinero, comida y arriendo. Estaba agradecido con la impaciencia de Andrea ese día. Tan duro como fuera, Gabriel se estaba despidiendo de Andrea porque creía que enviarla de vuelta a Colombia era su regalo para ella. Él esperaba estarla salvando de sí misma.

Gabriel volvió a sentarse, los ojos llenos de lágrimas. Miró al suelo y se despidió con la mano de su madre y de su hermana. Mariana agarró a Andrea del brazo y la condujo hasta el pasillo de salida. La abrazó. Andrea permaneció inmóvil con los brazos a los lados. Fría. Sin emoción. Era como si los brazos de su madre le estuvieran quitando el aliento. Finalmente, Mariana la soltó. Andrea se negó a mirar a su madre. No deseaba darle la satisfacción del contacto. Mariana suspiró con resignación. Andrea se volteó. Rozó con los dedos la pared del pasillo, su última conexión con el hogar. Caminó sola hacia un futuro incierto en una ciudad desconocida. Con cada paso, el peso de su corazón crecía en rabia.

Andrea se sentó en el avión con los hombros ligeramente encorvados y las manos entre las piernas. Miró por la ventanilla. El avión salió de la terminal. La gente en la sala de espera se hizo cada vez más pequeña. El avión retumbó por la pista, cada vez más rápido. Las ruedas se elevaron del suelo. El avión se sumergió en el cielo nocturno. Andrea masculló: "Jódete mamá."

Mariana la había abandonado justo como lo había hecho su padre y ahora tenía que sobrevivir sola en Bogotá, estremecida y aturdida. Los ojos se le llenaron de lágrimas. *No*, se dijo, *sin lágrimas*.

capítulo
OCHO

Bogotá, Colombia

Las puertas de vidrio se abrieron. El aire frío de Bogotá se precipitó hacia el rostro de Andrea. Un mar de gente se extendió entre empujones, levantándose de puntillas para encontrar a los seres queridos. La gente le gritaba los pasajeros que cruzaban las puertas de vidrio hacia el aire frío de Bogotá.

"¡Juan Carlos! ¡Juanca, mi amor!"

"¡Mamí! ¡Llegamos!"

"¡Diego, cómo estás de gordo!"

Las voces se mezclaban con rugidos de aviones, pitos de carros y chirridos de llantas. Bogotá pulsaba de vida. Andrea registró las caras de los extraños que tenía enfrente. Había uniformidad en el mar de gente. La mayoría eran bajos con múltiples matices de pelo oscuro y tez morena. Las mujeres tenían labios rojos y brillantes. Los hombres usaban zapatos negros. Las chicas vestían jeans apretados. Los chicos vestían chaquetas de jean. Los pantalones *baggy* de Andrea y sus camisas de franela no irían bien aquí. Andrea buscó a su tía Esperanza, aunque sabía que no tenía sentido buscarla: Las fotografías mentían y el tiempo había borrado a la tía Esperanza de su memoria.

El aire congelado de Bogotá se le deslizó por el cuello. Tembló cuando encontró camino hacia sus huesos. Había olvidado el frío penetrante de Bogotá. Andrea se sentía una forastera envuelta en el caos de la ciudad en la que había nacido. Diez años lejos le habían dado caderas y le habían llenado los pechos, pero la habían vaciado del pulso de su país.

"¡Andreíta! Mira, es tan flaca como Mariana, ¡Andrea!"

Andrea encontró los ojos de su tía Esperanza. Los recuerdos empezaron a inundarla. Los días pasados lamiéndose los labios a la espera de la arepa asada a la perfección. Salidas en carro por las exuberantes montañas donde se cruzaban con retenes improvisados hechos de cabuya y piedras. Novenas pasadas en salas frías con buñuelos que le calentaban las manos.

La Tía Esperanza movía los brazos frenéticamente. El pelo corto hasta las orejas, teñido de rojo, saltaba de abajo arriba con emoción. Los grandes ojos se movían como flechas hacia delante y atrás buscando una vía. La Tía Esperanza exudaba elegancia. Esperanza gritó el nombre de Andrea por encima de la multitud. Se empujó entre el mar de cuerpos. En segundos estaba frente a la puerta. Envolvió a Andrea entre sus brazos. Andrea se hundió en el pecho de su tía. Esperanza la apretaba fuerte. Andrea trató de desasirse, pero la tía se rehusaba a soltarla. Insegura de qué hacer, la abrazó de vuelta.

Esperanza había encontrando fortuna seis años antes en la esquina de la séptima con ochenta y cuatro, una tarde radiante de domingo. Su hija Valentina le suplicó a su madre que la llevara a patinar en la ciclovía. Esperanza accedió no porque quisiera, sino porque era algo que Valentina podía hacer gratis. El dinero era escaso, era casi inexistente. Esperanza había estado peleando con su exmarido desde que Valentina nació, diez años antes. Pero sin importar cuánto suplicara o gritara, él se negaba a ayudar, decía que con el apartamento que le había dado bastaba.

El espíritu de Esperanza esta doblegado. Su belleza se estaba escabullendo y se había convertido en su peor pesadilla: una madre soltera sin ningún pretendiente potencial. Valentina patinaba a la distancia mientras Esperanza caminaba entre una niebla de autocompasión. La niebla la cegó del hombre parado en la esquina. Se estrelló con él.

"¡Mire por dónde camina!"

Él se volteó molesto y quedó impactado con lo que vio: una mujer alta y voluptuosa, con la más bella piel blanca y pelo largo, marrón oscuro, reluciente.

"Perdón, lo siento."

Esperanza sintió el interés inmediatamente. Barrió la niebla.

"No, es mi culpa."

"Me llamo Roberto, ¿y usted?"

"Esperanza Cabal."

"Esperanza, ¿le han dicho alguna vez lo hermosa que es?"

Esperanza sonrió coquetamente. Se miraron. De repente, Valentina cogió la mano de su madre.

"Mami, vamos."

Esperanza vio la decepción en el rostro de Roberto, se negó a perderlo tan fácilmente.

"Roberto, esta es mi hija Valentina. Estaba a punto de dejarla en casa de su padre."

"¿Voy donde papá?"

Preguntó confundida. Valentina no alcanzaba a recordar la última vez que vio a su padre.

"Sí."

"Oh, en ese caso, voy a tomar algo en La Rosa, ¿quiere venir conmigo?"

"Seguro. Lo veré allí en un rato."

La determinación de Esperanza tuvo recompensa. Roberto se enamoró de ella en cuestión de semanas. Un año después estaban casados. Sin planearlo, Esperanza restauró la gloria de sus años en Buga. Los años que pasó sufriendo como madre soltera en Bogotá se olvidaron en las comodidades del hogar de Roberto. Roberto era tan generoso como vasta era su fortuna. Permitió que Esperanza comprara una casa para sus padres y que le enviara dinero a Mariana las pocas veces que lo aceptó. Permitió que Andrea viniera a quedarse en su casa, no como una huésped sino como una hija.

"Ay, Andreíta, no, estás demasiado flaca. ¿Qué te está dando de comer tu mamá? Y esa ropa es tan grande. ¿Por qué usas ropa tan grande? Vale, mírala. ¡Eres muy linda pero necesitas ponerle carne a los huesos! Vale, ¿te acuerdas de tu prima Andrea?"

La prima Valentina estaba al lado de su madre. Andrea estaba anonadada por lo que veía. La apariencia de Valentina era justo como la de Mariana. El pelo era salvaje e indomable, una orgía caótica de bucles. La piel era blanca como nieve, rociada de pecas desperdigadas por todo el cuerpo. Los pequeños ojos marrones eran tímidos pero intensos. Si no hubiera sido por los labios gruesos y la nariz pequeña, sería la viva imagen de Mariana.

Valentina se inclinó hacia delante y saludó a Andrea de un beso en la mejilla.

"¡Claro que me acuerdo de mi prima!"

Los recuerdos de Valentina bailaron en la mente de Andrea. Recordó un día raramente soleado en Bogotá, el aire fresco había desaparecido tras la Cordillera Oriental. La familia había ido en bus fuera de la caótica ciudad, hacia las onduladas montañas verdes. Ella y Vale estaban montadas en un burro. Una niña campesina sostenía las riendas y el burro se negaba a dar un paso más. Frustrada, la niña soltó las riendas y cogió un palo. Golpeó al burro por atrás. El burro arrancó a correr hacia los pastizales a la velocidad de la luz. Las niñas gritaron mientras el burro aceleraba en las curvas y evitaba chocarse de frente con árboles y paseantes. Nadie podía detener al burro enfurecido. La edad y el agotamiento finalmente lo llevaron a parar al otro lado de la colina, lejos de los gritos de las madres. Andrea se rió ante el recuerdo.

"¿Tienes hambre, Andrea?"

"Yeah, I'm starv–"

Andrea se detuvo. *En inglés no, Andrea.* Cambió el canal a español. Ahora la lengua le pasaba, se sentía torpe dentro de la boca. Tropezaba sobre sí misma y empujaba las palabras fuera de los labios.

"Sí, mucha hambre."

Tía Esperanza empezó a andar por la acera retorcida y medio quebrada. Las chicas la siguieron.

"Vamos, te vamos a preparar algo delicioso. Me alegra que no hayas olvidado del todo el español. Conmigo sólo puedes hablar en español porque *¡no espik inglish!* Pero con Vale puedes hablar en inglés todo el día si quieres. Lo habla perfectamente."

Andrea miró hacia Vale buscando ayuda. La tía Esperanza hablaba tan rápido que las palabras llegaban en un revoltijo a sus oídos. Vale le sonrió.

"She said she doesn't understand English but I do."

"Ok. Cool."

"No. No. No. No. En inglés no si estoy aquí, ¿de acuerdo?"

Las chicas asintieron con las cabezas. Vale miró mal a Esperanza por la espalda. Miró a Andrea. Compartieron una sonrisa.

Los carros corrían dentro y fuera del parqueadero. Zigzagueaban por entre personas, maletas y carros parqueados, evitando rozarlos por centímetros. Parecían mil y un accidentes esperando su momento. Tía Esperanza tocó el vidrio de una camioneta azul marino. Estaba parqueada justo fuera del caos. La puerta del conductor se abrió y un hombre bajo de pelo crespo negro y gafas redondas salió. Se apresuró a la puerta de pasajeros.

"¿Ese es tu padrastro?"

"No. Es William, el chofer."

Andrea vio cómo William corría a abrir las puertas, a cargar las maletas y a sonreír mientras hacía todo lo que tía Esperanza deseaba. Andrea entró al puesto de atrás. Cogió la puerta con una mano y la haló. La puerta no se movió. La agarró con las dos manos y la haló tan fuerte como pudo. Se cerró con un fuerte ruido. Andrea miró a Valentina buscando ayuda.

"Es blindado."

"¿El carro?"

"Síp."

"¿Por qué tienen un carro blindado?"

"Niñas, en español por favor."

"Andrea quiere saber por qué tenemos un carro blindado"

"Ah... no te preocupes por eso. Hace que Roberto se sienta más seguro. ¿Cierto William?"

"Sí, señora. No se preocupe, señorita Andrea, no voy a dejar que le pase nada malo."

Le sonrió por el espejo retrovisor. Andrea miró por la ventana, William entró al pandemonio de las calles de Bogotá. Ella presionó el botón para abrir la ventana pero ésta no se movió.

"Las ventanas no se pueden abrir en los carros blindados."

"Ah, gracias."

Andrea miró por la ventana polarizada la ciudad donde pasaría el siguiente año de su vida. Las montañas verde profundo se alzaban hacia el cielo. Eran un recordatorio constante de que la expansiva jungla de concreto no estaba destinada a este lugar. Los graffittis cubrían paredes derruidas a lo largo de calles donde estaban esparcidos perros, montones de basura apilados al lado de cubos de basura casi vacíos y huecos tan grandes que los rellenaban con colchones. Así la gente hacía el trabajo que el gobierno no lograba hacer.

La voz de la tía Esperanza resonaba en el carro fortificado y palabras al azar caían en el regazo de Andrea. El significado era inconsecuente. La camioneta se detuvo en un semáforo en rojo. Andrea se fijó en una chica más o menos de su edad. Estaba de pie en medio del tráfico. Usaba un saco dos veces su talla. Un saco que algún día había sido blanco pero que ahora era negro como la noche. Los jeans, doblados en las botas, le cubrían los pies descalzos. La chica apretaba una botella de plástico contra su pecho. Andrea vio cómo se acercó la botella a los labios. Inhaló profundamente. Los ojos lanzaron miradas alrededor. Andrea y ella cruzaron una mirada. Andrea miró hacia otra parte, incómoda de haber invadido el momento privado de la chica.

¡Bum, bum, bum! Tronó la ventana del carro. Andrea se volvió hacia el ruido. La chica reía histéricamente. Su voz atravesó las puertas de acero.

"No tenga miedo, amiguita. ¿No tiene una monedita que me regale?"

"Lástima que este carro no nos proteja de los gamines. Ignórelos, señorita Andrea, están drogados y locos."

William puso el carro en marcha y continuó el viaje por las

arterias de Bogotá. Las casas en bloque de un solo piso se fueron convirtiendo en edificios altos que cercaban los buses y los carros detenidos por el tráfico.

"Ya casi llegamos, Andreíta."

"El tráfico de acá es una porquería."

"Ay, Valentina, odio que hables así."

Una carreta repleta de cartones aplanados y chatarra, halada por un burro agotado sobrepasó la camioneta detenida. Un viejo jorobado sostenía las riendas entre las manos arrugadas. Cada pocos segundos golpeaba los huesos protuberantes del burro, igualmente viejo, con riendas de cuero. El paso del burro nunca cambiaba. El viejo nunca se quejaba. Lentamente se arrastraba por entre los carros inmóviles. Era lo único que se movía entre el estatismo. Andrea rió ante la ironía.

"¡Andrea llegamos, estamos en casa! William, nos bajamos aquí. Deje el carro en el garaje."

Andrea bajó del carro y observó su nuevo hogar. Le gustó el rojo vivo del ladrillo en que estaba construido el edificio de diez pisos. Una elegante escalera de mármol le daba la bienvenida al vestíbulo. Un hombre de uniforme gris estaba sentado tras el elegante contador de mármol y cerezo.

"Buenas tardes señora Esperanza, señora Valentina."

"Hola Juan Pablo, ella es Andrea, mi sobrina. Va a vivir con nosotros este año."

"Bienvenida, señorita Andrea."

Andrea le sonrió. Él sonrió de vuelta y volvió a su televisor portátil en blanco y negro. Parecía tan joven. Le recordó a Gabriel. Las mujeres caminaron hacia un jardín opulento. Desbordaba de árboles y flores. La fuente le daba al vestíbulo una tranquilidad que hacía olvidar la locura del otro lado de las puertas de vidrio.

"Andreíta, la buena noticia es que vivimos en el último piso. La mala noticia es que a veces se va la electricidad y hay que subir los diez pisos a pie."

"Pasa como una vez por semana."

"Pero si estás cargando algo muy pesado, puedes pedirle a Juan Carlos o al otro, no me acuerdo de su nombre, que te ayude. Oh, antes de que se me olvide, vives en Rosales, así se llama el barrio en el que vives, ¿de acuerdo?"

"Sí, Rosales."

Esperaron el ascensor. Las puertas se abrieron. William estaba dentro con la maleta de Andrea. Entraron al estrecho ascensor. La tía Esperanza hablaba tan rápido como lento era el ascensor. Las palabras pasaban a través de Andrea. La Colombia de los recuerdos de Andrea no era ésta Colombia en la que se encontraba. Carros blindados, choferes, pisos de mármol, eran los materiales de los sueños de Hollywood. Su Colombia estaba hecha de casas frías de bloque de cemento calentadas por arepas y chocolate y noches largas pasadas con su abuelita a la espera de la llegada de su madre del trabajo. Las puertas del ascensor se abrieron y lanzaron a Andrea de vuelta a su nueva Colombia. Los tacones de la tía Esperanza golpearon el suelo de azulejos. El Sol brillaba radiante a través de grandes tragaluces.

"Tía, ¿cómo está la abuelita?"

"¡Está muy contenta de verte! Viene este fin de semana de Barranquilla."

Andrea había olvidado que el frío de Bogotá había llevado a sus abuelos tras el Sol. El Valle era una realidad imposible para ellos, así que decidieron instalarse en Barranquilla, una ciudad llena de desconocidos, empapada de Sol.

"¿El abuelo también viene?"

"No, piojito, al abuelo no le gusta venir por acá."

"¿Por qué?"

"Quién sabe."

Pero Esperanza sabía. Tras venir a Bogotá, su imponente padre se había convertido en un esqueleto caminante. Al principio, nadie entendía por qué se rehusaba a salir de casa, pero con el tiempo todos se dieron cuenta de que era imposible para él. Tan pronto como atravesaba la puerta, las manos le temblaban, los ojos miraban salvajes de miedo, se le encogía el pecho y no encontraba aire. Con cada año que pasaba, el miedo se comía un poco más de Hernando Andrés y el padre que todos conocían y amaban se había ido, en su lugar había un desconocido que nunca hablaba. Tenían la esperanza de que el Sol y la brisa del Océano Atlántico le devolvieran la vitalidad, pero se había ido demasiado lejos para el tiempo en que Esperanza pudo comprarles un hogar.

La tía Esperanza cavó en el bolso en busca de las llaves.

"Tus tías también vienen, todos están muy emocionados de verte. Tus tíos te mandan cariños desde donde estén. Nunca encuentro las llaves. William, mire a ver si las tiene. Siempre hay alguien en casa, así que no necesitas llaves. Pero si por cualquier razón no hay nadie, mira debajo del tapete, allí te dejarán las llaves. ¡Gloria, Gloria! ¡Ábrame, soy yo!"

Timbró una y otra vez.

"¡Gloris, apúrese!"

"Hola Gloria. Esta es mi sobrina Andrea, de la que le hablé. ¿Ya está lista su habitación?"

"Sí señora. Hola Andrea, hola Valentina."

"Perfecto. Sirva algo de comer. Ya vuelvo."

Esperanza cruzó frente a Gloria que mantenía abierta la puerta. Desapareció en el corredor. Andrea le sonrió a Gloria. El vestido sencillo de algodón, de collar de encaje barato y delantal transparente, la hacían parecer mucho mayor de lo que era. Tenía el pelo cuidadosamente trenzado en delgadas tren-

zas que brotaban desde lo alto de la cabeza. La piel negra oscura era preciosa. Los dulces ojos color miel irradiaban la historia de mujeres que criaban hijos ajenos, cocinaban la cena
de desconocidos y complacían a maridos que no eran los suyos. Gloria le sonrió de vuelta a Andrea.

"Gloria es la mejor cocinera de Bogotá, ¿cierto Gloria?"

"Eso dicen por ahí."

"Ha estado cocinando desde que tenía como ocho años y es
un genio. ¿Qué quieres comer, prima?"

"¿Qué hay, Gloris?"

"Carne. Pollo. Pinchos."

"Ah, pinchos. ¿Te gustan los pinchos, Andrea?"

Andrea encogió los hombros, insegura de qué eran los pinchos pero demasiado avergonzada para preguntar. Miró al
suelo deseando desaparecer entre las grietas.

"¿No sabes qué es un pincho?"

Andrea negó con la cabeza, demasiado consciente de sí
misma como para levantar la mirada del suelo.

"Es carne en un palito. O pollo en un palito."

"Es como un kebab, entonces."

"Kebab, me gusta esa palabra. Si no quieres, hay pollo."

"Uhm… un kebab, quiero decir, un pincho está bien."

"Gloris, dos pinchos con arroz y plátano, por fa. Ven y te
muestro la casa."

Andrea vio a Gloria desaparecer tras una gran puerta de
madera. Siguió a Valentina por el largo corredor. El hermoso
mármol blanco brillaba bajo sus pies. Los pisos estaban acentuados por coloridas alfombras turcas. Valentina desapareció
tras una pared. Andrea la siguió a una amplia sala. Abundaba
en sofás de cuero, cortinas de seda y pinturas con marcos do-
rados. Ramos de flores tropicales perfumaban la habitación
con el aroma del azúcar caramelizada. Relojes antiguos y esta-

tuas de Jesús y de la Virgen María resaltaban la grandiosidad de las altas paredes y las elegantes columnas.

"Nunca vengo aquí, es demasiado elegante. La usan cuando dan fiestas."

Valentina abrió dos puertas de vidrio al otro lado de la sala. Había bibliotecas contra las paredes. Estaban llenas de libros perfectamente organizados. Un escritorio pequeño estaba asentado frente a una ventana amplia que daba a los sosos y altos edificios de Bogotá. Al lado del escritorio había un sofá de cuero lleno de cojines de diferentes tamaños, colores y formas.

"Mi mamá tiene una manía por los cojines. Trae cojines de todos sus viajes."

"¿Y los libros?"

"Los libros son de Roberto, pero nunca lee aquí. Siempre está en su cuarto. Éste es su estudio, pero yo lo uso cuando vienen mis amigos. A mi mamá le gusta que estemos aquí porque puede vernos a través de las puertas de vidrio. Especialmente con los chicos. Viene aquí como cada media hora y nunca los deja quedarse más de dos horas. Ven."

Caminaron por otro corredor que daba la vuelta al apartamento por detrás hasta la entrada.

"Aquí es la cocina. Ahí queda el cuarto de Gloria por si la necesitas."

Valentina abrió la puerta al final del pasillo.

"Este es tu cuarto."

Había una cama sencilla bajo la ventana amplia. El cubrelecho blanco de encaje le recordaba una casa de muñecas. Al frente había un pequeño escritorio. Pinturas de hermosos paisajes colgaban de las paredes. El armario, al final de la habitación se extendía a todo lo largo del muro.

"Tengo televisor en mi cuarto, puedes ir cuando quieras. Es la puerta de al lado. ¿Quieres desempacar? Te puedo ayudar."

Dudando de lo que pudiera encontrar, puesto que Mariana había empacado la maleta, abrió la cremallera. La ropa de Andrea estaba doblada en cuadrados perfectos. En el centro había un pedazo de papel blanco con su nombre escrito. Instintivamente trazó con el dedo la A perfectamente dibujada. De niña, Andrea adoraba la caligrafía de su madre. Deseaba escribir tan bellamente como ella. Pasaba horas escribiendo una y otra vez sobre la caligrafía de su madre. Trataba de perfeccionar la curvatura de la A y la agraciada S. Sintió una punzada en el corazón. De repente, se abrió la puerta.

"Niñas, Roberto llegó. Vengan a saludar."

"Nunca toca la puerta, vete acostumbrando." Susurró Valentina.

Andrea dejó la carta sobre el escritorio y salió de la habitación. Andrea y Valentina se apresuraron hasta el final del corredor. Valentina empujó la puerta. Andrea la siguió de cerca. Los pisos de mármol daban paso a lujosas alfombras blancas. La luz de la Luna brillaba a través de la enorme ventana que cubría un lado entero de la habitación. Roberto estaba sentado en una lujosa silla de cuero. Era como un rey en su trono. Un par de metros frente a él había una gran pantalla de televisor. Estaba sentado con el control remoto en la mano, cautivo por las noticias de la tarde. El pelo negro estaba perfectamente peinado. El largo bigote acentuaba los labios y los dientes amarillentos y torcidos. El Sol había besado su piel y ocultaba la edad tras el bronceado.

Roberto había viajado por caminos difíciles para llegar a relajarse frente al televisor. Su padre murió inesperadamente cuando tenía diez años. Roberto era el mayor, el más fuerte y el más inteligente, lo que significaba que era quien debería cargar con siete sobre sus pequeños hombros. La carga de la familia era pesada. Durante muchas noches la comida era un gran lujo. Solía decir que fueron las lágrimas de su madre las que le dieron la fuerza para mover las imposibles montañas de la oportunidad.

Roberto construyó un pequeño imperio vendiendo pollos a amas de casa y abuelas. Su veta de vendedor mezclada con la autoridad dictatorial llenaron la cuenta de banco con suficientes pesos para su madre y para todos sus hermanos y hermanas. Sin embargo, los pollos eran melindrosos. Les gustaban los entornos predecibles, las casas silenciosas y la temperatura caliente. Si no conseguían lo que querían, simplemente se desplomaban y morían por miles. La sombra de sus muertes colgaba sobre Roberto cada minuto de cada día. Sentía que los calambres de hambre de la infancia lo acechaban en la esquina siguiente. El único lugar en el que lograba alejar el miedo del hambre y las lágrimas de su madre, era frente a su televisor.

"Mi amor, esta es Andrea, la hija de Mariana."

"Yo sé quién es Andrea, Esperanza."

Las palabras cortaron el aire como ácido.

"¿Cómo estás, Andrea?"

"Bien, gracias. ¿Y tú?"

La tía Esperanza murmuró en el oído de Andrea y la empujó hacia Roberto.

"Salúdalo de beso."

Andrea caminó hacia Roberto. Se inclinó y lo besó en la mejilla. Él apenas si se movió. Valentina siguió. Roberto no despegaba los ojos del televisor. Las chicas se quedaron en un silencio incómodo por unos segundos.

"Vamos a seguir desempacando."

"Está bien, Vale. No se queden hasta muy tarde porque mañana tienen que ir al colegio."

Las chicas desaparecieron en el cuarto de Andrea. Había dos bandejas de comida humeante descansando en el escritorio. La vajilla de plata estaba servida sobre mantelitos impecables y acompañada por largos vasos de jugo fresco de maracuyá. Valentina cogió una bandeja, se sentó en el piso y empezó su comida.

"¿Entro al colegio mañana?"

"Sí, vas a ir a La Candelaria. Mmm, estos pinchos están deli."

"¿Tú vas a ese colegio?"

"No, voy al English School, pero es un colegio bilingüe y por eso tu mamá no quería que fueras. Dice que deberías practicar tu español, no tu inglés."

"Genial. Entonces voy a estar sola."

"No, tengo amigas allá. ¿No vas a comer?"

"En un momento. ¿Están en mi curso?"

"No, son más pequeñas. Luisa y Mónica. Son muy queridas y aman La Candelaria. Vas a estar bien. Tu uniforme está en el closet."

"¿Tengo que usar uniforme? *Shit.*"

"Todos los colegios tienen uniformes. No dejes que se te enfríe la comida. No va a estar tan rica. Bueno, tengo que ir a hacer las tareas."

"Espera, Vale, ¿Roberto estaba bravo?"

"No, ¿por qué?"

"Parecía un poco... no sé..."

"Frío. Siempre es así. Créeme, vas a saber cuando esté bravo. Buenas noches."

Valentina cerró la puerta tras de sí. Andrea miró los pinchos sobre el escritorio. El estómago gruñía pero no lograba comer. Rebeca pasó rápidamente por su mente. Pocas horas antes, caminaba por el desierto, cogida de la mano de su mejor amiga. Ahora estaba completamente sola. Miró la carta de Mariana. La agarró y la rompió en pedazos. Lo último que deseaba era cualquier cosa que tuviera relación con su madre. Botó la carta hecha trizas en la caneca de basura. El dolor en el corazón creció más pesado aún. Se sentía tan pesado en el pecho que la empujó hacia el piso. Yació inmóvil en la alfombra turca, roja y amarilla. Sentía que estaba cayendo en el dolor de su pecho. Entre más profundo caía, más sola se sentía. Pensar en el colegio la aterrorizaba. Ponerse un uniforme la enfurecía. Cerró los ojos. Esperó que la oscuridad aliviara las punzadas en su pecho.

Andrea sintió una palmada suave en el hombro. Miró hacia arriba y vio a Gloria sonriéndole.

"Señorita Andrea, ¿por qué durmió en el suelo? No se comió la comida, debe estar muerta de hambre. ¿Qué quiere desayunar?"

El español de Gloria salió disparado de su boca como una ráfaga. Las palabras se amontonaron en la cabeza de Andrea.

"Despacio, por favor. ¿Desayuno? ¿Qué hora es?"

"Son las seis y media de la mañana. Tiene que arreglarse para el colegio."

Gloria acentuaba las palabras con señales exageradas de las manos.

"Ya entendí."

Gloria ayudó a Andrea a levantarse del suelo. Abrió el armario de Andrea. Estaba vacío salvo por una falda a cuadros blancos y azules, un saco azul oscuro en V y unas cuantas camisas blanco hueso. Gloria puso el saco, la jardinera y la camisa sobre la cama. Sacó un par de medias azul oscuro del cajón y un par de zapatos rojo brillante. Andrea miró los zapatos aterrorizada.

"¿Tengo que usar *esos* zapatos de payaso?"

"Son muy feos."

"¡No me lo puedo creer, puta madre.!"

Gloria desapareció en la cocina. Andrea fue al baño. Se metió a la ducha. El calor se la tragó. El dolor era más pesado que nunca. Sintió que se estaba ahogando en él, incapaz de respirar, incapaz de escapar de él. Necesitaba silencio. Necesitaba quietud. El embate del agua no le permitía descanso. Necesitaba concentrar toda su energía en actuar como una chica normal de dieciséis años. Se lavó el pelo, se enjabonó y se rasuró las piernas. Los movimientos eran rápidos y mecánicos hasta que la rasuradota accidentalmente le hendió la piel. Vio cómo la sangre resbaló por su pierna. El rojo carmesí la hipnotizó. Un relámpago de silencio. Sostuvo la rasuradora en la mano. Era liviana de peso pero grávida de posibilidades.

Andrea necesitaba más que un simple relámpago de silencio. Necesitaba acallar su dolor. Aspiró y presionó la rasuradora contra su piel. La arrastró por la pierna. La piel se rasgó lentamente. Un dolor punzante la recorrió. Siguió cortándose. De repente llegó la quietud. Se detuvo. La pierna palpitaba. El dolor pulsaba a través de su cuerpo. El dolor interno desapareció. Disfrutó de la calma. Miró la sangre que goteaba de la herida, tan larga como su dedo. Una línea recta perfecta. La sangre chorreaba por la pierna. Era reconfortante. Era hermosa. Era suya. Sostuvo la rasuradora firmemente en la mano, agradecida de sostener la llave para abrir el candado de su silencio, agradecida por el nuevo secreto encontrado.

Andrea miró sus zapatos rojos al atravesar el portón de entrada de La Candelaria. Le recordaban su secreto. Le daban la fuerza que necesitaba para atravesar el barrial del parqueadero hacia el pequeño colegio. Los salones de clase eran endebles construcciones de fibra de vidrio con techos de teja verde. Cada salón tenía una ventana amplia con sardinel a juego verde o rojo. Los salones rodeaban un gran patio central. Había grupos de niñas de zapatos rojos diseminadas en el pasto.

Las más pequeñas corrían de arriba abajo por los corredores sin techo, gritando y riendo unas con otras. El corazón de Andrea se hundió. Estaba rodeada por niñas. *¡Es un colegio de niñas! ¡Acaso esta mierda puede ser peor!*

Sintió que las miradas de las niñas le quemaban la espalda. Vio el número de su salón frente a una enclenque puerta verde. La abrió y rápidamente la cerró tras de sí. Cerró los ojos y comenzó a caer en su dolor.

"Yo también odio estar aquí."

Los ojos de Andrea se abrieron de súbito. Una chica con una fuente de pelo marrón que le llegaba hasta la cintura, piel blanca perla y ojos negro profundo estaba sentada frente a un escritorio de madera raído. Estaba encorvada escribiendo obsesivamente en un pequeño diario negro.

"Me llamo María Neyla pero me puedes llamar Mané. Tú eres Andrea. Nos dijeron que venías. Una chica de Estados Unidos. Cagada para ti."

"Cagada para ti también, entonces."

"No, me refiero a la parte de los Estados Unidos."

Andrea cogió una silla frente a ella.

"Ese es el pupitre de Mayita."

Andrea cogió la silla de al lado.

"Esa es la de Natalia."

Caminó hacia el pupitre al otro lado de la habitación.

"Ahí es Carolina."

"Entonces ¿qué pupitre está libre?"

"Este."

Señaló la silla de al lado.

"No te asustes. Créeme, gringa, no quieres sentarte al lado de ninguna de estas chicas. Soy lo mejor que puedes encontrar aquí."

"Si eres lo mejor, estoy metida en la mierda."

"Estás en La Candelaria, estás en un lugar mucho peor que la mierda, estás en el infierno."

Andrea caminó hacia la silla vacía al lado de Mané. Se sentó en la silla dura de madera justo cuando se abrió la puerta del salón. Una marea de sacos azules se apresuraron hacia Andrea.

"¿Hablas español?"

"¿Dónde vivías en Estados Unidos?"

"¿Cómo es Los Ángeles?"

"¿En qué barrio vives?"

"¿Tienes novio?"

Mané no quitó los ojos del diario mientras el aluvión de preguntas caía sobre Andrea. Las chicas tampoco hacían ningún intento por reconocer la presencia de Mané. Una voz profunda que fingía autoridad cortó la marea azul y mandó a las chicas a dispersarse hacia sus pupitres. Una vez dispersas, Mané susurró al oído de Andrea.

"César odia a los gringos, pero no dejes que te asuste."

César caminó hacia el frente del salón. Vestía unos pantalones cafés oscuros y una camisa azul clara. Trataba de cubrir la calva en su cabeza con las poca mechas grasosas de pelo que le quedaban, pero la batalla era fútil. Su rostro era plano como una tortilla. Las gafas se le caían constantemente del puente de la nariz. Era de estatura baja. Era gordo. Era cruel.

"Ah, miren lo que tenemos aquí. La famosa Andrea de los Estados Unidos de América. Andrea, ¿cuál es su apellido?"

"Rodríguez."

"¿Rodríguez qué? De pronto no lo sabe pero en Colombia se usan ambos apellidos."

"Andrea Rodríguez Cabal."

"Gracias Señorita Rodríguez."

"Cabal."

La clase estalló en risa.

"De acuerdo, Andrea Rodríguez Cabal, ésta es la clase de Historia. Discutimos la Historia de Colombia, pero estoy seguro de que no tiene idea de Historia colombiana puesto que ¿para qué se la enseñarían allá? Así que para que pueda participar de la clase de todas formas, le preguntaré acerca de la Historia paralela en los Estados Unidos. Así estaremos aprendiendo juntos. ¿Tiene sentido? Por ejemplo, ¿en qué año se independizó Colombia, señoritas?

Las manos de todas se elevaron en el aire excepto la de Andrea y la de Mané. César señaló a una chica de pelo rubio.

"1819."

"Una pregunta fácil, por supuesto. Andrea, ahora sabe cuándo Colombia se convirtió en Colombia. Ahora dígame, ¿cuándo los Estados Unidos se convirtieron en los Estados Unidos?"

Andrea tragó con dificultad. No tenía idea.

"¿Necesita que le repita la pregunta en inglés? Porque créalo o no, yo hablo inglés."

Ella negó con la cabeza. Miró hacia el pupitre. Andrea deseaba una vez más desaparecer entre las grietas del suelo. Mané empujó el diario hacia Andrea. En la esquina de arriba, escrito claramente, el número 1776.

"1776."

"Eso es correcto. No era tan difícil. Así vamos a desarrollar la clase para que todas puedan participar."

El resto de la clase fue borrosa. César le preguntaba a Andrea sin cesar. Mané ayudaba cuando podía, pero la mayoría del tiempo Andrea encogía los hombros, permanecía callada y enterraba el dedo en su nueva cortada secreta. El dolor agudo que se disparaba por su cuerpo hacía tolerable su silencio ignorante. César se regodeaba en los momentos de silencio de

Andrea. Se llenaba de gozo viendo a Andrea encogerse tras la larga sombra de su conocimiento.

"Niñas, mañana vamos a hablar de cómo las FARC comenzaron a existir. Por favor lean los capítulos cinco y seis. Que tengan un buen día."

Dio unos golpecitos en el pupitre de Andrea cuando salía.

"Bienvenida a Colombia, Andrea Rodríguez Cabal."

Andrea estaba tan furiosa que no pronunció palabra en clase durante el resto del día. Se rehusó a comer el arroz con masa beige que unas mujeres le sirvieron de almuerzo. Necesitaba un espacio lejos del parloteo de las chicas y sus preguntas incesantes sobre los Estados Unidos. Las dejó en la cafetería y caminó hacia el jardín central. Mané estaba sentada sola, cautiva en su diario. Andrea pensó que al menos las otras chicas la dejarían en paz si se sentaba al lado de Mané. Mané apenas si alzó los ojos cuando Andrea se sentó al lado.

"Prefiero morir de hambre a comerme esa mierda."

"Sí, se ve asqueroso. ¿Hace cuánto estás aquí?"

"Desde preescolar."

"¿Qué?"

"He estado en la misma clase con esas mismas chicas desde que tenía seis años. No ha entrado una niña nueva desde tercero."

"Ya entiendo por qué están tan emocionadas. Creí que era por mí."

Ambas rieron.

"Vas a dejar de ser novedad la semana entrante, no te preocupes."

"No puedo esperar. Oye, quería preguntarte sobre el año en que pasó esa cosa de las FARC. Sabes, que César mencionó, de lo que se va a tratar la clase de mañana."

"En los años cincuenta."

Andrea entró como un rayo al estudio de Roberto. Observó el montón de libros. Lo que necesitaba tendría que estar allí. Registró los lomos de los libros sin estar segura de lo que estaba buscando, aunque con la certeza de que lo encontraría. *Genial, todo está en español.* Leer le iba a tomar el doble de tiempo. Se apresuró. Reconocía algunos títulos pero la mayoría eran completamente nuevos para ella, hasta que cayó en la *Enciclopedia Mundial.* Para su sorpresa, había cuatro juegos de enciclopedias. Sacó el volumen de cada enciclopedia que trataba de Estados Unidos. Abrió los libros en los años cincuenta y comenzó lentamente la ardua tarea de leer en español y tomar notas traducidas al inglés. Andrea cogió una hoja de papel y la tituló *USA 1950s.*

"Hola, señorita Andrea, ¿cómo le fue su primer día de clases?"

"Fue horrible, Gloria, lo odio."

"¿Muchas tareas?"

"Exactamente."

"¿Desea algo de comer?"

"Sí, me muero de hambre. En un rato me preparo algo."

"Yo lo prepararé para usted. ¿Qué desea comer?"

"Cierto… uhm… lo que sea."

"Puedo prepararle lo que quiera. ¿De qué tiene ganas?"

"No lo sé, hamburguesa."

"¿Algo más?"

"Papas a la francesa, supongo. Gracias."

"Con gusto."

Andrea escribió los momentos cumbre de cada año desde mil novecientos cincuenta hasta el setenta. Para el momento en que llegó Gloria con la hamburguesa con papas a la francesa, Andrea tenía cinco páginas de notas llenas de hechos históricos. Gloria sirvió la comida en el escritorio y se volteó para irse.

"Espera. Gloria, ¿será que me puedes ayudar?"

"Seguro, ¿qué necesita?"

"Escoge cualquier año de las primeras tres páginas y te digo qué pasó ese año."

"Creo que es mejor que la señorita Valentina le ayude con eso."

"No está. Por favor, sólo media hora. Tengo que saberme esto para mañana. Por favor."

"Es que… Andrea… tengo que seguir con el trabajo."

"Yo te ayudo cuando termine."

"No. Quiero decir, gracias, pero no es una buena idea."

"Entonces sólo diez minutos. Por favor."

"Andrea, no es eso… es que… no puedo… no sé… no sé leer…"

Silencio. La sangre subió al rostro de Andrea. Los ojos de Gloria miraban al techo. Rogaba que las lágrimas no aparecieran.

"Oh, lo siento. Quiero decir… está bien… yo… estudiaré sola."

Gloria salió corriendo del estudio. Andrea sintió que de un palazo le habían sacado el aire de los pulmones. Cogió sus hojas de papel. Observó las palabras. Los duros bordes le herían los ojos. Sintió la distancia, el poder entre sus manos. Andrea poseía las palabras. Gloria era poseída por las palabras. El pensamiento le dio escalofríos. Lo empujó atrás en su cabeza. Necesitaba concentrarse. Caminó de un lado para otro durante horas. El Sol se hundió en el Río Bogotá, al otro lado de la ciudad. Andrea repetía las palabras que poseía. Valentina le hizo las preguntas que necesitaba saber y le dio las respuestas que se escondían en las sombras de su memoria. Memorizó diecinueve años de Historia en una noche. Finalmente, colapsó de cansancio, frustración y excitación.

"Prima, vas a estar genial mañana."

"Eso espero. Sólo necesito que ese cabrón me la deje de montar."

"Podemos hablar con mi mamá, si quieres. Ver si puede hacer algo."

"No, está bien así. Oye, ¿hace cuánto trabaja Gloria aquí?"

"Como tres años."

"¿Cuántos años tiene?"

"Creo que diecinueve, veinte. ¿Por qué?"

"No, por nada."

A la mañana siguiente, Andrea se escondió tras sus cinco páginas en el bus. Las tanquetas brutales, los perros viciosos y los reyes nacidos y muertos durante diecinueve años de Historia que acababa de descubrir, la fascinaron. Los cuarenta minutos pasados en el bus acelerado que maniobraba en medio del tráfico caótico, puentes rotos y calles sucias, que amenazaban con convertirse en ríos de barro con la siguiente lluvia, se sintieron como cuarenta segundos.

Andrea se sentó al lado de Mané en el salón vacío.

"¿Mané, hiciste la tarea?"

"La miré por encima. Es la misma mierda de siempre."

César entró tranquilamente a clase. Las chicas lo siguieron. Andrea se golpeó la pierna al ritmo de sus nervios. Cesar se paró frente a la clase, el pecho inflado como un gallo que reclamara su territorio.

"Previa sorpresa, señoritas. Guarden sus libros. Voy a hacer una pregunta y a señalar quién me debe dar la respuesta. Vamos a empezar por lo fácil. Fecha exacta del Bogotazo, ¿Ana María?"

"Nueve de Abril de mil novecientos cuarenta y ocho."

"Bien. Andrea, un hecho importante que haya ocurrido en mil novecientos cuarenta y ocho en los Estados Unidos."

Andrea parpadeaba de incredulidad. El sonido del latido de su corazón le golpeaba la cabeza. *1948, 1948. ¡Qué putas pasó en 1948!*

"¿Andrea? ¿1948?"

Desplomándose, vencida, Andrea se encogió de hombros. Había estudiado de mil novecientos cincuenta a mil novecientos sesenta y nueve, no mil novecientos cuarenta y ocho. La despreciable mueca de triunfo de César quemó el orgullo de Andrea.

"En la carta a su madre, ¿cómo describió a Colombia Ernesto "Ché" Guevara? ¿María Neyla?"

"Él dijo que pensaba que la revolución iba a comenzar porque el campo estaba revuelto y el ejército no podría detenerlo. Dijo básicamente que éste era un lugar horrible para vivir. La policía con metralletas en todas partes. Policías pidiéndole a la gente sus papeles cada pocos minutos. Violencia por todas partes. Suena como vivimos ahora."

"No exactamente como vivimos, María Neyla. Andrea, ¿algunas luces sobre 1952?"

Andrea no podía ocultar la sonrisa de su rostro.

"Eisenhower fue elegido presidente."

César levantó las cejas impactado. Le encantaban los retos.

"Gracias a Dios al menos sabe eso. ¿Qué hay de 1953?"

"Los Rosenbergs fueron ejecutados."

"¿Por qué?"

"Fueron condenados por entregar información secreta sobre la bomba atómica a los rusos."

"Los rusos. Los comunistas. Juliana, ¿en qué año y por qué diría que las FARC fueron creadas?"

"Las FARC fueron creadas en 1964. Provenían del movimiento comunista. Decían que representaban a la gente pobre del campo y que creían en la reforma agraria, pero en realidad eran sólo narcotraficantes que querían dinero y poder."

"Juliana, estamos hablando de hechos históricos, no de opiniones personales."

"Andrea, el momento histórico más importante de 1950."

"Creo que tendría que decir que fue Rosa Parks. Ella comenzó el boicot en el bus que llevó a los negros a obtener la igualdad en el sur."

"Hay un mundo por fuera de los Estados Unidos, señorita Andrea y le convendría recordarlo. En mi opinión personal, en 1959 el mundo cambió con la Revolución Cubana."

Andrea habló de Brown contra el Departamento de Educación, mientras César despotricaba sobre Manuel Marulanda y la Séptima Conferencia Guerrillera. Andrea debatió sobre el asesinato de Malcom X y de Martin Luther King Jr. mientras César se enfurecía por la Unión Patriótica y la desaparición y asesinato de miles de sus miembros. Andrea habló de Armstrong soñando con la Luna mientras César condenaba el colapso de millones de sueños tras la muerte de Gaitán y de Galán.

Por momentos las rodillas de Andrea se doblaban y perdía el agarre, pero se sostuvo firme por más de una hora y media. Fue batida y amoratada pero sobrevivió a la batalla de César. Mané se volteó hacia Andrea impresionada.

"¡Andrea, eso fue putamente increíble!"

"Espero que me deje en paz."

"No te preocupes, te dejará en paz. ¡Tenemos que celebrar!"

"¿Celebrar? ¿Dónde?"

"La Tienda de Tuta."

NUEVE

Andrea abrió la puerta de madera de La Tienda de Tuta. El humo del cigarrillo llenaba el salón tenuemente iluminado. Había velas sobre las mesas de madera rústica y taburetes sueltos dispersos por todo el lugar. Los hombres se inclinaban sobre las mujeres recostadas contra las paredes, una mano en la cadera y el trago en la otra. Sus risas atravesaban la música, mientras las caderas instintivamente se balanceaban en sensuales ochos atrayendo a sus parejas a la pista de baile.

Andrea, Valentina y Mané se sentaron en una mesa vacía al fondo del salón. Andrea cruzó los brazos sobre el pecho, el ceño fruncido mientras observaba el bar. Valentina le acarició la pierna por debajo de la mesa.

"Prima, no estés tan brava."

"Es sólo... no sé cómo te dejé convencerme de ponerme esto."

"Mané, quería usar unos jeans tan grandes que le quedarían al gordo que está allá."

Valentina señalo a un hombre alto al otro lado del bar. La barriga le sobresalía por encima de los pantalones. El mentón estaba perdido entre los gordos del cuello.

"Le dije que tenía que usar algo que mostrara su figura. Tiene un cuerpo hermoso. No debería esconderlo. Mira, prima, no sé qué le gusta a los gringos pero a los hombres de aquí les gusta ver el cuerpo de la mujer."

"A la mierda lo que le guste a los hombres, Andrea. Pero si me imagino esos pantalones con el culo tan grande, deben ser feos."

"¡Tan feos!"

"No he usado pantalones apretados desde hace como dos años. Me siento asquerosa."

"Te ves bien. Ven, tomemos unos tragos."

"Mané, no tengo una cédula falsa."

"¿Para qué necesitas una cédula falsa?"

"Prima, podemos tomar aquí, a nadie le importa. ¿Qué tomamos? ¿Ron? ¿Aguardiente?"

"Es su primera noche de rumba en Colombia. ¡Aguardiente, mija!"

Una botella de vidrio transparente fue servida a la mesa con tres vasitos. Mané abrió la botella y vertió el líquido cristalino en el vaso de Andrea.

"No eres una colombiana de verdad hasta que te emborrachas con aguardiente, bailas salsa con un caleño y tiras con un colombiano. Así que esta noche, al menos, vamos a tachar uno de la lista."

Mané alzó su vasito. Valentina y Andrea hicieron lo mismo.

"Prima, ¡que tu primera noche en Bogotá sea increíble!"

Andrea acercó el vasito a los labios. El líquido transparente olía a regaliz. Le gustaba el regaliz. Se bajó el trago entero en picada. El aguardiente le resbaló por la garganta. Instantáneamente, ardió fuego dentro de ella. Le abrasó el estómago. Su cuerpo se contrajo impactado. Tosió fuertemente. El cuerpo se revolvía. Valentina y Mané estallaron en risas.

"Ahora el segundo."

Incapaz de hablar con el ataque de tos, Andrea negó con la cabeza.

"Créeme, si te tomas el segundo ahora mismo, el resto de la noche te van a entrar como agua."

"¿De verdad? Yo no sabía eso."

Mané disparó dagas en la ingenuidad de Valentina.

"Sí, prima, tómate otro. Te vamos a cuidar, no te preocupes."

Andrea agarró el vaso. Sin pensarlo, el aguardiente desapareció bajo su garganta. Tembló de repulsión, sin embargo abrazó la ligereza en la que se encontró su cabeza. Cerró los ojos. Estaba rodeada de música. Era contagiosa. La canción era desconocida pero el ritmo se sentía como en casa.

"Vale, ¿qué tipo de música es ésta?"

"Merengue. Es como una marcha sobre el mismo lugar y se mueven las caderas."

"¿Quieres bailar?"

"No hay posibilidad."

"Después de un par de copas más, vas a estar bailando sobre las mesas, prima."

Tres tragos aparecieron en la mesa. Las chicas los bebieron como si estuvieran bebiendo agua. La cabeza de Andrea giraba en forma de ocho. La lengua, que por los últimos días se había sentido pesada con los raros giros y vueltas del español, se sentía ligera y hábil con el sabor del aguardiente. La lengua disfrutaba el camino de enrollar la ere. Dejó de cruzar los brazos. Cayó en la comodidad de su cuerpo. Resbaló fuera de su dolor. Disfrutaba que la música retumbara sobre su cabeza. Los cantantes hablaban de lugares que Andrea jamás había oído mencionar. Contaban historias de una Historia que no le era familiar.

"Vale, ¿qué es esta canción?"

"Es una cumbia, prima. Se llama cumbia."

Cerró los ojos. Aspiró el ritmo que la rodeaba. La música haló algo dentro de ella. Encontró el calor del hogar en las gaitas que bailaban sus melodías entrelazadas. El golpe de tambores vibraba con el pulso de su corazón. La voz colmada de alma de la mujer envolvía a Andrea por las caderas y las mecía con palabras a su corazón roto. Andrea desapareció en las notas de sus ancestros. Escuchó los gritos de sus abuelas y abuelos africanos cuando arrastraban cadenas por las calles adoquinadas de Cartagena. Vio a sus hermanos y hermanas wayúu masacrados por los virus que sus madres y padres españoles les contagiaron. La Historia hervía dentro de ella. Era familiar y extraña, tal como lo era Colombia. Abrió los ojos y vio a Mané tamborileando con los dedos al ritmo sobre la mesa de madera. Se le hundió el corazón. Rebeca flotó en su mente.

Se preguntó qué estaría haciendo Rebeca. ¿Caminando sola por el desierto? ¿Bailando en los rincones de una casa abandonada con un hombre del que no conocía el nombre? ¿Estaba tan borracha como Andrea? ¿La estaba extrañando tanto que dolía? Andrea lentamente volvió a hundirse en su dolor. Se envolvió en su negrura. Su espesor mantuvo las caderas en su lugar. La música inundó su dolor con el aguijón punzante de la soledad. Necesitaba escapar.

"Vale, ya vuelvo."

Andrea se tambaleó hasta la puerta. El aire helado de Bogotá le cayó encima. Sus ojos enfocaron a los niños que vendían chicle y cigarrillos en la esquina a pasantes vestidos con jeans que valían más de lo que los niños podrían ganar en un año. Se rió de la estupidez de todo.

"Mamita, te ves sola. Te puedo cuidar muy bien esta noche."

Un hombre bajo, moreno, de pelo oscuro, se paró frente a ella. Sus arrugas estaban llenas de angustia. Los ojos, oscurecidos por la crueldad de la vida. Andrea refunfuñó por encima del aliento borracho.

"Fuck you."

Arrastró la F cuando salía de su boca y la U se pegó a la CK como un escupitajo.

"Ah, una gringa. Perfecto, tú me enseñas inglés y yo te enseño español."

Su cuerpo se tambaleaba delante y atrás. Un brazo la agarró desde atrás por la cintura de un tirón. Se esforzó por enfocar. Era la hermosa cara de porcelana de Mané.

"¡Mané!"

"Andrea, haces amigos en cualquier parte, ¿no?"

"Bueno, con una cara tan preciosa, cómo no."

"Que tenga buena noche."

"¡Vamos! Podemos divertirnos juntos esta noche."

"Cualquier noche con usted estaría lejos de ser divertida. Adiós."

Las chicas vieron cómo el hombre se alejaba por el andén torcido.

"No quiero ir a casa."

"Estamos en Colombia. No volvemos a casa hasta que sale el Sol."

Valentina sentó a Andrea en el cemento frío. Mané se sentó a un lado y Valentina al otro. Usaron sus cuerpos para sostenerla. Mané sacó la botella de aguardiente de su abrigo negro. Se la dio a Andrea. Andrea tomó un trago largo de la botella casi vacía. Valentina agarró la botella y tomó un trago aún más largo. Andrea miró hacia el cielo. Las nubes cubrían el cielo nocturno. Miró a su alrededor. Los carros las rodeaban.

"¿Dónde estamos?"

"Este es mi sitio para rematar. Nadie nos molestará aquí. Conozco al vigilante. Es chévere. Sólo tenemos que darle un poco de guaro y podemos quedarnos el tiempo que queramos.

"¿Guaro?"

"Ay, prima, aguardiente."

"Guaro… quiero más guaro, por favor."

"Andrea, ¿por qué es una mierda tu español?"

"Porque cuando mi papá se fue, mi mamá sólo nos hablaba en inglés. Necesitaba practicar."

"¿Adónde se fue tu papá?"

"No lo sé. Le dijo a mi mamá que había encontrado trabajo en Miami y nunca volvió."

"¿Nunca?"

"No. El cabrón simplemente nos dejó. Pero no me importa, en realidad. Quiero decir, nunca lo conocí, entonces ¡que se vaya a la mierda! Denme más guaro. Por favor."

"¿Cuántos años tenías cuando se fue?"

"Seis, mi hermano tenía diez. No he vuelto a ver al malparido desde entonces."

"Tu papá puede encontrarse con el mío en el club de los cabrones de mierda."

"¿Qué hizo tu papá?"

"Dejó a mi mamá cuando se enfermó de cáncer."

"¡Qué hijueputa! ¿Tú mamá está bien?"

"Sí, por ahora."

"Yo tampoco hablo con el mío."

"¿De verdad, prima? ¿Por qué?"

"No lo sé, realmente. Mis padres se divorciaron cuando era muy chiquita. Lo llamo todo el tiempo pero él nunca me llama. Él simplemente nunca quiere hablar conmigo."

"Pues que se joda él también. ¡A la mierda los padres!

¿Quién los necesita? Si no nos quieren, pues tampoco nosotras los queremos. Ellos son los que pierden. Probablemente viven vidas miserables de todas formas. Están todos jodidos y viejos e infelices deseando estar con nosotras, pero nosotras no los queremos. Entonces que se jodan ellos y sus vidas de mierda."

Con cada palabra, la voz de Andrea se resquebrajaba con los años de dolor que llevaba guardados en el corazón. Las lágrimas giraban alrededor del odio, del dolor y las preguntas sin respuesta. Las lágrimas alimentaban su dolor haciéndolo crecer más oscuro y más grande aún. Estaba al borde de tragarla entera. Valentina la protegía de la oscuridad que amenazaba con llevársela. La llevó a casa y la acostó en su cama. Valentina la cuidó hasta que las lágrimas se secaron.

"Prima... tengo que decirte algo."

"¿Qué, Vale?"

"Sé dónde está tu padre. Escuché a mi mamá hablando de él con la abuelita."

Silencio. La cama de Valentina cayó en un pozo más negro que la noche. El silencio era más callado que el silencio. Era ensordecedor. Estaba cayendo en la parte más profunda de su dolor. Un lugar peligroso.

"¿Adónde vas, prima?"

"Creo que voy a vomitar."

Valentina se levantó.

"No, estoy bien. Duérmete."

"Pero–"

"Estoy bien. Buenas noches."

Andrea cerró la puerta con seguro. Sus ojos cayeron en la rasuradora que descansaba en baldosas blancas y limpias. La agarró. Se le aceleró la respiración al mirar fijamente sus cortantes filos. Buscó en la piel de caramelo el lugar perfecto para volverse a encontrar con su salvador. Presionó la rasuradora contra el comienzo de la muñeca. El corazón latía, la respiración se acortaba, temblaba la mano mientras deslizaba la rasuradora por la muñeca. Observó cómo la sangre luchaba su camino fuera del cuerpo. De súbito, en la oscuridad había luz. En el silencio había sonido. Dejó de caer en su dolor.

El tiempo se detuvo entre las paredes del baño, pero de alguna manera la razón prevaleció. Andrea borró meticulosamente cualquier evidencia que pudiera conducir al descubrimiento su secreto. La rasuradora fue limpiada hasta que sus filos brillaron a la luz. La puso justo como la había encontrado en el borde de la ducha. Los pañuelos manchados de sangre fueron enviados a los intestinos de la ciudad. Se amarró una pulsera de hilos alrededor de la muñeca, asegurándose de que sus secretos quedaran en secreto.

Salió del baño dispuesta a dormir. No deseaba dormir sola, así que se enrolló al lado de Valentina. Los sueños la anidaron en los recuerdos de la infancia. La risa de su abuela la abrigó. La voz desafinada de su madre la alivió. La sonrisa de su hermano le dio seguridad. Horas después, los párpados se agitaron y se abrieron. Los rayos del Sol llenaban la habitación. Una silueta estaba sentada al borde de la cama. Se limpió el sueño de los ojos. Su abuelita le sonrió. Andrea la apretó a Amparo entre sus brazos. El tiempo la había cambiado. El cuerpo se sentía delicado entre sus brazos. El pelo oscuro era ahora blanco como la nieve. Su piel era como pergamino. Sus manos soportaban las marcas oscuras de la edad y la angustia. Pero su sonrisa era la misma sonrisa que ella recordaba. Amparo se rió de delicia. Su risa retumbó en los techos corredor abajo hacia las calles de Bogotá, justo como Andrea la había recordado siempre.

"¡Abuelita!"

"¡Piojito!"

Se mecieron en los brazos una de otra buscando los años que habían perdido. Amparo tomó el rostro de Andrea entre sus manos. La niña pequeña que ayudó a criar todavía vivía en los rincones de los ojos de Andrea. La encontró en los labios rosa suave que adoraba besar. Pero también vio los años pesados que vivían en los pliegues que entornaban la boca de Andrea. Vio la tristeza del pasado en los hombros de Andrea. Vio la confusión en sus ojos. Andrea puso la cabeza sobre el regazo de Amparo, justo como hacía cuando necesitaba consuelo de niña. Los dedos largos de Amparo acariciaron el pelo de Andrea. Encontró alivio en cada caricia. Cada caricia le recordaba su infancia.

"¿Qué pasa, Andrea? ¿Tienes mamitis? Siempre te daba mamitis cuando tu mamá trabajaba hasta tarde. ¿Quieres llamarla? Podemos llamarla."

"No, no es eso."

"Mi amor, entonces ¿qué pasa?"

"Abuelita, ¿sabes dónde vive mi papá?"

"Sí, Andrea, lo sé."

"¿Por qué no me dijo mi mamá que él vive aquí?"

"Piojito, ella no lo sabe. Ella no quiere saber nada de él. Nos pidió que no le dijéramos nada."

"¿Por cuánto tiempo ha estado aquí?"

"Un par de años, creo."

"¿Has hablado con él?"

"No."

"¿Sabías–"

"No sé nada de él. No quiero saber nada de él."

"¿Dónde vive?"

"Cerca. Tu tía sabe más que yo. Le podemos preguntar si quieres verlo."

"Discúlpame, tengo que ir al baño."

El baño giró en círculos. Andrea abrió la llave. El frío del agua se sentía bien en las palmas de las manos. Se mojó la cara con el agua. Deseaba lavarse el miedo. Deseaba que desapareciera bajo la llave. Deseaba que los pensamientos acerca de su padre regresaran al lugar donde habían vivido, en los rincones quietos de sus recuerdos casi olvidados. Pero él estaba vivo ahora. Ya no era una fotografía borrosa en una nevera o un hombre extraño que alguna vez le regaló un dulce en un aeropuerto lejano. Padre e hija respiraban el mismo aire en la misma ciudad. Su proximidad la quemaba. Clavó un dedo en la cortada de la muñeca. El dolor se disparó por el brazo. El cerebro le gritaba que se detuviera, pero el corazón le rogaba que cavara más hondo. Se miró al espejo. Sabía que necesitaba sacarse el fuego de su padre. Clavó más y más hondo el dedo en la herida.

Por fin, el baño dejó de dar vueltas. Había tomado una decisión. Salió del baño.

"Abuelita, quiero ver a mi padre."

"Está bien, Piojito, podemos arreglarlo."

"No, quiero verlo hoy."

"¿Hoy?"

"Es decir, quiero ir a su casa ahora mismo. Mi tía sabe dónde vive. Quiero ir hasta su casa y golpear a su puerta. Quiero hablar con él ahora mismo."

"¿Estás segura?"

"Sí, quiero que tú y Vale me acompañen."

"De acuerdo."

La hora siguiente fue un remolino de emociones y una ráfaga de acciones. Las duchas se abrieron antes de que el agua hubiera tenido tiempo de calentar. No se dijo palabra frente a las arepas con chocolate que sirvió Gloria. Tan pronto como se terminó el último trozo, Valentina, la abuelita y Andrea salieron de la casa plenamente conscientes de que el cambio estaba en el aire. El carro aceleró por las calles caóticas de Bogotá hacia las respuestas que Andrea había perseguido a todo lo largo de su vida. Con cada semáforo en rojo, el corazón de Andrea latía más fuerte. Un tornado de preguntas se arremolinaba en su interior. ¿Cómo era su casa? ¿En qué tipo de barrio vivía? ¿Vivía solo? ¿Tenía más hijas? ¿La recordaría? ¿Desearía verla? Su estómago estaba lleno de mariposas que empujaban su corazón al borde de la explosión. Súbitamente, sin advertirlo, el carro se detuvo.

"Es aquí, señorita Andrea."

Andrea miró por la ventana. El edificio que señalaba William era una construcción demacrada color blanco sucio de dos pisos. Las ventanas eran rectángulos que cubrían a todo lo ancho la fachada del edificio. Velos blancos cubrían las ventanas sucias. Una fea cerca café circundaba la casa. La puerta color granate le daba un toque de tristeza al edificio. *¿Nos dejó por esto?* Andrea pensó para sí.

"Prima, ¿quieres que vayamos contigo?"

"No, espérenme aquí."

Andrea sintió los pies pesados en el andén. Los sintió pegados al suelo. Concentró toda su energía en despegar los pies del suelo y ponerlos frente a ella. Cada paso hacia la casa era un esfuerzo de concentración. Cuando se acercó a la sombría puerta color granate, sintió que una pared espesa e impenetrable se levantaba dentro de ella. Las mariposas de repente se transformaron en avispas furiosas que se enjambraban en su estómago y amenazaban con estallar a través de su boca y atacar todo lo que estuviera a la vista. El dedo de Andrea presionó el pequeño timbre amarillo. Cuando oyó pasos al otro lado de la puerta, sus ojos se perdieron en una distancia tan lejana como la Luna. El enjambre de avispas creció todavía más feroz. La puerta se abrió. Padre e hija se miraron. Eran completos desconocidos el uno para el otro pero la sangre los ataba. Los ojos almendrados verde-marrón de él, que eran la imagen exacta de los de ella, la miraron. En los ojos había una colisión de dos mundos, dos clases sociales y dos países chocando en un solo momento. Se mantuvieron en silencio, perdidos en la familiaridad. Al fin, Andrea habló.

"Soy su hija, Andrea."

Andrea vio cómo cada palabra cayó sobre Antonio. Vio cómo su cara se transformaba ante la comprensión de que la joven mujer frente a él fuera alguna vez la niña pequeña por la que sacrificó tanto. Vio los pocos recuerdos compartidos pasar como un relámpago frente a sus ojos. De repente, Antonio la envolvió entre sus brazos. Andrea no se movió. Sus brazos colgaban a los lados.

"¡Andrea! ¡Andrea! ¡No puedo creer que seas tú! ¿Hace cuánto estás aquí? ¿Dónde te estás quedando? ¿Por cuánto tiempo? Cuéntamelo todo. Ven, entra."

"No, estoy bien, gracias."

"No te puedes quedar afuera, está helado. Por favor, entra. ¿Con quién estás?"

"Con mi abuela."

"¿Amparo? ¿Dónde está?"

"No quiere entrar."

"Bueno, no viniste para quedarte afuera. Por favor, te prepararé algo de tomar. De comer. Ven, entra."

La curiosidad de Andrea era más grande que su orgullo. Con pasos dudosos entró a la casa. Era un pequeño aparta-estudio con una cama doble, muebles dispares dispersos y un gran televisor en el centro. Le recordó el primer apartamento de Los Ángeles. Con indiferencia, buscó su existencia en el mundo de su padre. No había ni una sola prueba de ella en las paredes.

Miró hacia su cama. Había algunos periódicos uno sobre otro, pero ella no estaba allí. Sus ojos lo siguieron cuando entró a la cocina. Andrea sintió que estaba siendo aplastada por el silencio que llenaba la habitación. Él abrió la nevera. Dos fotografías desteñidas colgaban de la puerta. Una era de Andrea bebé chupándose el pulgar, Gabriel la estaba cargando. Al lado de la foto de bebé, había otra. Era uno de los pocos recuerdos que tenía de su padre. Gabriel, Andrea y Antonio estaban en un estadio de baseball. Cada uno con una cachucha azul de baseball. Andrea lamía un chupete con una gran sonrisa en la cara y miraba directamente a la cámara. Antonio y Gabriel gritaban con gozo al ver el partido, ignorando la cámara.

Los ojos de Antonio captaron la misma fotografía. *Ha pasado tanto tiempo*, pensó. ¿Cuántas veces había pensado en Andrea y Gabriel? ¿Cuántas veces había deseado que todo hubiera sido diferente? Había deseado encontrar a sus hijos, volver a comenzar, remendar todos sus errores, pero no sabía por dónde empezar. Cuando finalmente comprendió su error, se habían mudado del apartamento que parecía una caja de zapatos. La vergüenza le impidió buscar con firmeza. La vida le estaba dando otra oportunidad. La vida estaba dándole un regalo, por fin.

Antonio cerró la nevera. No podía soportar más el silencio. La conversación era una torpe danza de respuestas de una palabra, silencios incómodos y sentimientos inexpresados. Con cada pregunta, Andrea se ponía más y más furiosa. No se reconocía en la sombra de su resentimiento. Se sentía abandonada en una tormenta de emociones irreconocibles. Estaba llena de una rabia que la paralizaba. Deseaba correr fuera de allí, pero al mismo tiempo no quería alejarse del lado de su padre. Deseaba que Antonio la volviera a abrazar aunque sentía completa repulsión hacia él. Se sentía como un animal enloquecido. Necesitaba atacar a su presa. Necesitaba saborear la sangre. Necesitaba hacer lo que fue a hacer.

"Entonces, no me has dicho qué estás haciendo en Colombia."

"Mi mamá me mandó aquí."

"¿Por qué? ¿Todo está bien?"

"No lo sé. ¿Por qué no le pregunta a ella?"

"Lo haré."

"¿Tiene nuestro número?"

"No."

"Ah, por eso es que nunca llamó. No tiene nuestro número. Ahora todo tiene sentido."

"¿Cómo está tu hermano?"

"Mucho más grande que la última vez que lo vio."

"Claro."

"¿Cuánto tiempo ha pasado? Diez años, desde la última vez que lo vio."

"Ha sido mucho tiempo."

Silencio. Andrea miró con rencor los ojos de su padre.

"Andrea, lo lamento mucho."

"¿Qué lamenta?"

"No estar allí. Haberme ido. Todo. Pero quiero repararlo contigo. Sé que ya no puedo ser tu papá, realmente."

"No necesito un papá."

"Lo sé, mírate. Quiero decir, ya casi eres una mujer. Mira, no voy a tratar de ser tu padre, pero esperaba ser al menos tu amigo."

A Andrea se le revolvieron las entrañas, se le anudaron entorno al corazón. Se le escapó el aliento. Los brazos le hormigueaban con una furia incontrolable. Él le estaba diciendo a ella lo que quería en lugar de preguntarle a ella qué quería. El momento había llegado. Andrea necesitaba la respuesta a la pregunta que llevaba diez años haciéndose. Las palabras lentamente fueron llenando su boca.

"¿Por qué se fue?"

Al instante, el aire fue aspirado fuera de la habitación. Andrea retuvo el aliento mientras esperaba por la respuesta que, rogaba, la liberaría.

"Andrea... porque... yo era... irresponsable."

La palabra irresponsable colgó pesada sobre la habitación, repicó con fuerza en la mente de Andrea, aturdió su corazón. Las avispas se enjambraban con voracidad en su estómago. Las manos le temblaban de rabia. *¡Por supuesto que era irresponsable!* Andrea necesitaba saber por qué él nunca llamó. Por qué nunca escribió de cumpleaños o de navidad. Necesitaba saber qué le había ofrecido el mundo que era tanto mejor que ella.

Antonio se quedó en silencio, inseguro de qué más decir. Puso un vaso de jugo de naranja recién exprimido sobre la mesa. Andrea miró el vaso. No deseaba nada de él.

"Me tengo que ir."

"¿Por qué?"

"Porque sí."

"Espera, Andrea, ¿dónde te estás quedando. Me gustaría seguir hablando contigo."

"No."

"Por favor, Andrea. Volvamos a comenzar. Un nuevo comienzo."

"No."

Andrea se volteó y salió por la puerta. El dolor rugía dentro de ella. Las esperanzas que mantenía escondidas en los rincones de su corazón se habían ido. En su lugar, estaba la oscuridad de su dolor. Entró al carro frágil y rota. Amparo vio su dolor.

"Piojito, ¿qué pasó? ¿Qué te dijo?"

"Nada. No quiero hablar de él. Vamos a casa, por favor."

Silencio.

"Piojo—"

"¡No quiero hablar!"

"Está bien."

El carro entró al tráfico caótico de Bogotá. Valentina le cogió la mano. Le murmuró al oído.

"No los necesitamos, prima. Recuerda que no los necesitamos."

Andrea asintió con la cabeza. Era cierto que no necesitaba a su padre, pero no era una necesidad lo que buscaba colmar. Lo que deseaba colmar era un anhelo. Un anhelo para el que no encontraba palabras, un anhelo que la controlaba, un anhelo del que deseaba escapar. Sabía que sólo había una persona que sentía el mismo anhelo, Gabriel.

El teléfono se sentía pesado en su mano al tocar de nuevo el hogar. La voz de Gabriel crujió por la línea telefónica.

"Hola."

Ella no había llamado a casa desde su llegada a Bogotá.

"Hola Gabi."

"¿Andrea? ¿Todo está bien?"

Había dejado de llamarla Piojito cuando empezó a pintarse los ojos con delineador negro carbón.

"Sí, todo está bien. Sólo llamaba para saludar y para saber cómo te va."

"Estoy bien. Mamá no está, está trabajando."

Mientras crecían, Gabriel y Andrea eran inseparables. Eran todo lo que tenían mientras su madre estaba en el trabajo.

"Imaginé que estaría trabajando. En realidad, quería hablar contigo."

"Ah, está bien. ¿Cómo va todo?"

Pero en la adolescencia se habían convertido en extraños.

Apenas se deseaban los buenos días y las buenas noches. Gabriel no entendía la rabia de Andrea. Andrea no entendía la necesidad constante de Gabriel de ser bueno.

"Fui a ver a papá hoy."

"¿Cómo lo encontraste?"

Lo que no entendían era que la rabia de Andrea y el perfeccionismo de Gabriel provenían del mismo lugar, el hueco que su padre les dejó al abandonarlos.

"Vive en Bogotá. A unas pocas cuadras de donde vivo."

"¿Cómo se ve?"

Por años, Gabriel soñaba con su padre. Se preguntaba si lo reconocería en las calles. Se preguntaba si él se veía como su padre.

"No lo sé. Igual, supongo. Tiene muchas canas."

"¿Qué dijo?"

Andrea nunca soñaba con él. Nunca pensaba en él. Trataba de fingir que él nunca había existido.

"Preguntó por ti. Quería saber cómo estás. Le dije que estás bien."

"¿Qué más dijo?"

Hermano y hermana nunca hablaban de su padre. El silencio era más fácil de soportar que el rechazo.

"Desea seguir hablando conmigo."

"¿Y qué vas hacer?"

Al crecer, no había nada que Gabriel quisiera más que ver a su padre.

"Nada, no me interesa. Pero te llamaba para ver si quieres la dirección de su casa."

El silencio de Gabriel pesaba.

"No lo sé."

Pero Gabriel ya era un adulto. Sus ojos de adulto veían el mundo de forma diferente.

"Bueno, si quieres la dirección, me cuentas."

"De acuerdo. Gracias por llamar."

"Sí, claro."

"¿Cómo te va por allá?"

"Bien. Me gusta. Es diferente."

"Qué bueno. Cuídate. Te extraño."

"Sí, yo también."

Andrea colgó el teléfono. Su anhelo aún estaba allí. Sus preguntas permanecían sin respuesta. Hizo lo único que se le ocurrió. Llenó su anhelo con un río interminable de aguardiente y cortadas secretas. Las cicatrices permanecían ocultas tras incontables pulseras de hilo que se rehusaba a quitarse. Pasaba cada viernes, cada sábado en La Tienda de Tuta, el parqueadero de Mané o los rincones del bar atiborrado de la tía Esperanza. Andrea se estaba ahogando en su dolor. La única salvación era el regaliz líquido con el que se atracaba y los rituales secretos que practicaba en el baño.

Seis meses transcurrieron en una niebla de noches de viernes y de sábado pasadas sobre sanitarios de porcelana y pañuelos empapados de sangre. Andrea se desvistió de la pandillera que había sido en Little Quartz. Cambió los pantalones baggy por jeans que abrazaban su esbelta cadera y camisas que provocaban al mundo con sus senos perfectamente redondos. En lugar de pelear en las calles, siguió el mano a mano con César en clase. Dejó de huir de la policía y comenzó a correr hacia los clubes de salsa. Corría salvaje y libremente hasta el día que se dio de bruces con la guerra en Colombia.

Era una tarde de domingo como cualquier otra. Roberto estaba viendo televisión. Esperanza estaba dibujando el mundo como lo veía desde su ventana del décimo piso. Valentina estaba enrollada en su cama hablando a media lengua con su nuevo novio. Andrea estaba aburrida y el aburrimiento nunca había sido bueno para ella. El aburrimiento la ponía inquieta y la inquietud le hacía buscar aventuras. Encontró la aventura que buscaba en la mesa de la cocina, en el bolso de su tía Esperanza. El bolso negro brillante estaba medio abierto. Los ojos de Andrea enfocaron las llaves del carro. Hurtó las llaves y se escabulló fuera del apartamento.

El cuerpo delgado de Andrea se anidó perfectamente en la silla del conductor. Encendió el motor. El carro se fundió sin esfuerzo en el caos de la ciudad. Los carros la rodeaban. La gracia con la que fluía por entre los buses, taxis y carros blindados, escondía el hecho de que nunca había manejado en su vida. Era como si las reglas nunca escritas de Bogotá estuvieran grabadas dentro de ella. Andrea sintió el poder de la libertad por primera vez al lado de las oleadas de humo negro que salían de los buses y de las opulentas montañas verdes que la rodeaban. Sus manos tenían el poder de manejar hacia cualquier lugar que deseara. Tenía la habilidad de escapar; la aventura y la libertad estaban en las yemas de sus dedos. Fue a buscar a Mané.

"Mané, ¿adónde quieres ir?"

"No sé."

"Podemos irnos de la ciudad. Podemos ir al campo."

"¡Sí, vamos al campo!"

Andrea miró por encima del hombro para cambiar de vía. Un movimiento demasiado complejo para su inexperiencia. El carro se desvió sólo un poco cuando ella buscaba un espacio libre entre dos buses. De repente, el carro se estrelló contra el andén. El sonido del acero torciéndose sobre sí mismo, el cemento estrellado y el caucho quemándose rechinó desde el frente del carro. Andrea golpeó los frenos. El carro se detuvo. Andrea miró a Mané. Tenía los ojos llenos de miedo. Andrea no soportaba la idea de salir del carro. Le asustaba demasiado ver el daño. Los carros viraban bruscamente alrededor del carro detenido. Los pitos de los carros retumbaban alrededor de ellas. Los desconocidos les gritaban groserías por las ventanas cerradas. No había una sola mentira que pudiera inventar para salvarse. Hizo lo único que se le ocurrió. Condujo de vuelta a casa y esperó el castigo.

Andrea dejó las llaves exactamente cómo las había encontrado. Se encerró en su cuarto y esperó la inminente condena. Pocos minutos después, oyó los pasos de su tía Esperanza por el corredor. Esperanza abrió la puerta de entrada. El tintineo de las llaves interpretó la canción de su salida. El corazón de Andrea se hundió en un pozo funesto. Los minutos que pasaron se sintieron como horas. Andrea oyó que se abría la puerta de entrada. Tomó una larga bocanada de aire y se preparó para lo peor. Esperanza abrió con fuerza la puerta del cuarto. Tenía los ojos enloquecidos de rabia.

"¿Qué le hiciste a mi carro?"

"Yo-yo-yo... lo cogí..."

"¿Cogiste mi carro?"

"Sí, señora."

"¿Por qué cogiste mi carro?"

"No lo sé... estaba aburrida..."

"¡Por Jesucristo! ¿Sabes lo que te hubiera podido pasar, Andrea? ¿Acaso eres estúpida? ¿Qué golpeaste? ¡Por favor no me digas que golpeaste a alguien!"

"No, no... sólo golpeé el andén."

"¿Qué voy a hacer contigo?"

Andrea miró al piso. Ya había estado allí. ¿Cuántas veces le había gritado Mariana? ¿Cuántas veces había visto esa misma mirada de frustración en los ojos de su madre? Andrea sintió un dejo de culpa cuando miró a su tía Esperanza.

"Andrea, quiero que le digas a Roberto lo que hiciste."

"¿Qué?"

"Sí, levántate ahora mismo y ve a decirle a Roberto lo que hiciste. ¡Ya!"

El dedo de la tía Esperanza señalaba la vía hacia el castigo. Andrea se levantó lentamente, dándole tiempo a su tía para cambiar de opinión. Pero Esperanza estaba segura de su castigo. Andrea caminó por el corredor solitario hacia la habitación de Roberto. Grandes pinturas de la crucifixión de Cristo colgaban de las paredes. Sintió sus ojos mirándola con piedad. Un brillo siniestro se colaba bajo la puerta del cuarto de Roberto. Andrea estaba aterrorizada. Rara vez hablaba con Roberto. Un saludo diario por la mañana y por la noche era todo lo que se decían, pero la presencia de Roberto se sentía en la casa entera a lo largo de todo el día. Su rabia estallaba sin prejuicios. Sus insultos no conocían límites. Andrea había sido testigo de la ira de Roberto contra la tía Esperanza, contra Gloria y, en una rara ocasión, contra Valentina.

Acercó la mano a la chapa, preparada para ser la siguiente en la línea de fuego.

Roberto estaba como siempre: sentado en su silla de cuero viendo las noticias de la noche. Su pelo en perfecto orden. Sus ropas impecables.

"Disculpa, Roberto, ¿puedo hablar contigo?"

"Sí, por supuesto."

No se volteó a mirarla. Sus ojos permanecían pegados al televisor. Andrea empezó a hablar y se detuvo bruscamente. Su voz se rompió de la emoción. Los ojos se le llenaron de lágrimas. Roberto se volteó y la miró. Andrea estaba atónita de tener la atención completa de Roberto. Él apagó el televisor. Andrea vio cómo la dureza de Roberto se derretía. La miró. Ella sintió que era la primera vez que la veía. Estalló en un llanto incontrolable.

"Mija, ¿qué pasa?"

"Hice algo que no he debido hacer."

"Bueno, bueno, estoy seguro de que no fue algo tan malo. No puede ser tan malo como para todas esas lágrimas."

Sus palabras eran amables. Ella no podía detener el llanto. Él la tomó de la mano. La acarició como una madre acaricia a su recién nacido.

"Roberto, hoy cogí el carro de mi tía Esperanza y lo estrellé contra un andén."

"¿Por qué hiciste eso?"

Andrea se encogió de hombros. No podía explicarle el ardiente deseo de ser libre. La necesidad de ser impulsiva. El deseo de aventura. El anhelo de escapar de su dolor.

"Andrea, ¿sabes que lo que hiciste está mal?"

"Sí, señor."

"Me encanta que te quedes en nuestra casa, pero si vuelve a hacer algo así, tendrás que irte. ¿Entiendes?"

"Sí, señor."

Roberto alejó la mirada. Eran momentos como éste los que lo hacían extrañar a su padre. Él sólo tenía diez años cuando murió, pero guardaba recuerdos vívidos de la amabilidad de su padre. Recordaba cómo era su padre de comprensivo. La vida de Roberto raramente le permitía momentos en los que pudiera abrir su corazón a la amabilidad, pero cuando podía actuar como su padre, valoraba esos breves momentos. Lo hacían sentirse más cerca de él. Le recordaban que había habido un momento en que la vida había sido más simple. Un momento en el que no había tenido preocupaciones, alegre e inocente del dolor que le trajo la vida. Los recuerdos amorosos de su padre también traían con ellos la sensación de pérdida.

Roberto encendió el televisor para adormecer el dolor. Se

perdió en la guerra que estaba devastando al campo. Andrea no sabía qué hacer. Vio cabezas parlantes debatiendo apasionadamente si la paz existiría algún día con las FARC. Si las conversaciones de paz pondrían fin algún día a una guerra de décadas o fortalecerían aún más a los rebeldes que amenazaban con destrozar el país. Los hombres de corbata gritaban acerca de cosas que Andrea sólo había oído al pasar. Los Pepes, el ELN, la cárcel personalizada de uno de los hombres más buscados del mundo, una vergüenza para el país. Un avión que estalló en pleno vuelo que era la última pesadilla. El bombardeo de sangre y muerte mandó a Andrea de vuelta a su cuarto. La tía Esperanza la siguió.

"Andrea, no creas que vas a salir de esto tan fácil. Estás castigada por un mes. El único lugar al que puedes ir es al colegio. Nada de teléfono, nada de salir, nada de nada por un mes entero. ¿Entendiste?"

"Sí, señora."

Los días de Andrea pasaban tan lentamente como la miel espesa cayendo a gotas de una cuchara. El colegio era su única distracción de la monotonía de tareas, cenas calientes y telenovelas melodramáticas. Lo único peor que el aburrimiento, era la soledad del apartamento. La casa casi siempre estaba sola a excepción de Gloria y Andrea. Andrea estaba obligada a ir de uno a otro de los dos canales que la televisión colombiana tenía para ofrecer. Abrumada por las noticias incesantes de incontables muertes, atracos y escándalos políticos, apagó el televisor y subió a jugar billar pool, cualquier cosa para resguardarse del aburrimiento. Cuando le ponía tiza al taco de billar, oyó el vago sonido de la música proveniente de la zona de lavandería. La canción la intrigó. Era distinta de los sonidos orquestales del merengue o de los ritmos naturales de la salsa. En esta música el viento soplaba a través de los ritmos y el alma pulsaba en la melodía. Andrea miró escondida por la pared. Gloria estaba de pie frente a un gran lavadero. La ropa colgaba de cuerdas alredor de ella. Sus manos remojaban y restregaban al ritmo de la música, que salía del pequeño radio metálico en el borde de la ventana. Gloria escurrió el agua del endeble pedazo de tela entre sus manos. Lo colgó de una cuerda. Andrea miró los interiores de algodón blanco que Gloria acababa de lavar. Los interiores que colgaban de la cuerda eran suyos. Un nudo le retorció el estómago. Gloria colgó otros interiores de la cuerda. La vergüenza escondió a Andrea tras la pared. Las imágenes de Mariana limpiando las casa de otras personas pasó como un relámpago por su mente. Recordaba ver a Mariana de rodillas restregando los sanitarios de otra gente. Recordaba pensar de niña en cuán asqueada debía sentirse su madre. Recordaba el aburrimiento de tener que jugar sola por los rincones de habitaciones que eran más grandes que su casa entera. Volvió a mirar por detrás de la pared. Gloria estaba lavando unos jeans.

"¿Gloria?"

"Ay, señorita Andrea, ¡casi me mata del susto!"

"Lo siento. Oye, ¿qué tipo de música es esa?"

"Es currulao, del Pacífico."

"¿Eres de allá?"

"No, soy del norte del Cauca, un pueblito llamado La Toma, pero nosotros también oímos currulao."

"Me gusta."

"Apuesto a que es la única rola oyendo currulao en Bogotá."

"¿Hace cuánto llegaste aquí?"

"Hace unos años."

"¿Vas mucho a casa?"

"Una vez al año para navidad. Voy y visito a mis hijos."

"¿Cuántos hijos tienes?"

"Dos."

"Pero eres tan joven, ¿cuántos años tienes?"

"Veinticuatro."

"¿Qué edad tienen tus hijos?"

"Nueve y seis."

"¿Con quién viven?"

"Con su padre."

"Qué bien. ¿Cómo se llaman?"

"Kevin y Francia. ¿Está lista para la cena, señorita Andrea?"

"No, Gloria, estoy bien, gracias."

Esa noche Mariana persiguió a Andrea en los sueños. Mariana no le hablaba, sólo la miraba. Sus ojos veían todo. Andrea pasó la noche entera huyendo de los ojos vigilantes de su madre. A la mañana siguiente, Andrea se levantó inquieta. Su dolor era más oscuro y más pesado que de costumbre. Se arrastró por las clases. Apenas si le habló a Mané. César no la perturbó. Sólo podía pensar en Mariana. Llegó a casa exhausta. Gloria le abrió la puerta.

"Hola señorita Andrea, ¿qué tal estuvo el colegio?"

"Bien. ¿Hay alguien en casa?"

"No. Estaba esperándola porque necesito salir a hacer unas vueltas."

"Voy contigo."

"Lo siento, señorita, pero usted no puede salir."

"Vamos. Sólo hasta la esquina."

"La señora Esperanza dijo que usted no puede salir, pase lo que pase."

"Está bien. ¿Me puedes traer un helado entonces?"

"Por supuesto."

"¿Pero puedes traer del Santa Lucía? Tú sabes, el que queda frente a la tienda."

"Sí, claro, frambuesa, yo sé. Hay comida en la estufa si tiene hambre."

Andrea se tiró a la cama. No sabía que el aburrimiento pudiera ser tan agotador. Cerró los ojos por lo que pareció ser un segundo. Una estruendo como un trueno sacudió la casa. Las ventanas del edificio entero temblaban sin control. De repente, se hizo el silencio. La ciudad entera estaba completamente en silencio. Después estalló un caos de sirenas, pitos y gritos. Andrea se sentó congelada en la cama sin saber qué hacer. El teléfono sonó.

"¿Aló?"

La voz de la tía Esperanza era frenética.

"Andrea, gracias a Dios estás en casa. ¿Quién está contigo?"

"Nadie."

"¿Dónde está Valentina?"

"No lo sé."

"Necesito que llames a David a ver si está allí. Si no está, necesito que llames a todos sus amigos–"

"Tía, ¿qué pasa?"

"Un carro bomba estalló a pocas cuadras de la casa. Todo va a estar bien, pero escúchame, no te vayas de la casa y no dejes que nadie entre. Sin importar quiénes digan que son, ¿de acuerdo? Voy a casa tan pronto como pueda. ¡Llama a todos los amigos de Valentina ahora mismo!"

Andrea esperó por horas, sola en casa. Su única compañía era el televisor y las viles imágenes. *¡Por qué! ¡Por qué! ¡Por qué!* Gritaba una mujer que lloraba frente a un carro retorcido y chamuscado con la esperanza de encontrar a su hija. Vidrios rotos y pedazos de carros destrozados alfombraban la calle, que estaba dominada por un gran cráter lleno de agua de lluvia, lugar donde la bomba había estallado. El corazón de Andrea se desplomó cuando vio la tienda y el carrito chamuscado de Santa Lucía tras el cráter.

Lentamente, la familia fue llegando. Valentina llegó de primera, luego Roberto y finalmente la tía Esperanza. Esperaron toda la noche a que Gloria llegara pero nunca volvió. Andrea estaba devastada. Con el amanecer comenzó un nuevo día. Pero su mente estaba estancada en el pasado. Tocó a la puerta del dormitorio de Esperanza y Roberto. Roberto se quitó el sueño de los ojos. Abrió lentamente la puerta.

"¿Qué va a pasar con Francia y Kevin?"

"¿Quiénes son ellos, Andrea?"

"Los hijos de Gloria."

"Yo me haré cargo. No te preocupes. Ve a dormir."

Andrea no podía dormir. Durante los últimos seis meses había estado viviendo en una bruma de aguardiente. Ciertas palabras vivían en la periferia: FARC, los Pepes, conversaciones de paz, ELN, pero no significaban nada hasta que la muerte golpeó a su puerta sacudiéndola fuera de su privilegiada ignorancia.

capítulo

DIEZ

Las manos de Andrea desaparecieron bajo el agua jabonosa. Los dedos apretaban unos interiores. Andrea sacó los interiores del agua. Miraba vagamente hacia el algodón azul celeste. Miraba cómo las burbujas de jabón caían en el agua caliente. Andrea miró por la pequeña ventana al lado del lavadero. Los edificios altos de ladrillo eran familiares. Los conocía muy bien. Eran idénticos uno de otro, un portero de uniforme gris, brillantes pisos de mármol, ascensores que llevaban a casas de muebles impecables, el cuarto de la empleada al lado de la cocina. Se preguntaba cómo era todo más allá del mar de edificios de ladrillo rojo. Andrea acarició con la mano el radio destartalado en el alfeizar de la ventana. *¿Será que todas las casas tienen radios como éste?* Lo encendió. Una voz masculina la arrulló desde los pequeños parlantes. Se sonrió. Escuchó la voz de Gloria: *Apuesto a que es la única rola oyendo currulao en todo Bogotá.* Andrea cerró los ojos. Gloria había sido enterrada esa mañana. Intentó imaginar los detalles del funeral. Un ataúd pequeño cargado por su hijo Kevin, su marido y sus hermanos. Se imaginó a Gloria de vestido blanco de algodón, el pelo salvaje y hermoso, justo como era en vida. Deseaba creer que el hogar de Gloria se encontraba entre hermosas cadenas de montañas y ríos en los que el agua balsámica aliviaba las almas de todos, vivos y muertos. Se imaginó la música saliendo de la iglesia. El currulao que le daba a la familia cierto alivio que sólo esa música podía dar. Se imaginó los ojos miel oscura de Gloria vivos en los ojos de Francia al verter las lágrimas. Vio el rostro de niño de Kevin arrugado por el dolor y la angustia que pesaban ya a los nueve años de vida.

La música se detuvo. Andrea salió abruptamente de su ensueño.

"¿Señorita Andrea?"

Andrea miró a Sirley. Se mantenía inmóvil entre las cuerdas de ropa mojada. Vestía el mismo vestido barato de algodón que Gloria había usado. Su pelo corto estaba amarrado apretado en un moño en la parte de atrás de la cabeza. Su piel era negra como la noche y del mismo color eran sus ojos. Una gran cicatriz cortaba su cara desde la oreja hasta la comisura del labio. Había llegado el día anterior a la casa. El mismo día que el cuerpo de Gloria había sido entregado a su familia.

"Señorita Andrea, yo debería lavar eso."

"Está bien, Sirley, yo los lavo."

"Pero–"

"No quiero que lave mi ropa interior. ¿Está bien?"

"Sí, señorita."

"No me tienes que llamar así. Andrea está bien. ¿De dónde eres?"

"¿Disculpe?"

"Tu acento es distinto de todos. ¿De dónde eres?"

"Un pueblo llamado Riosucio, en el Chocó."

"¿Dónde queda?"

"En la costa pacífica."

"¿De donde viene el currulao?"

"Sí."

"¿Hace cuánto estás en Bogotá?"

"Llegué hace sólo dos meses."

"¿Por qué viniste?"

"Tuve– tuve que venir."

"¿Cómo así que tuviste que venir?"

"Teníamos que irnos. Nos hicieron salir."

"¿Quiénes?"

"Los hombres... ay señ... es decir, Andrea, no quiero hablar de eso. ¿Qué desea para la cena?"

"Nada."

Un silencio incómodo llenó la lavandería.

"Sirley, ¿qué le pasó a tu cara?"

Sirley tocó instintivamente la cicatriz. Se miró los pies, incapaz de hablar.

"No quiero hablar de eso."

Andrea volvió al agua jabonosa. Remojó sus interiores en el agua. Los restregó contra el lavadero de plástico estriado. Vio cómo las pulseras se movían de arriba debajo de la delgada muñeca, exponiendo las cicatrices suaves como seda, secretos de los que tampoco quería hablar.

Andrea colgó los interiores de la cuerda.

"Buenas noches, Sirley."

A la mañana siguiente, Andrea esperaba el bus del colegio en la esquina de costumbre. El Sol brillaba radiante en el rocío de la mañana como si besara las flores que brotaban en las grietas del andén. Andrea miró a la gente alrededor. El Sol acogedor iluminaba sus caras por lo general tristes. Los pasos, al cruzar las calles, estaban más sueltos, más libres, más abiertos al mundo alrededor. La libertad era contagiosa. Andrea cruzó la calle. Disfrutó cómo se movía su cuerpo bajo el Sol bogotano. Siguió caminando. Subió la pendiente de la colina. Los carros pasaban zumbado en todas las direcciones. A la distancia, vio un bus atribulado. Sus cuatro ruedas parecían demasiado pequeñas para el peso que llevaban. Andrea deseó montarse al bus. Le hizo señas. No importaba a qué dirección fuera desde que no se dirigiera hacia el colegio. Andrea pasó el dinero del pasaje a través de la pequeña abertura en la ventana de plástico que protegía al conductor de los pasajeros. El conductor había creado un mundo entero tras la pared de plástico. Un gran rosario colgaba del espejo retrovisor. Calcomanías con eslóganes de amor, Jesús y paz, recordaban a los pasajeros que Dios observaba cada uno de sus movimientos. Las sillas cubiertas de terciopelo rojo combinaban perfectamente con los vallenatos que resonaban desde la pared de plástico.

Andrea caminó hacia la parte de atrás del bus. Se sentó en un asiento vacío al lado de una ventana rota. El asiento no estaba cubierto de terciopelo rojo. Los resortes de alambre amenazaban con estallar a través de la cinta negra que mantenía los forros de plástico de los asientos en su sitio. Andrea no sabía hacia dónde se dirigía pero pensó que la ventana le ayudaría a decidir. Entre paradas y arranques, el bus tomó la dirección del Sur. Observó cómo la ciudad cambió de hermosos edificios de ladrillo rojo a estructuras sosas y mugrientas. Pasó por plazas llenas de gente y palomas. Las palomas comían al lado de gente que vendía mantas, comida y joyería. Un recuerdo de la infancia flotó por su mente. Era un recuerdo borroso, casi como si no hubiera existido. Vio a Mariana y a Gabriel sentados en dos bancos pequeños. Ella estaba sobre una manta rosada al lado de su madre. Andrea recordaba pilas de libros frente a ella. Vio a su madre recibir dinero por un libro. El recuerdo desapareció tan rápido como había llegado. Volvió a mirar hacia la plaza. Deseaba caminar los pasos de sus recuerdos. Se volteó hacia la persona de al lado.

"¿Qué barrio es éste?"

"Estamos subiendo a La Candelaria."

La ironía no se le escapó. Estaba huyendo del colegio La Candelaria sólo para terminar en un barrio llamado La Candelaria. Parecía una señal. Saltó del bus. Respiró la magia de La Candelaria. Recorrió las calles empinadas, llenas de recovecos de La Candelaria. Las calles adoquinadas eran tan estrechas que los carros apenas si lograban pasar. Eran muy distintas de las amplias y lejanas arterias de la ciudad que ella conocía. Las calles estrechas, los habitantes de la calle, los estudiantes, mantenían viva la magia de La Candelaria. No había un solo edificio a la vista que fuera más alto de unos pocos pisos. Los ladrillos rojos, que dominaban la parte de la ciudad donde habitaba, no existían allí. Las casas estaban hechas de espesas paredes de adobe. Los techos eran de tejas rojas. Las paredes de las fachadas estaban pintadas de púrpura, blanco y azul. Las ventanas eran altas y delgadas, con postigos de madera de otra era. Las calles estaban llenas de niños de camino al colegio, hombres de camino a conducir buses caprichosos por la ciudad y mujeres que iban hacia el norte a cocinar y limpiar para familias ajenas. Andrea subió por los meandros empinados que la gente bajaba. Caminó sin prisa y sin destino final. Caminó hasta un arco que llevaba a una pequeña plaza que le dio la bienvenida. La plaza estaba llena de gente. Había telas negras dispersas con pulseras, aretes y collares a la venta. Había hombres con *dreadlocks* sentados junto a sus mercancías, mujeres de faldas largas y pelo más largo aún confeccionaban joyas. Una mujer rasgó una canción en la guitarra. Al otro lado de la plaza, un hombre en zancos, la cara pintada de blanco y la nariz roja, entretenía a un pequeño grupo de vendedores ambulantes. En el centro de la plaza había una gran fuente de piedra sin agua. Hombres y mujeres jóvenes estaban sentados en el borde leyendo, fumando o durmiendo. Andrea caminó hacia la fuente. Se sentó y observó la vida que se desplegaba a su alrededor. Sonrió ante una joven pareja besándose en una banca. Se preguntó si su madre y su padre se habían tomado de las manos ahí, si se habían besado o si su amor había muerto en ese lugar. Andrea observó a los desconocidos a su alrededor. Sus ojos cayeron en un hombre joven sentado al otro lado de la plaza, frente a ella.

Tenía el pelo color caramelo oscuro que le colgaba justo arriba de los hombros. La barba estaba cortada casi a ras de la piel. Los jeans estaban rotos en las rodillas. Los tenis estaban desgastados en la parte de afuera. *Arrastra los pies*, pensó Andrea. Se veía como cientos de hombres jóvenes que Andrea había conocido en Bogotá. Una mezcla entre el Ché en sus años más jóvenes y los gringos roñosos que adoraban odiar. Sostenía un libro de esquinas dobladas, la portada medio rota. Parecía ser la única cosa que existiera para él. Andrea estaba intrigada de su misterio. Deseaba saber qué estaba leyendo, deseaba saber su nombre. ¿Por qué estaba sentado solo? Él debió sentir que las preguntas le rebotaban en la chaqueta de cuero, porque levantó los ojos y miró directamente a Andrea. Andrea perdió el aliento. Sus ojos eran del color de las verdes esmeraldas que se extraían de la mina de Muzo. La paralizaron. Quedó hipnotizada. Andrea lo vio caminar hacia ella. Arrastraba los pies justo como lo había imaginado. Se sentó al lado de ella. Andrea aspiró el aroma apenas perceptible de café con colonia barata.

"La próxima vez que capes colegio, lleva ropa en el morral."

Su voz era amable con un tinte de tristeza. Se oía como el viento. Andrea se sonrojó. Miró hacia sus pies demasiado avergonzada para mirarlo. Él le siguió la mirada y vio los zapatos rojos. Estalló en risa, una risa escandalosa. Andrea recordó la risa de su abuela. Atrapó una esquinita fugaz de risa. La sostuvo en su palma. Era cálida. Era amable. Era segura.

"Esos son los zapatos más feos que he visto en mi vida."

"Lo sé. Los odio."

"Chica con los zapatos más feos del mundo. Así te voy a recordar."

"¡No!"

"Más te vale decirme pronto tu nombre, antes de que chica de los zapatos más feos del mundo se quede gravado en mi mente por siempre."

"¡Andrea!"

"Justo a tiempo. Soy Santiago. ¿De dónde eres?"

"De aquí."

"No, con ese acento de gringa."

"Soy de aquí pero crecí en Los Ángeles. ¿Tú?"

"Nacido, alimentado y criado aquí por generaciones. Nadie ha abandonado este mierdero que queremos tanto. Voy a tomarme una cerveza. ¿Quieres venir?"

"Bueno."

Andrea siguió a Santiago en la subida hacia la cumbre de una esquina olvidada por calles estrechas y empinadas escaleras. No dijeron palabra. Santiago conocía cada bar, cada apuro de los vecinos, cada recién nacido en toda La Candelaria. Su bisabuelo llegó a Bogotá escapando de la Guerra de los Mil Días. Su bisabuela llegó huyendo de los bananos empapados de sangre. La historia de ambos empezó por accidente en la esquina de una calle olvidada, en un día olvidado, pero terminó con ocho hijos inolvidables y veinticuatro nietos. Santiago venía de una familia de intelectuales que sangraban rojo, no por los liberales, sino por los comunistas que estaban cambiando el mundo. Escritores, músicos, profesores y poetas bombeaban en las venas de Santiago. Era todas esas cosas mientras estudiaba antropología.

Santiago finalmente se detuvo frente a una casa amarilla y desaliñada. Andrea estaba completamente sin aliento. Santiago apenas si sudó. La ventana tenía postigos dispares de varios tonos de verde. Un bombillo solitario colgaba del techo.

"Aquí venden la cerveza más barata y el mejor pandebono. Me puedes dar las gracias más tarde."

"Bueno, gracias al puto Dios después de tanto ejercicio estamos aquí."

Santiago no se inmutó. Andrea estaba impresionada. Nadie en Bogotá soportaba las groserías de Andrea. Se había transformado en otra persona en los seis meses que llevaba viviendo en Bogotá, pero su lenguaje grosero era algo que no estaba dispuesta a cambiar.

Se sentaron en sillas endebles de metal. Santiago pidió dos cervezas. Andrea detestaba la cerveza pero no lograba decirlo. No quería que él pensara que era una burguesa del norte. No quería que pensara que era una gringa que necesitaba tratamiento especial. Deseaba entrar en su mundo sin prejuicios.

"Entonces, Andrea la gringa, ¿qué estás haciendo en La Candelaria en uniforme de colegio?"

"Entonces, Santiago el rolo, ¿qué estás haciendo en La Candelaria leyendo solo?"

"Escapando."

"Yo también."

"¿De qué?"

"No estoy segura aún. ¿Tú?"

"De una mujer."

"Ah... veo. ¿Y escapaste?"

"No todavía."

"Buena suerte con eso."

"Gracias."

La conversación fluyó tan fácilmente como la cerveza barata frente a ellos. Rieron más de lo que hablaron. Sus esqueletos salieron de los armarios y se sentaron a la mesa con ellos. Andrea le habló a Santiago de su padre. Santiago le contó a Andrea cómo el amor de su vida, Rosa, lo había dejado hacía poco por otro hombre. Rieron de la estupidez de las lágrimas y de la necesidad de aguardiente. Santiago confesó que era pésimo bailarín. Andrea admitió que lloraba con demasiada facilidad. Él le advirtió de su sensibilidad. Ella le habló de su tendencia a la melancolía. Él le corregía el uso erróneo de "tú" y "usted", ella le corregía la mala pronunciación de la O en inglés. Andrea le contó la muerte de Gloria. Él le dijo cuántas veces había sentido que la única manera de escapar a su corazón roto era caminar hacia la muerte. Las confesiones duraron hasta que el Sol empezó a hundirse al otro lado de la Tierra.

"Deberíamos irnos, te llevo a casa."

"Está bien, no te preocupes. Puedo volver a casa sola."

"Hay momentos en que eres muy colombiana y luego otros en los que eres tremendamente gringa. Ven."

"¿Es un piropo o un insulto?"

"No lo sé. Es la verdad."

Bajaron torpemente las escaleras estrechas y sus brazos, sus manos, sus dedos se enredaban uno encima del otro. Santiago le hizo señas a un bus, Andrea recostó la cabeza en su hombro. Era un gesto sencillo, era la forma de hacerle saber a Santiago que deseaba más que risas y confesiones.

Santiago llevó a Andrea hasta la puerta de su edificio. Le dio un beso en la mejilla al despedirse.

"Santi, ¿vives cerca?"

"No. Vivo en La Candelaria."

"¿Qué? ¿Por qué viniste hasta aquí entonces?"

"Momento de gringa."

"*Sorry.* Voy a hacer una fiesta la próxima semana. Mi tía va a estar fuera de la ciudad. Deberías venir."

"Puede ser. Se supone que voy a ver a Rosa. Yo te cuento."

"Claro, no hay problema. Puedes traerla si quieres."

"Chévere. Chao."

"Chao."

Andrea flotó por las escaleras de mármol. Las mariposas en su estómago la mantuvieron caminando entre las nubes todo el camino hasta su cuarto. Se acostó en la cama y miró al techo. Volvió a ver sus momentos preferidos compartidos con Santiago. Se sonrió ante la lucha entre la caída de su pelo sobre los ojos y la mano apartándolos. Le pareció que las uñas medio comidas eran dulces. Se derritió ante el recuerdo de Santiago mordiéndose los labios cuando escuchaba sus confesiones.

Los días que llevaban a la partida de la tía Esperanza pasaron como un remolino. Iba a su primera exposición en el extranjero. La soledad de la tía Esperanza la había empujado hacia el gozo de los colores, las texturas y los lienzos. Conversaba con sombras y formas como con viejos amigos. Hacía el amor con las yemas de los dedos a los puntos de los lienzos estirados. Los colores le habían forjado la vía a España, donde podría compartir sus secretos con extranjeros. Besó a Andrea en la mejilla al salir, las llaves del carro apretadas en una mano y Roberto en la otra. Andrea vio a su tía Esperanza sacar el carro del parqueadero y conducir por las calles hacia el aeropuerto. Le encantaba cuando la tía Esperanza y Roberto las dejaban solas en el apartamento. Atesoraba no tener que responder ante nadie.

Andrea comenzó a transformar el apartamento. Dispuso el alcohol: ron, vodka, whiskey y su aguardiente preferido sobre los mostradores de granito negro. Grabó cassettes con mezclas de salsa, merengue y rock en español. Empujó los sofás contra la pared para que la gente bailara libremente. Enrolló las alfombras para esconder la evidencia de su tía. Le dio a Sirley la noche libre. Dos horas después, el apartamento de Esperanza y Roberto estaba lleno de humo de cigarrillo, música atronadora y cuerpos sudorosos. Valentina estaba en un rincón, perdida entre las manos de su novio, mientras tanto, Mané era la reina del billar pool. Con un cigarrillo que nunca terminaba en la comisura de los labios y un palo de billar en la mano, desafiaba a todos a intentar destronarla. Andrea se deslizaba entre las conversaciones y los cuerpos sudorosos. Fumaba caladas de cigarrillos entre los saludos y las despedidas de los amigos. Disfrutaba orquestar la diversión de todos sin quitarle a Santiago los ojos de encima.

Santiago sorprendió a Andrea al timbrar a su puerta esa noche. Lo había llamado un par de veces desde que se conocieron pero se quedó esperando al otro lado de un teléfono que nunca sonó. Por siete noches había soñado con él. Sus ojos verde esmeralda estaban en el centro de sus sueños. Oía su voz murmurar secretos a los vientos de su imaginación. Sentía que sus manos la envolvían cuando la acompañaba dentro y fuera de sus sueños hacia el Sol radiante de su dormitorio. Durante los últimos siete días, Andrea había despertado del sueño con el desesperante deseo de oír la voz de Santiago. Cada mañana era una batalla por no llamarlo. Andrea estaba muriéndose con la indiferencia de Santiago. Su rechazo la estaba aplastando.

Pensó que quizás una pizca de celos podría sacudir a Santiago y llevarlo a prestarle atención. Empezó a rondar a Santiago por medio de sus amigos. Una sonrisa suya atrajo a un amigo a sus manos. Una canción del primer amor salía de los parlantes. Apretó a su amigo mientras los cuerpos se movían al unísono. Captó destellos de Santiago mientras giraba en la pista de baile. Él apretó una botella de ron contra su pecho, rodeado por amigos. Santiago no le lanzaba una sola mirada.

Andrea haló a Mané hacia el baño.

"Más vale que esto sea importante. Tengo veinte mil pesos en juego y le estoy dando por el culo a Diego."

"Mané, Santiago me encanta."

"¿Entonces por qué estás en el baño conmigo?"

"No me está parando bolas."

"Haz que te pare bolas."

"Lo estoy intentando. No sé qué más hacer."

"Andrea, eres demasiado inteligente para esos juegos estúpidos. Dile que te gusta y ya."

"Pero quiero que él me pare bolas primero."

"Andrea, deja de ser tan huevona. Te gusta. Dile. Mira a ver qué pasa."

"¿Y luego qué?"

"Mira a ver si le gustas."

"¿Y si no le gusto?"

"No vayas llorar."

"Gracias Mané."

Andrea caminó hacia la pista de baile justo cuando Santiago la cruzaba. Se sorprendió al sacar la mano y detenerlo. La obstinación había surgido de la necesidad desesperada de la atención de Santiago.

"No te he visto en toda la noche. Ven, baila conmigo."

"Claro."

Puso su mano en la de él. Se le ablandó el corazón. Él envolvió su cintura con la otra mano y dejó descansar la mano en su espalda. Ella sintió que se le debilitaban las rodillas. Santiago guió a Andrea lentamente por la pista de baile. Era tímido en sus movimientos. Andrea sutilmente lo fue atrayendo más cerca. Él, a cambio, se acercó más a Andrea hasta que bailaban tan cerca que sus mejillas se rozaban. Sus cuerpos se fundían uno en el otro. Nadie llevaba, nadie seguía. Andrea le murmuró al oído.

"Santi, vamos a tomar un trago."

Respiraron el aire fresco de la terraza. El aire de la noche era frío. Se sentía bien contra el cuerpo sudado de Andrea. El cielo nocturno estaba despejado. Era noche de Luna llena. Andrea había llegado a amar las noches típicamente frías de Bogotá. Sirvió dos tragos.

"Ahora o nunca. Salud."

"Voto por ahora. Salud."

El ron resbaló por sus gargantas fácil como agua.

"Santi, tengo algo que decirte."

"¿Qué pasa?"

"Yo-yo creo que eres increíble. Me fascinas."

"Um. Bueno. Gracias."

"Lo que quiero decirte es que… me-me gustas. Me gustas mucho."

Silencio.

"Mira, Andrea… no vas a querer… estoy realmente… yo… yo… estoy roto ahora mismo."

"Yo también lo estoy."

Andrea tomó la mano de Santiago entre las suyas. Su pequeña mano cabía perfectamente entre las de ella. Las palmas de él estaban templadas de los nervios. Las de ella estaban calientes de deseo. Miró a los ojos que la habían dejado sin aliento unos días antes. Vio cuán profundo era su dolor. Él quitó la mirada rápidamente, incapaz de dejarla cavar tan hondo. Ella dio un paso hacia él. Estaba caminando en un tablón sobre un mar de vulnerabilidad. Su rechazo podría matarla. Su amor la salvaría. El cuerpo le temblaba de temor por ambas posibilidades.

Santiago se permitió ver a Andrea por primera vez. Los grandes ojos verde-marrón, las cejas perfectamente arqueadas, los labios gruesos, por fin lo hechizó. Le pasó los dedos por el pelo y la atrajo cerca de sí. Sus labios la besaron con suavidad. Los alientos se enredaron en el anhelo por el otro. Las lenguas degustaron la dulzura del otro. El deseo se deslizó gargantas abajo y los llevó al dormitorio de Andrea.

Santiago le dejó un rastro de besos húmedos en la nuca mientras sus manos descubrían la perfección de sus senos. Andrea se quitó la camisa. Se sostuvo desnuda frente a él. Él abarcó sus hermosos y grandes pezones. Él estaba encantado de la suave piel. Sus dedos acariciaron las curvas de la cintura. Le murmuró al oído: "Eres hermosa." Andrea se sintió hermosa. Sintió que su belleza la transformaba en una mujer. Cruzó el dormitorio, ya no como niña, sino como mujer lo llevó a la cama.

Santiago la recostó sobre las sábanas blancas. Le bajó los pantalones. La habitación colmada del olor de mujer. Le besó los senos. Andrea gimió de placer. Los dedos de Santiago descubrieron su humedad. Olas de placer y dolor pulsaron a lo largo de su cuerpo. La lengua de Santiago descubrió su cuello, sus orejas, su estómago y luego lentamente recorrió el camino hasta estar entre sus piernas. La lengua tocó el centro de su feminidad. Su humedad envió olas de electricidad a lo largo de su cuerpo. La lengua se movió con lentitud, seductora, dentro de ella, fuera de ella, lamió cada una de sus partes. Ella se sentía feroz de deseo.

"Santi, te quiero adentro de mí."

Él le abrió las piernas. Con delicadeza le quitó el aire para hacer espacio para sí. Ella le clavó las uñas, compartiendo su dolor. Con ternura él empujó dentro de ella hasta que se le abrió completamente. Hasta que fue suya por fin.

Santiago hizo el amor con Andrea con cuidado, lentamente y terminó con rapidez y sin avisar. Andrea estaba confundida. Parecía terminar demasiado pronto. Él se acostó a su lado, a retomar el aliento.

"Lo lamento."

"¿Qué lamentas?"

"¿Me vas a hacer decirlo? Normalmente, tengo un poco más de control."

"Tranquilo, me gustó."

"Ay, Andrea, hemos sido sinceros desde que nos conocimos. No me empieces a hablar mierda."

"Bueno, no podría saber la diferencia."

"¿Cómo así?"

"Es mi primera vez."

"¿En la vida?"

"Sí."

El silencio llenó la habitación. Andrea esperó que Santiago dijera algo pero él había desaparecido en sus pensamientos. Ella vio cómo luchaba una batalla inútil contra las lágrimas que se asomaban a los ojos.

"Andrea, llevo cinco meses con el pecho apretado. Y sin importar a dónde voy o qué haga, siempre está allí. Es casi como si me controlara. No puedo deshacerme de él, sabes. Es como si ella estuviera siempre conmigo porque el dolor siempre está conmigo. No veo a nadie más. No me fijo en nadie más. He estado solo durante los últimos cinco meses."

Silencio.

"¿No te has acostado con nadie desde que terminaste con Rosa?"

"No."

Ambos se quedaron perfectamente quietos en el pesado silencio que los rodeaba. Ninguno de los dos estaba seguro de qué hacer con la responsabilidad que había dejado a los pies del otro. Andrea de repente fue sobrepasada por la risa. Santiago la miró confuso, lo que la hizo reír con más ganas. Su risa sacudió la cama, dejó fluir las lágrimas de sus ojos y mantuvo las palabras atoradas en su garganta. Su risa era contagiosa. Pronto, Santiago estaba riendo sin razón. Se tomaron de las manos y cabalgaron sobre las olas de risa juntos hasta que aterrizaron de nuevo en la sensatez.

"Santi, vamos a buscar algo de comer. Me muero de hambre."

"Espera, ¿de qué te reías?"

"De la vida, la vida es muy chistosa."

"Sí, supongo que sí, llave."

"¿Llave? ¿Me dijiste llave?"

"Sí."

"¿Por qué me dices llave?"

"Es como cuando los gringos se dicen *dude*."

"uhm... ¿Ok?"

Santiago vio cómo se recortaba la silueta desnuda de Andrea en la ventana. El brillo anaranjado de la luz de la calle le besaba la nuca seductoramente. Sus sombras acariciaban las curvas de su parte de atrás. Andrea no necesitaba mirar a Santiago para saber que estaba perdido en su cuerpo. Sintió que sus ojos memorizaban cada curva, cada imperfección y cada perfección. Santiago estaba siendo lentamente atado a ella.

ONCE

Andrea yacía en la cama de Santiago, enredada entre sus brazos, las sábanas enrolladas a los pies fundidos de ambos. Sus cuerpos encajaban perfectamente. La boca de Andrea terminaba justo donde comenzaba la de Santiago. Él le recorría el pelo con la mano, ella le mordía suavemente el hombro, él le zurcaba la espalda dulcemente con las uñas, ella escondía la cabeza en el cuello de él, inhalando su dulce aroma, los ojos encontrándose justo cuando las olas de placer los inundaron. Los gemidos de Andrea se entrelazaban con el jadeo de Santiago, caían ambos en los brazos sudados y agotados del otro. Ella lo miró. Tras dos meses ya no temía su mirada penetrante, las caricias amorosas o los besos apasionados. Santiago y Andrea redescubrieron el gozo de besarse en los labios. Volvieron a encender la excitación de tomarse de las manos. La neblina cotidiana de vivir se levantaba cuando se miraban a los ojos.

"Santi, ¿en qué piensas?"

"Cómo te ves de hermosa a la luz de la Luna."

"Gracias. Tú también."

"¿Me veo hermoso? Qué tal bueno. Prefiero incluso tierno a hermoso."

"Está bien, Santi, ¡estás muy bueno!"

Él sonrió, le recorrió con el dedo la frente, bajó por el puente de la nariz, por los labios hasta el cuello y se detuvo en el corazón. La miró a los ojos.

"¿Qué?"

"Nada."

"Santi, ¿qué? Sé cuándo quieres decirme algo."

"No, prometí que no lo haría."

"Bueno, pues ahora tienes que decirme."

"No, Andrea, no quiero."

"Pero yo quiero que lo digas. Por fa'."

Él anidó la cabeza en el cuello de ella. Ella sintió los latidos del corazón de Santiago saliendo de su pecho. Él respiró profundo y le susurró al oído.

"Me estoy enamorando de ti."

Silencio. El tiempo se detuvo. Andrea sintió que su dolor se estaba llenando con el amor de Santiago.

"Santi… yo también me estoy enamorando de ti."

Eran palabras que ella jamás había dicho. Sentimientos que nunca antes había sentido. Le sonrió a Santiago. Él sonrió de vuelta.

"Eres increíble, llave."

"Santi, es tiempo de confesiones."

"Dale."

"No me gusta cuando me dices llave."

"¿Qué? ¿Por qué?"

"Porque es como hablas con tus amigos. "¿Qué más, llave?" No algo que le dirías a una mujer que está desnuda en tu cama."

"Obviamente este es un momento de gringa."

Santiago salió de la cama, cogió el libro rotoso que estaba

leyendo el día que Andrea lo conoció. Santiago saltó de vuelta a la cama. Pasó las páginas, se aclaró la garganta y leyó en voz alta.

En los suburbios de La Habana, llaman al amigo "mi tierra" o "mi sangre".

En Caracas, el amigo es "mi pana" o "mi llave": "pana" por panadería, la fuente del buen pan para las hambres del alma; y "llave" por…

–Llave, por llave– me dice Mario Benedetti.

Y me cuenta que cuando vivía en Buenos Aires, en los tiempos del terror, él llevaba cinco llaves ajenas en su llavero: cinco llaves, de cinco casas, de cinco amigos: las llaves que lo salvaron"

Le sonrió con ojos verdes. Pasó un dedo suave por la cadera desnuda.

"¿Entiendes, llave?"

"Sí. Es hermoso."

Silencio.

"¿Pero cuáles fueron los tiempos del terror?"

"Eres tan tierna que es difícil ponerse bravo contigo."

"Otro momento de gringa, ya sé."

"Está hablando de la dictadura en Argentina. Más de treinta mil personas fueron asesinadas."

"¿Por qué?"

"Porque deseaban el cambio. Benedetti era uno de los escritores más importantes de Latinoamérica, pero ni siquiera eso podía salvarlo durante la dictadura. Sólo sus llaves podían salvarlo."

"¿Él escribió ese libro?"

"No, es de Eduardo Galeano. Se llama *El libro de los abrazos*. Es un clásico. Deberías leerlo."

"Lo haré. Pero ahora mismo tengo que volver a casa."

"No, quédate un ratito más."

"Me encantaría, pero mi tía dice que tengo que estar en la casa a las siete. Si llego más tarde, va a llamar a la casa de Mané y ni me quiero imaginar."

"Está bien. Te llevo a casa."

Andrea y Santiago estaban al borde de las escaleras de mármol que llevaban al apartamento de Andrea. Se besaron de despedida bajo la luz plateada de la Luna. Ella subió las escaleras de mármol blanco como una mujer conquistada por el amor.

Las puertas del ascensor se abrieron. Le sorprendió ver a William. El cuello de la camisa estaba deformado. Sus manos temblaban limpiando las gafas. Tan pronto como vio a Andrea se puso las gafas desesperado. Tenía la frente cubierta de sudor, la piel pálida y cenicienta. Andrea se subió dubitativa al ascensor.

"Hola William, ¿estás bien?"

"Necesito que venga conmigo cuando le hable a su tía."

"¿Por qué?"

"Por que sí."

Las palabras cortaron el corazón de Andrea. *¡Ha debido verme en casa de Santiago!* Andrea entró en pánico. Si su tía se enteraba de que estaba en casa de Santiago, la castigaría por meses. No le permitiría volver a ver a Santiago. La tía Esperanza estaba obsesionada con asegurarse de que Andrea y Valentina siguieran siendo "niñas buenas." Las mantenía bien atadas en lo que se refería a los chicos. Ir a casa de Santiago sin permiso, cuando los padres no estaban en casa, estaba absolutamente en contra de las reglas de tía Esperanza. Andrea necesitaba enterarse de lo que sabía William. La puerta del ascensor se abrió. Él salió. Andrea lo siguió.

"William, ¿de dónde vienes?"

William la ignoró. Abrió la puerta y caminó por el corredor. Andrea lo siguió con el corazón en la garganta. La cabeza le daba vueltas. Buscaba con frenesí una mentira para decirle a su tía. ¿Y qué tal si William la hubiera visto en la cama de Santiago? Seguramente la enviarían de vuelta a los Estados Unidos. Las rodillas de Andrea se doblaron al pensarlo. William golpeó levemente la puerta del cuarto.

"William, ¿estás seguro de que quieres hacer esto?"

"Tengo que hacerlo, señorita."

La voz desenfadada de la tía flotó al otro lado de la puerta.

"Adelante."

William abrió la puerta. Andrea lo siguió a la habitación. A cada paso, sentía que el mundo se hundía alrededor.

Esperanza pintaba sobre un gran lienzo. Estaba radiante rodeada por los rojos y los púrpuras. Se volteó para saludar a los visitantes. Tan pronto como vio a William quedó congelada. Estaba solo. William y Roberto se habían ido juntos al campo esa mañana. Esperanza le había rogado a Roberto que no fuera a la finca. Corrían rumores, decían que el campo alrededor de la finca había dado refugio a los hijos e hijas de las FARC. Roberto ignoró a Esperanza. Tenía la sangre en esa tierra. Su sudor había mojado la montaña. Sus lágrimas se habían hecho cargo de sus trabajadores por años. Ellos lo protegerían.

"William, ¿sí o no?"

"Sí, señora."

El pincel resbaló de la mano de Esperanza. Una gota sola de pintura roja manchó la elegante alfombra blanca. La tía Esperanza se tambaleó hasta la cama. Andrea no estaba segura de lo que estaba pasando. No sabía qué acababa de confirmar William. William se apresuró hacia Esperanza, la ayudó a sentarse.

"Lo lamento mucho, señora. Hice lo que pude pero–"

"William, ¿qué está pasando? ¿Qué pasó?"

"Eran muchos."

"Tía, ¿de qué está hablando? ¿muchos qué?"

"No he ido a la policía todavía. Me dijeron que esperara por cinco horas antes de decirle, así que esperé. No sabía qué hacer."

"¿Quién te dijo? ¿Dónde está Roberto? ¿Tía, dónde está Valentina?"

Esperanza cayó de vuelta a la realidad.

"Valentina. ¿Dónde está Vale? Tiene que llegar ya a casa."

"Sí señora. La voy a recoger del partido de basketball."

"Tía, ¿qué está pasando?"

"Secuestraron a Roberto."

"¿Qué?"

"Se lo llevaron a la selva."

"¿Qué? ¿Por qué?"

"No lo sé señorita Andrea. Estaban en uniformes militares. Estaban armados. Pero no dijeron quiénes eran."

"Tengo que llamar a Miguel."

"¿Miguel? ¿No deberías llamar a la policía?"

"Roberto siempre me dijo que si necesitaba ayuda, llamara a Miguel."

Andrea nunca entendió por qué Miguel siempre estaba por allí. Se veía fuera de lugar al lado del resto de amigos de Esperanza y Roberto. Sus amigos eran elegantes, refinados y amables. Miguel era rústico. Era ruidoso. Sus palabras eran demasiado afiladas, demasiado duras, demasiado ásperas. Era un hombre bajo de pelo rojo ondulado. Su papada era casi tan grande como su panza que se zangoloteaba como gelatina cuando cantaba a pleno pulmón el bolero que le encantaba cantar. Su voz era poderosa y seductora, todo lo contrario de la persona brusca que cantaba a todo pulmón las palabras de despecho y amor apasionado.

Miguel llegó a casa en segundos. Tomó a Esperanza de la mano y murmuraron en el rincón. Él hablaba y Esperanza asentía con la cabeza. Andrea la vio hacer una llamada telefónica. A los pocos minutos, la policía invadió el apartamento. Horas después, todos sabían que habían sido las FARC quienes habían secuestrado a Roberto.

Andrea oyó a William cuando le contó a los policías sus últimos momentos con Roberto. Roberto estaba sentado en la parte de atrás del carro, William conducía por la carretera polvorienta hacia la finca en San Francisco. William saltó del carro y abrió el portón. Roberto miró por la ventana. Amaba el olor de su finca. El aire suave. Los verdes árboles. El espacio abierto que siempre le daba una sensación de paz. Roberto había viajado por el mundo, pero nunca encontró lugar más hermoso que el hogar anidado en las montañas de su finca. Fueron hasta el frente de la casa principal como habían hecho por años. Nada parecía extraordinario. Roberto salió del carro. Caminó hacia la puerta de entrada. A la distancia, una voz lo llamó: "¡Patrón!" No reconoció la voz, nadie lo llamaba patrón en San Francisco. Roberto retomó el paso. Supo que algo estaba mal. De repente, un fuerte disparo tronó detrás de él. Quedó congelado. Lentamente se volteó. Un grupo de hombres con uniformes militares y largos rifles colgando de sus cuellos, lo rodearon.

"Venga."

Roberto caminó.

"Lo hemos estado esperando por mucho tiempo, Don Roberto."

"Yo no me llamo Roberto."

"¿Ah no? Entonces mejor lo matamos de una vez, no queremos que nadie ande sapeando."

Los diez hombres le apuntaron con las armas.

"Está bien. Está bien. Soy Roberto Valencia."

"Venga con nosotros."

"¿Adónde vamos?"

"No se preocupe por eso. Usted, ¿cómo se llama?"

"William."

"William Chacón, si no me equivoco. Se va a quedar en la casa por cinco horas. Luego maneja hasta la casa de él y le dice a su esposa Esperanza que lo tenemos. Dígale que espere hasta que la contactemos. Ni se le ocurra irse un minuto antes, porque mis hombres estarán vigilándolo y no tendrán ningún problema en matarlo."

Los diez hombres rodearon a Roberto. Empezaron a caminar. William, con el corazón en la garganta, vio desaparecer a Roberto en su amada montaña.

Las palabras de William colgaban pesadas en el corazón de todos. Los policías lo regañaban con preguntas, su corazón se rompía de culpa a cada respuesta. Sentía que habría debido hacer algo más, pero era un hombre desarmado frente a diez hombres armados hasta los dientes. La noche fue larga y oscura. El timbre del teléfono, las botas de los policías y los amigos de la familia llenaban la casa. Nadie durmió esa noche. Confusión, miedo, lágrimas, fueron los compañeros de la noche. Se daban consejos tan gratuitos como el agua. *No salga sola. La familia no puede negociar con los captores. Se debe formar un comité. Háganse amigos de otras familias que pasan por la misma situación. Los hará sentir mejor. Hable con los medios. No hable con los medios. Consiga guardaespaldas. No deje que la controle el miedo. Siga viviendo como antes.*

Esperanza no encontró alivio alguno en esos consejos. Las preguntas sin responder la torturaban. ¿Cuánto tiempo le tomaría a las FARC comunicarle el valor del rescate? ¿Hacia dónde lo llevaban? ¿Por cuánto tiempo estaría secuestrado? ¿El resto de la familia estaba a salvo? ¿Lo matarían?

Esperanza desapareció en su habitación esperando encontrar un momento de paz. Andrea y Valentina estuvieron pegadas toda la noche. No dijeron palabra. No derramaron una lágrima. Se tomaron de las manos, escucharon y observaron. Miguel llamó a las chicas. Sus ojos estaban enrojecidos de sangre con grandes ojeras. Los pliegues en su frente estaban más acentuados de preocupación.

"Niñas, van a tener que ser fuertes. Esperanza está cargando con el mundo sobre los hombros y las dos van a tener que ayudar a sostenerla. ¿Entienden lo que quiero decir?"

"Sí, señor."

"Bien, ahora vayan a ver cómo está."

Esperanza estaba acostada en su cama. Se veía tan pequeña y tan sola en las sábanas blancas. El lado de la cama de Roberto era vasto. Su ausencia pesaba gravemente en el corazón de Esperanza. Andrea besó a su tía en la frente. Retrocedió y vio a Valentina hacer lo mismo. Se cernió sobre su madre tragándose las lágrimas. Andrea le apretó la mano, recordándole que debía ser fuerte.

"Buenas noches, tía. Nos dices si necesitas algo."

Andrea cerró la cortina. Un oscuro capullo las mantenía a salvo de los horrores del mundo exterior.

"¿Será que pueden dormir conmigo esta noche?"

"Claro, mami."

Esperanza levantó la cobija. Valentina y Andrea se apretaron entre sus brazos. Se sostuvieron firmemente la una a la otra, esperando que la fuerza combinada les permitiría soportar el peso del terrorífico futuro que les esperaba.

Las pesadillas sobresaltaron a Andrea. Su tía dormía a su lado. Valentina no estaba. Se sentó. La luz del baño se filtraba por la puerta hacia la oscuridad. Andrea se levantó en silencio y abrió la puerta. Valentina estaba de cuclillas en el suelo, llorando calladamente contra una toalla. Andrea la apretó entre sus brazos.

"Prima, estoy muy asustada."

"Lo sé, yo también."

"Sueño una y otra vez que lo tienen con una cadena alrededor del cuello, amarrado a un árbol gigante. Estaba gritando mi nombre, pero no lo podía encontrar porque la selva era demasiado grande."

"Es sólo un sueño, Vale."

"Pero eso es lo que hacen las FARC. Mantienen a la gente en la selva por años. ¡Por años, prima!"

"Eso no le va-."

"Nunca le dije que lo quería. Es lo más cercano a un papá que he tenido y nunca le dije que lo quería."

"Él sabe que lo quieres, Vale. No te preocupes, él lo sabe."

"Pero se lo quiero decir."

"Y se lo dirás. Va a volver a casa, y lo vas a abrazar y a decirle que lo quieres."

"¿Pero qué tal que nunca vuelva?"

"Volverá a casa, Vale."

"¿Estás segura?"

"Estoy cien por ciento segura."

Valentina se agarró de Andrea. Ella la sostuvo con firmeza. Andrea se dio cuenta de que tendría que sostener a Valentina. Tendría que ser fuerte para Valentina, para que ella tuviera la fuerza para sostener a Esperanza. La habilidad de resistir estaba entrelazada entre las tres. Ninguna lograría sobrevivir sin la otra.

Desde fuera, la vida parecía normal. Esperanza se despertaba a la misma hora cada mañana. Las chicas seguían yendo al colegio. Los cambios pequeños les recordaban a todas que la vida estaba lejos de ser normal. Las chicas ya no iban al colegio en bus. En su lugar, William recogía a Andrea apenas terminaba el colegio y luego se apresuraba a recoger a Valentina al otro lado de la ciudad. Esperanza dejó de pintar. Pasaba los días debatiendo precios hipotéticos de rescate con el comité negociador, motivando a descuidados policías y escuchando las historias de madres, hijas, hijos y padres secuestrados en los lejanos rincones de la selva colombiana. Esperanza sentía el dolor de miles de personas encadenadas a los árboles, comidas vivas por monstruosos mosquitos y muriendo de la lenta y tortuosa muerte de la soledad. Esperanza anhelaba el contacto con Roberto, con sus captores, con la policía. El silencio la estaba enloqueciendo. Todo lo que podía hacer era sentarse al lado del teléfono y esperar a que timbrara. Diez días pasaron. El teléfono no timbró. Esperanza estaba desesperada. Valentina estaba abatida. Andrea estaba enfadada.

Andrea volvió del colegio al décimo día de silencio y se dio de bruces con un mensaje inesperado. Era corto y sencillo. *Tu madre llamó. Llámala de inmediato.* Andrea cogió el teléfono, marcó el número de su antiguo hogar. Sentía como si estuviera lanzándose hacia atrás, hacia una vida que ya no le pertenecía. Mariana respondió el teléfono de inmediato. En los ocho meses pasados, Andrea había oído la voz de su madre unas pocas veces. No hacía ningún esfuerzo para hablar con Mariana. Cuando Mariana llamaba, Andrea se escondía en los rincones de su nueva vida. Deseaba olvidar todo lo que había sido antes de llegar a Colombia. Mariana era un recordatorio de una extraña que ella había abandonado. Era más fácil olvidar el pasado que tratar de entender su oscuridad. Pero no podía ignorar esta llamada. El secuestro de Roberto lo cambiaba todo. Andrea escuchó la angustia en la voz de su madre desde que dijo hola.

"Piojito, ¿cómo estás?"

"Estoy bien, ¿cómo está Gabi?"

"Bien. Te extraña. ¿Cómo está tu tía?"

"Está bien. Es decir, lo mejor que se puede esperar."

"¿Han sabido algo?"

"No. No han llamado todavía."

"Andrea, estaba pensando que quizás sea tiempo de que vuelvas a casa."

"No. No voy a dejar a mi tía y a Valentina. No las voy a dejar solas."

"Pero–"

"Eso no es lo que hace la familia. ¡No se va cuando se viene la mierda"

"Entenderían. Sólo estoy tratando de protegerte."

"Mami, no puedo dejar a mi tía–"

"Andrea, escúchame–"

"¿Gabi?"

"Sí. Tienes que volver a casa."

"No me puedes decir lo que tengo que hacer."

"No te estoy diciendo lo que tienes que hacer, sólo estoy preocupado por ti. Los dos estamos preocupados. Mamá no puede dormir. Yo no puedo dormir. Te extrañamos. Por favor, vuelve a casa."

"No puedo. Mi tía me necesita aquí. Valentina me necesita. Tengo que estar aquí para ellas, como han estado para mí."

Silencio.

"No me voy a ir, no en este momento."

"Si convenzo a mamá de que te deje quedarte, ¿prometes que vas a volver tan pronto se acabe todo esto?"

"Lo prometo."

Mariana, en silencio, se sentía orgullosa de que su hija tuviera la fuerza para cargar con el peso de toda la familia sobre sus pequeños hombros. Andrea se estaba sosteniendo por sí misma sobre sus dos pies. El suelo de Colombia era una piscina de sangre, una tumba de huesos rotos y balas gastadas, pero ella se rehusaba a ser abatida.

Mariana cogió el teléfono de nuevo.

"Piojito, quiero que me prometas que te vas a cuidar. Nunca voy a perdonar–"

"Lo prometo, ma. Voy a estar bien. No te preocupes."

Andrea colgó. Su vida estaba al borde de deshilvanarse. Necesitaba agarrarse de algo sólido, seguro, certero, se dirigió hacia el baño. Meses antes, Andrea había cambiado su rasuradora por una verdadera cuchilla. La sacó de su escondite. Estaba inserta en una esquina bajo el lavamanos. La lavó bajo el frío chorro de agua. Los besos de Santiago habían adormecido su dolor, pero las súplicas de su madre de volver a casa y el peso de las necesidades de su tía, habían vuelto a despertar el dolor con deseos de venganza. Quitó las pulseras de hilo del camino. Se concentró en la tersura suave de la piel. El corazón se le aceleró cuando la cuchilla se acercó a la muñeca. La mente le gritaba que se apresurara. El dolor suplicaba ser aliviado. Con suavidad, deslizó la cuchilla a través de la muñeca. La sangre formó una hermosa línea roja cuando escapaba de su cuerpo. Sostuvo el aliento. Esperó la quietud que necesitaba con desesperación. Llegó durante un breve segundo y luego se empezó a hundir en la oscuridad del dolor una vez más. Estaba aterrorizada. Nunca antes su secreto la había traicionado así. Confundida y desesperada se levantó la falda y trazó líneas y líneas de sangre en sus piernas. La sangre brotó de sus muslos. Buscó la salvación en las piscinas de sangre del suelo. Le temblaban las manos mientras esperaba la paz. Un golpe fuerte en la puerta la devolvió a la realidad.

"Prima, necesito usar el baño."

"¿No puedes usar el mío?"

"No, quiero bañarme en mi baño."

"Me voy a bañar, Vale."

"Báñate en tu baño."

"Nunca uso esa ducha."

"Bueno, pues yo tampoco."

"¡Estoy ocupada!"

"En mi baño. Llevas toda la vida allí. ¡Sal!"

"Dame un segundo."

"Más te vale que esté limpio, prima."

La mente de Andrea entró en una carrera. ¿Acaso Valentina conocía su secreto? ¿Cómo habría podido saberlo? Era muy meticulosa en el aseo. Las cicatrices estaban escondidas bajo las pulseras y las mangas largas. Le asustaba tanto su secreto que ni siquiera Santiago había mirado lo que escondían sus pulseras. Necesitaba salir. Necesitaba escapar de los ojos vigilantes de su familia. Estaba furiosa. Estaba frustrada. Necesitaba a Santiago. Necesitaba descansar la cabeza en su pecho. Necesitaba escuchar los latidos de su corazón. Limpió apresuradamente el baño y salió. Salió de casa. Esperaba que el amor de él pudiera calmar el fuego que amenazaba con consumirla.

"Que se jodan las FARC, Santi. Que se jodan todos ellos. ¿Cómo pueden vivir consigo mismos sabiendo que destruyen las vidas de la gente? ¿Sabes con cuánta gente que tiene familiares secuestrados ha hablado mi tía? ¡Cientos! ¡Hay gente que ha estado en la selva por años! ¡Que se jodan! Que se mueran y se pudran en el infierno. ¡Todos!"

"Estoy de acuerdo contigo. Las FARC son horribles. No estoy de acuerdo con lo que hacen, pero sólo digo que es complicado."

"¿Complicado? ¿Qué es complicado de secuestrar a la gente

y encadenarla en la selva por años y años? ¿Qué es complicado de matar a la gente?"

"¿Por qué crees que lo hacen?"

"Porque son cabrones codiciosos. Quieren enriquecerse con el sufrimiento de la gente. No quieren trabajar. Quieren una vía fácil hacia el éxito."

"Quizás ahora sean así pero ¿sabes por qué comenzaron las FARC en primer lugar?"

"No quiero una maldita clase de Historia."

"Es importante que entiendas por qué existen."

"Sé por qué comenzaron su estúpida guerra. Son comunistas. Querían la revolución."

"Ven, quiero mostrarte algo."

Andrea y Santiago cogieron un bus hacia el Sur por las calles retorcidas de la Candelaria hacia las cambiantes sombras de Ciudad Bolívar. Calles sucias, casas a medio hacer, la música a todo volumen les dio la bienvenida a uno de los barrios más pobres de Bogotá. La gente no llegaba a Ciudad Bolívar por elección sino porque les habían puesto una pistola en la cabeza, obligándolos a deja las tierras donde habían nacido. Cocaína, petróleo, palma africana u oro, eran las razones por las que los hombres armados invadían sus tierras y los forzaban a andar un largo camino de lágrimas hacia Ciudad Bolívar.

Santiago se detuvo ante un edificio de dos pisos. Una gran pared de ladrillo rodeaba el edificio, estaba coronada por alambre de púas.

"De verdad quieren que la gente se mantenga lejos de aquí."

"No, de verdad quieren que se queden adentro. Ven."

Caminaron al otro lado de la espesa puerta de metal. El patio estaba lleno de materas de flores incipientes de cada color del arco iris. Las flores vivaces parecían fuera de lugar entre las insípidas paredes de concreto y los ladrillos derruidos. El interior del edificio era impecable pero su vetustez se aparentaba en los techos agrietados y en las paredes amarillentas. Una mujer pequeña, de piel arrugada como cuero, estaba sentada tras un amplio escritorio.

"Hola Santi. Hoy no es sábado. ¿Qué haces por acá?"

"Hola Doña Luisa. Quiero que mi amiga Andrea conozca a todos. ¿Está Manuel?"

"Síp. Acaban de terminar clase. Sigue adelante."

Santiago llevó a Andrea por las escaleras al segundo piso. Otra espesa puerta de metal les dio la bienvenida. Santiago rápidamente pulsó un código en una cerradura grande. La puerta hizo un ruido y se abrió.

"Santi, ¿qué es este lugar?"

"Es un hogar de transición para niños que acaban de salir de la cárcel. Un hogar de acogida para niños que sus familias ya no pueden sostener. Un lugar para que duerman los niños de la calle."

Gritos agudos los rodearon apenas la puerta se cerró tras de ellos.

"¡Santi!"

Un enjambre de niños saltaba alrededor de Santiago. Vestían pantalones de algodón azul y camisas de manga larga azul celeste. Algunos calzaban zapatos, otros sólo tenían medias y otros estaban con los pies descalzos. Los duros golpes de las calles se habían arraigado en los rostros de todos, sin embargo la inocencia de la infancia todavía resplandecía a través de sus ojos. Los chicos más grandes tenían la edad de Andrea. Se reían desde una esquina, mientras los más jóvenes halaban a Santiago hacia el piso con sus besos. Santiago le hizo cosquillas a los más pequeños hasta que las lágrimas rodaron por sus mejillas y le rogaron que se detuviera. En medio de la conmoción, nadie notó a Andrea. La risa se fue apagando lentamente. Una niña pequeña, el pelo disparejo y corto, caminó hacia Andrea. Tenía un moco seco alrededor de la nariz y le faltaban dos o tres dientes. Extendió la mano y señaló a Andrea.

"Santi, ¿quién es?"

"Es Andrea. Quería que los conociera."

"Hola, es un placer conocerlos."

"Yo me llamo Cindy, tengo diez años. Tienes el pelo muy lindo. El mío también era largo pero me lo cortaron porque tenía piojos."

"Lo bueno es que el pelo siempre vuelve a crecer, ¿cierto?"

Cindy asintió con la cabeza. Dio unos pasos hasta quedar detrás de todos. Todos miraron en silencio a Andrea.

"Santi, ¿ella es tu novia?"

La habitación estalló en risas, silbidos y chiflidos. Andrea no se pudo reprimir. Se unió al coro de risas.

"Síp. Es mi novia."

Las rondas y los gritos rebotaban en las paredes. El resto del día fue pasado riendo con los pequeños, hablando del futuro con los mayores y escuchando todas sus historias. Las historias de cada uno de los niños fueron gravadas en el corazón de Andrea. Se llevó con ella las historias al despedirse. Prometió volver.

"Santi, gracias por traerme, fue– fue maravilloso."

"Me alegra que te haya gustado. Aunque por momentos temía que fueras a llorar."

"Estaba a punto de llorar."

"No deberías sentir miedo."

"No era eso. Es sólo que… es una larga historia."

"¿Qué quieres decir?"

"Es complicado."

"Exactamente. Como Colombia es complicada. Es horrible que hayan secuestrado a Roberto, pero puedes tratar de entender por qué están aquí las FARC. No estoy hablando de las razones que dicen que tienen para secuestrar. No hay excusa para eso. Este país ha estado en guerra por treinta años y tenemos que tratar de entender por qué o nunca vamos a salir de este mierdero en el que nos hemos metido."

"El final de la guerra sería deshacerse de las FARC."

"Deshacerse de las FARC no resuelve los problemas de Colombia. Algunos de estos chicos no tendrán otra opción que unirse a las FARC. ¿Por qué? Porque no hemos lidiado con los problemas que dieron nacimiento a las FARC en primer lugar. Deshacerse de las FARC no desaparece el hecho de que esos niños no tienen ninguna esperanza dada la forma en que funciona el sistema ahora mismo. El sistema necesita cambiar para que ellos tengan esperanza. ¿Secuestrar ayuda a transformar el sistema? Ni una mierda. Pero es complicado, es todo lo que estoy tratando de decir."

"¡No es complicado cuando tu tío lleva dos semanas desaparecido!"

Andrea estaba sumergida en una montaña rusa emocional mientras el bus giraba por entre los carros y los huecos hacia su casa. Había crecido entre la desesperanza. Vio cómo torcía y contorsionaba a chicas jóvenes hasta convertirlas en muñecas de trapo. La desesperanza lentamente aplastaba y pateaba los sueños hasta la muerte, dejando cáscaras vacías que robaban, peleaban y mataban sin hacer preguntas. Tan sólo unos pocos meses antes ella era una cáscara vacía, pero por la gracia de la suerte había vuelto a la vida. Su cáscara vacía se había llenado con la risa de la abuela, el aire gélido que soplaba por la Cordillera Oriental y las divertidas erres del español que había aprendido a amar. Andrea se sintió pesada. Estaba confundida. Besó a Santiago de despedida en una bruma de confusión y rogó encontrar refugio en la santidad de su baño.

Durante las dos semanas que Roberto había estado perdido en la selva, Andrea no sabía qué esperar al llegar a casa. Hombres al teléfono aparecían en cada rincón, murmurando sus más recientes teorías a otros hombres desconocidos tras escritorios remotos. El único refugio silencioso era el baño. Andrea cerró la puerta tras de sí y la aseguró. Sacó la cuchilla del escondite secreto. Quitó las pulseras del camino. Necesitaba intentarlo una vez más. Clavó un ángulo de la cuchilla en la parte más carnosa de la muñeca. La sangre rodeó el frío metal. Andrea esperó que su dolor se aquietara pero creció. Arrastró la cuchilla a lo largo de la muñeca, pero el dolor sólo crecía en pesadez, oscuridad, consumiéndola aún más. Un trazo de sangre envolvió la muñeca. Observó la sangre que corría brazo abajo. Su secreto le había vuelto a fallar. El tiempo se detuvo mientras el dolor sumergía su corazón en la oscuridad. El fracaso se asentó en sus huesos. Sin saber qué más hacer, puso la muñeca bajo el chorro de agua. Observó cómo la sangre se mezclaba con el agua y la sal de sus lágrimas, desapareciendo bajo el sifón. Deseaba caer allí ella también. Deseaba dejar atrás ese dolor que la recorría con furia.

Andrea caminó por el corredor hasta la habitación de la tía Esperanza, esperando encontrar alguna forma de distracción para el infierno interior que vivía. Esperanza estaba acostada en la cama mirando televisión como un zombi. Parecía mal, mucho peor que Andrea.

"Tía, son las cinco de la tarde. Tienes que salir de la cama."

"Estoy demasiado cansada."

"Vamos, tía. ¿Qué tal si te duchas y salimos a comer helado?"

"No, mija, de verdad no quiero."

"Por favor, tía. De verdad necesito un poco de helado. Acabo de tener mi primera pelea con Santiago. Por favor."

"Ay… está bien. El helado también puede ser bueno para mi corazón. Déjame me baño rápido."

Esperanza desapareció en el baño. Tan pronto como abrió la ducha, el teléfono sonó. Andrea respondió rápidamente. La conexión era mala pero Andrea reconoció en seguida la voz de Roberto."

"Hola, mija."

"Roberto, ¿dónde estás?"

"No lo sé, pero estoy bien."

"Voy a llamar a mi tía."

"No, no tengo mucho tiempo. Estoy con los muchachos y quieren que me asegure de que todo está bien con lo que están pidiendo."

"Roberto, nadie nos ha contactado."

"¿Cómo así? ¿Nadie las ha llamado?"

"Nadie ha llamado. Nadie nos ha escrito. No hemos tenido noticias de nadie."

"Eso no puede ser cierto."

"Lo sé, es un hecho–"

"Tengo que irme. Dile a tu tía que la amo y que estoy bien."

Roberto colgó. Sonrió al hombre viejo desdentado que observaba cada uno de sus movimientos sin mirarlo jamás. Roberto sacó unos cuantos billetes arrugados de sus medias sucias. Discretamente se los pasó al viejo. Roberto se sorprendió al encontrar billetes en su bolsillo la primera noche en cautividad. Tan pronto como se dio cuenta del error de su captor, supo que ese rollo de billetes serían la llave de su salvación. El viejo fue la primera puerta que abrió con los billetes arrugados.

Roberto se sentó en el único mueble restante en la casa, un taburete de madera desvencijado. Estaba confundido. Durante los últimos catorce días, sus captores le habían dicho que estaban en contacto con Esperanza. Le habían contado detalladas conversaciones que habían tenido con ella. Le susurraban por la noche que su libertad estaba a unos pocos días. Sintió en el estómago cómo se hundía en un abismo de miedo. Las mentiras sólo podían significar una cosa. Cada mañana había sido levantado con el cañón de una pistola que le ordenaba caminar. Caminó por montañas, por cascadas, bajo torrentes de agua y bajo el Sol ardiente. Caminó y caminó y caminó. Los jóvenes armados le decían que lo llevaban a una casa segura mientras esperaban el pago del rescate, pero Roberto acababa de entender que lo llevaban hacia el Sur, hacia lo más profundo de la selva, donde lo encadenarían a un árbol y lo usarían para un canje. Era un destino más terrible que la muerte. Era un destino que Roberto se negaba a aceptar. Se prometió que antes moriría luchando por su libertad que vivir encadenado al infierno de la selva insufrible.

Un joven demacrado, que vestía un uniforme militar dos tallas más grande, golpeó con la pistola contra la casa decrépita. El Sol se escondía detrás de las montañas. Otra noche pasada en la jungla. El pensamiento hizo que Roberto se estremeciera. El hombre descarnado llevó a Roberto fuera del pueblo, bajando por la colina hasta una carretera. Esperaron en silencio. Roberto había dejado de hacer preguntas unos días después del secuestro. Se daba cuenta de que sus captores eran más amables con él cuando hablaban de fútbol, de sus familias, de las casas que habían dejado atrás.

Roberto miró hacia el cielo. Amarillos mezclados con violetas y rosados creaban un lienzo de colores en explosión. No podía recordar la última vez que había contemplado la belleza del atardecer. Un dolor se disparó y le destrozó el corazón. No podía recordar la última vez que le había dicho a Esperanza lo hermosa que era. La primera vez que la vio quedó hechizado por su belleza. Por meses le decía a diario cuán hermosa era, pero el tiempo hizo su trabajo lentamente y lo cegó de los bellos ojos, los labios seductores y la cabellera deslumbrante. Roberto había estado ciego a su belleza durante años.

Roberto oyó un motor a la distancia. Un pequeño camión andaba por la carretera hacia el pueblo. Mirar el crepúsculo dolía demasiado. Concentró su atención en el camión que se aproximaba a él y a su desencarnado captor. Un hombre alto musculoso salió del camión. No cargaba un rifle colgado del cuello como todos los demás. Caminó hacia el joven. Se hablaron sin hacer ruido. Los ojos de Roberto iban del hombre al camión. Roberto no podía creer a sus ojos. La puerta del conductor estaba abierta y las llaves colgaban del encendido. El corazón de Roberto entró en carrera, la respiración se aceleró, sabía lo que tenía que hacer. Miró a los hombres. Estaban absortos en la conversación. Esta era su oportunidad. Corrió hacia el camión, saltó al puesto del conductor, giró la llave y golpeó el acelerador. El camión se deslizó carretera abajo en reversa. Vio al hombre musculoso sacar una pistola bajo la camisa y apuntar a Roberto y disparar. El disparo resonó en las montañas. El parabrisas se destrozó. Roberto se miró buscando un río de sangre inexistente. Siguió volando por la carretera en reversa. La carretera se curvaba con la montaña y finalmente sus captores quedaron fuera de vista. Le dio la vuelta al carro y aceleró carretera abajo. Miraba todo el tiempo por el espejo retrovisor, esperando que los hombres aparecieran pero no lo hicieron. En cambio, unos minutos más adelante, una tractomula gigante estaba parqueada a todo lo ancho de la carretera. Roberto frenó en seco. Pitó sin cesar pero la tractomula no se movía. Volver al lugar del que había venido no era una opción. Necesitaba rodear la tractomula. Salió del camión. Corrió hasta el borde de la carretera. Miró al otro lado de la tractomula.

"¿Hola? ¿Hay alguien aquí?"

Dos hombres armados salieron del bosque.

"Siempre lo vamos a volver a encontrar."

Roberto dejó caer la cabeza con resignación. Uno de los hombres hablaba por radio transmisor.

"Lo tenemos. Vivo."

"Bien. Estaré allí en cinco."

El hombre con el radio transmisor le puso el cañón de la pistola contra la sien.

"Si vuelve a intentarlo, lo mataremos."

La semana siguiente fue penosa para Roberto. Como castigo por haber intentado huir, alargaron las caminatas y le dieron menos comida. Las únicas veces que alguien le hablaba era para burlarse de su escape fallido o para decirle cuánto disfrutarían al matarlo la próxima vez que intentara escapar. Roberto estaba decidido a salir de allí, sabía que la única manera para que sus captores bajaran la guardia sería hacerles creer que estaba roto. Interpretó el rol que se esperaba de él. Fingió estar deprimido, asustado y sin esperanza y diez días después recibió otra oportunidad de escape.

"Le tengo buenas noticias, Roberto."

Dijo el hombre musculoso que le había disparado días antes.

"¿Qué?"

"No va a tener que caminar esta noche."

"¿Por qué no?"

"Tenemos caballos para los próximos días."

"No sé cabalgar muy bien."

"Bueno, en ese caso espero que aprenda rápido."

En las cercanías del campamento había cinco caballos. Estaban demacrados, sucios y al borde de la muerte. La yegua de Roberto era la más débil. Parecía que los huesos de la cadera fueran a atravesar el cuero en cualquier momento. Sus grandes ojos negros estaban cansados de cargar hombres hacia dentro y fuera de las profundidades de la selva. Roberto acarició la cabeza larga de la yegua. Le murmuró palabras dulces a los oídos.

"¡Vamos! Tenemos que montar toda la noche. A montar, ya."

"¿Es una yegua dócil? No me gustan mucho los caballos."

"¿Cómo putas voy a saber? No son nuestros. ¡Vamos! ¡Ahora mismo!"

Roberto montó la yegua con torpeza. Los hombres golpearon los flancos de los caballos con las botas y trotaron por un camino invisible. Cabalgaron en completo silencio. Un ojo sobre Roberto, el otro buscando en el denso bosque los enemigos que acechaban, dispuestos a matar. La noche cayó pronto sobre el manto de árboles. Los cielos se abrieron y lloraron las lágrimas de todas las madres de los hijos que empapaban de sangre el suelo de Colombia. Incapaz de soportar el llanto de los corazones destrozados de miles de madres de los desaparecidos, la Luna se negó a brillar. Las estrellas estaban cubiertas tras espesas nubes negras. Era negra la noche, tan negra que los ojos no servían a su propósito. Todo lo que veían era negrura. Las gotas de lluvia eran grandes como feijoas. Salpicaban el suelo ahogando todo sonido. Roberto sabía que era el momento de luchar por su libertad o morir en el intento. Se agarró de las riendas de la lánguida yegua. Los hombres creyeron que le temía a los caballos, sin embargo Roberto conocía a los caballos como conocía a las mujeres. Los conquistaba. Los amaestraba. Los hombres bajaron la guardia, hipnotizados por la oscuridad y el ritmo constante de la lluvia. Las piernas de Roberto apretaron los flancos de la yegua. Adelantó a los hombres. Los hombres nada vieron, nada oyeron. La apretó más fuerte. La yegua se movió más rápido. Más duro, más rápido, más rápido, más duro. Roberto escuchó entre las gotas de lluvia tratando de descifrar cuán lejos estaban los otros. De repente, la yegua giró hacia la izquierda. Él la dejó ir donde quisiera. Soltó las riendas. Roberto sabía que un caballo siempre vuelve a su hogar. La golpeó más duro. La yegua galopó por entre el barro, bajo la lluvia torrencial, galopó toda la noche hasta que llegó a su hogar. El hogar era un pueblo pequeño de pocas casas dispersas con techos de paja. Cada casa tenía un sembrado de yuca, plátano y maíz. Pollos y gallinas picoteaban con libertad. Roberto desmontó la yegua. Le quitó el freno. Le acarició la cabeza y le murmuró al oído:

"Te prometí que si me ayudabas a recuperar mi libertad, te daba la tuya. Ve."

El tiempo era esencial. Sabía que en ese momento sus captores lo estarían buscando. Trató de arreglarse lo mejor posible pero la barba crecida, las mejillas hundidas y la ropa sucia delataban a muerte que acababa de escapar de la jungla. Tocó la primera puerta que vio. Una mujer con un niño cargado en la cadera respondió. Era de estatura baja, redonda, de piel oscura y pelo negro como la tinta. Tan pronto como vio a Roberto, llamó a su marido. Roberto oyó el miedo de su voz. El marido llegó al lado de ella al instante. Era un poco más alto y un poco más moreno. Su cuerpo era delgado y musculoso de trabajar en la tierra. Miró a Roberto a los ojos. Lo cogió del brazo y lo haló dentro de la casa.

"No quiero saber nada, no quiero saber ni su nombre."

"Necesito llegar a una estación de policía, a una estación militar."

"La más cercana está a tres horas en bote."

"Tengo dinero. Le pagaré si me lleva."

"Su dinero no le va a comprar a mis hijos un padre si se llegan a enterar."

"Déjeme comprar su bote, entonces."

"Lo encontrarían."

"No me puedo quedar aquí."

Silencio. Roberto giró para irse.

"Espere. El bote está atrás."

El río lodoso serpenteaba la casa del hombre. El bote era en realidad una canoa con un pequeño motor instalado en la parte de atrás. Estaba amarrado a un tronco unos metros más lejos. La parte de atrás del bote estaba llena de bananos. Roberto temblaba al sentir la libertad en las yemas de los dedos.

"Lo vamos a esconder bajo los bananos pero pase lo que pase, no puede moverse."

Roberto se encogió en posición fetal y el hombre apiló las cargas de banano encima de él. Las tres horas pasadas bajo la montaña de bananos fue más difícil que el secuestro mismo. A cada parada, Roberto sentía que su libertad se deslizaba lejos de él y con cada nuevo arranque sentía el rugido de la vuelta a la libertad. Al fin, la canoa hizo su última parada. El hombre salió del bote y le quitó los bananos de encima. Lo ayudó a salir del bote.

"Gracias, muchas gracias, no tengo cómo agradecerle."

Roberto sacó un rollo de billetes de su media y se lo ofreció al hombre. Él rehusó con la mano.

"Lo va a necesitar después."

"Tengo suficiente en casa."

"Lo va a necesitar para llegar a casa. Siga derecho y va a ver la barraca de los militares a unos veinte minutos. Vaya."

Roberto giró y corrió tan rápido como pudo. Paredes de cemento aparecieron en la distancia. Corrió más rápido, le temblaban las piernas, sentía el corazón como si fuera a estallar. Por fin, golpeó a la puerta. Un hombre grueso de bigote negro le abrió. Apuntó con la pistola directamente a la cabeza de Roberto.

"Me llamo Roberto Valencia. Fui secuestrado hace tres semanas. Acabo de escapar."

"¿Cómo llegó hasta aquí?"

"Un hombre acaba de dejarme en bote."

"¿Cómo se llama ese hombre?"

"No lo sé. Pero si llama a Bogotá, si llama a mi esposa ella le dirá que fui secuestrado."

"No estoy seguro de que podamos hacer eso."

"¿Por qué no?"

"Es peligroso ser visto con los que escapan."

"Le pagaré."

"Se va de aquí y se olvida de mí."

"No, le pagaré ahora mismo. Tengo dinero."

"Déjeme ver."

Roberto sacó el guardado de billetes arrugados. Los ojos del soldado se iluminaron al ver el dinero. Agarró los billetes y dejó entrar a Roberto. Se sentó tras un escritorio hecho polvo e hizo la llamada que liberó a Roberto.

"Buenas tardes, señora. ¿Algún miembro de su familia ha sido secuestrado?"

Esperanza se negó a salir de casa tras haberse perdido la primera llamada de Roberto. Se sentaba al lado del teléfono como si fuera un bebé recién nacido. El teléfono timbró. Esperanza descolgó. Su corazón se hundió al oír las palabras del oficial. *Está muerto*, pensó.

"Sí, mi marido."

"¿Cómo se llama?"

"Roberto Valencia."

"Escapó."

"¿Está vivo?"

"Sí, señora, está aquí parado al lado mío."

Esperanza gritó a todo pulmón.

"¡Roberto está vivo! ¡Escapó! ¡Está vivo!"

El tiempo dio vueltas, se alargó, se acortó, hasta que Esperanza, Valentina y Andrea estuvieron en el aeropuerto esperando la llegada de Roberto. Estaban todas tomadas de las manos con firmeza. Una forma de recordarse que no estaban soñando el regreso de Roberto. Vieron cómo el helicóptero planeó sobre la pista. Tan pronto como tocó el suelo, Roberto saltó de su silla y corrió hacia las mujeres que había luchado tanto por volver a ver. Lágrimas, risas, brazos que abrazan, palabras masculladas eran la bienvenida con la que todos habían estado soñando por semanas. Soldados con armas colgadas del cuello, listos para disparar a enemigos ocultos, rodeaban a la familia. Sirenas estruendosas, una caravana de carros acelerados e incontables motocicletas siguieron a la familia hasta la casa. El hogar era un remolino de soldados con armas y desconocidos con cámaras. La prensa estaba desesperada por capturar la imagen del hombre que había escapado milagrosamente, de las FARC y de la selva, vivo.

Roberto, Esperanza, Valentina y Andrea se sentaron en la cocina tomados de las manos. No podían soltarse. Temían que al soltarse, se deslizarían por los dedos del otro y se perderían en la jungla. Miguel estaba sentado al otro lado de la familia, con una gran sonrisa en el rostro. A su lado estaba un hombre del que las numerosas medallas en el pecho anunciaban al mundo la importancia.

"Es bueno tenerte de regreso."

"Es mejor todavía estar de regreso, Miguel."

"Señor Valencia, ¿ha pensado lo que va a hacer?"

"Voy a disfrutar de mi familia, ¿señor...?"

"Capitán Mora. Entiendo que es lo que desearía hacer, pero el tiempo es esencial y tenemos que planear dónde va a vivir."

"¿A vivir? Aquí, en mi casa."

"Si me permite, capitán Mora. Roberto no puedes quedarte en Colombia. Escapaste de las FARC. Los avergonzaste. Esto es sólo el comienzo de la prensa. Te van a convertir en un héroe nacional porque jodiste a las FARC. No lo van a dejar así. Van a volver por ti. Quizás hasta vengan por tu familia."

"Nosotros no podemos garantizar su seguridad, señor Valencia."

"¡Suficiente! Niñas, vayan a sus cuartos, por favor."

Andrea y Valentina se sentaron en silencio en el cuarto. Su futuro iba a ser determinado por la voz apagada de un completo desconocido.

"Miguel, ¿en realidad crees que nos tenemos que ir?"

"Sí. Es lo mejor para todos."

"¿Tú te irías?"

Silencio.

"No lo sé."

Roberto giró hacia Esperanza.

"¿Mi amor?"

"Sin importar adónde vayamos, no será nuestro hogar."

Silencio.

"Ella tiene razón, cuando el techo de la casa tiene un hueco, uno no empaca y se va, sino que arregla el techo."

Roberto dijo entonces las palabras que cambiaron el curso de la vida de Andrea.

"Pero al menos los huéspedes vuelven a sus casas."

Esperanza asintió en dolorosa aprobación.

Los tacones de Esperanza resonaron por el pasillo al acercarse al cuarto de Valentina. Abrió la puerta. Los pliegues que tenía alrededor de la boca se habían suavizado. Sus ojos estaban encendidos de vida, de nuevo. Parecía más liviana. Se veía asombrosamente hermosa.

"Andreíta, ve y despídete esta noche. Vas a volver a casa mañana."

"¿Y ustedes?"

"Vamos a quedarnos aquí."

El corazón de Andrea se hundió. Valentina la cogió de la mano. El tiempo de Andrea en Colombia había llegado a su fin.

DOCE

Andrea reunió todas sus fuerzas para comenzar el inescapable final. Golpeó con suavidad a la puerta de Santiago. Él abrió. Andrea miró los ojos verdes de los que se había enamorado la primera vez que se encontraron. Mirar su belleza le rompió el corazón. Se inclinó y lo besó con ternura en los labios. Los labios de él acompañaban los de ella a la perfección. Supo que nunca encontraría labios tan maravillosos como esos. Sus labios bajaron por el cuello de él, la lengua encontró el camino al oído. Murmuró suavemente,

"Me voy a los Estados Unidos mañana."

El aire abandonó la habitación. Se sostuvieron cerca, muy cerca. Esta era la mayor cercanía que lograrían en su vida porque con cada segundo sus caminos los movían más y más lejos el uno del otro. Santiago tomó la cara de Andrea entre sus manos. Descansó la frente sobre la de ella. Andrea lo envolvió en sus brazos. Le quitó la camisa y le bajó los pantalones. Él se sostuvo desnudo frente a ella. Ella recorrió cada centímetro de su cuerpo bellamente imperfecto. Ella exploró con las manos cada una de sus curvas. Deseaba quemar su tacto en las yemas de los dedos para que cuando estuviera sola pudiera cerrar los ojos y pretender que eran las manos de él las que la tocaban. Besó a Santiago por horas. Las lenguas giraban y bailaban dentro del otro hasta que el sabor de él estuvo dentro de ella. Era dulce y terroso con un tinte de corazón roto, recompuesto y roto de nuevo. Andrea empujó a Santiago dentro de ella. Se sintió completa cuando le hizo el amor por última vez. Memorizó los hermosos ojos verdes. Aprendió de corazón cómo la lengua de él lamía sus labios con cada suave impulso. Grabó en su memoria cómo las manos de él la cogían de la cadera mientras ella se mecía adelante y atrás encima de él. Se agarraron de las manos y se llevaron el uno al otro al puro éxtasis. Andrea y Santiago descansaron en desnudo silencio hasta que el Sol se levantó.

"Santi, me tengo que ir."

"Te quiero dar una cosa."

Cogió el libro rotoso, de portada doblada, que había estado leyendo el día que se conocieron. Abrió el libro y escribió algo dentro.

"No lo leas hasta que te montes al avión, ¿de acuerdo?"

"Lo prometo."

Andrea se visitó. La ropa se sentía pesada y áspera contra su piel. El opuesto total de cómo se sentían las manos de Santiago contra su cuerpo. El aire que los rodeaba estaba espeso de tristeza. Santiago acompañó a Andrea a la puerta de entrada.

"Santi, es mejor despedirnos aquí. Mi casa va a estar hecha una locura. No vamos a tener ninguna privacidad."

"Está bien."

El blanco de los ojos de Santiago estaba enrojecido. Los ojos se le llenaron de lágrimas. Miraba hacia todas partes a excepción de Andrea, que luchaba contra sus propias lágrimas. La voz de Santiago flotó dulcemente en los oídos de Andrea.

"Te amo."

"Yo también te amo."

Se miraron a los ojos durante un breve segundo y luego Santiago desapareció tras la puerta. Andrea observó la puerta de madera donde sólo unos segundos antes estaba Santiago. Se mantuvo quieta deseando que él abriera la puerta y le diera un último beso, un último abrazo, un último momento. Andrea lloró de pie frente a la puerta. Todo lo que le quedaba eran los recuerdos de Santiago.

En un parpadeo, Andrea estaba sentada en la misma camioneta que la había recogido ocho meses antes. William estaba al volante, Roberto en la silla de copiloto, Valentina sentada a un lado y la tía Esperanza del otro. El carro estaba silencioso. Andrea se despedía en silencio de las esquinas que guardaban sus secretos, de las montañas que inyectaban frío en sus huesos, del cielo que sostenía sus sueños. Andrea miró hacia el cielo azul despejado. Encontró alivio en su familiaridad. Sin importar dónde fuera, el cielo sería el mismo. Sin importar dónde estuviera, compartiría el cielo con amigos, amantes y familia, aunque ya no estuvieran en su vida. El cielo siempre estaría sobre Bogotá, así como Bogotá siempre estaría dentro de ella. Andrea apretó la mano de su tía.

"Tía, necesito hacer la última parada."

"Andrea, no podemos."

"Sólo una última parada, por favor."

"¿Roberto?"

"Lo que necesites, mija."

El carro se detuvo frente al edificio decrépito, Andrea no sabía lo que quería decir y sin embargo necesitaba decir algo.

Lentamente caminó hacia la puerta granate. Tocó el timbre. Los enjambres que habían estado dormidos en su estómago desde la última visita empezaron a revivir. Había silencio al otro lado de la puerta. Tocó el timbre una vez más. Nadie estaba en casa. Dejó escapar un suspiro que mezclaba decepción y alivio. Sacó un bolígrafo y un pedazo de papel del bolso y rápidamente escribió una nota para su padre.

Vuelvo a casa. Vine a despedirme pero no está. Quizás lo vuelva a ver alguna vez. Andrea.

Deslizó la nota bajo la puerta. Giró y caminó de vuelta al carro detenido. Sintió que el amor de su familia la abrazaba, sentados en silencio de camino al aeropuerto. Los enjambres de su estómago estaban callados. La rabia estaba quieta.

El aeropuerto fue un remolino de oficiales de policía, puestos de seguridad, pasaportes y la despedida final. Andrea iba hacia la ciudad de Los Ángeles, su familia se quedaba en la ciudad de su nacimiento.

Una voz de mujer crujió por los ruidosos parlantes anunciando el vuelo de Andrea. Se despidió de Roberto con un abrazo, besó a su tía Esperanza y tomó a Valentina de las manos en gratitud eterna. Valentina le había abierto su corazón a una desconocida. Le había enseñado a creer en sí misma de nuevo. Había compartido a su familia con ella. Ambas lucharon con las lágrimas que amenazaban con rodar por las mejillas hasta que Valentina, incapaz de soportarlo, apretó entre los brazos a su prima. Lloraron en el hombro de la otra hasta que la ruidosa voz crujiente obligó a Andrea a montar al avión. Caminó por el estrecho corredor y miró por última vez la vida que dejaba. Roberto se sostenía alto y brillaba de agradecimiento. Esperanza lo tenía cogido de la mano, agradecida de una segunda oportunidad. Valentina enlazó con el brazo a Roberto, lista para tener por fin un padre.

Andrea se encogió en el asiento para el largo viaje de vuelta a casa. Sacó el libro que le había dado Santiago. Recorrió con los dedos la portada rota. ¿Cuántas veces las manos de Santiago habían tocado este exacto lugar que sus dedos ahora tocaban? Se acercó el libro a la cara e inhaló su olor. Por un breve momento lo sintió a su lado. Abrió el libro. Sus ojos enfocaron las palabras que estaban escritas sobre la página.

Llave, fue un placer enamorarse de ti. Todo fue hermoso. Ésta es una de las joyas de Galeano. Un libro lleno de inspiración. También es muy hermoso.

Santiago.

Andrea trazó la palabra *llave* con el dedo. Le sorprendía cómo una palabra era capaz de darle tanto alivio, cómo una palabra cargaba tanta historia. Abrió el libro y leyó:

En los suburbios de La Habana, llaman al amigo mi tierra o mi sangre.

En Caracas, el amigo es mi pana o mi llave: pana, por panadería, la fuente del buen pan para las hambres del alma; y llave por...

Llave, por llave —me dice Mario Benedetti.

Y me cuenta que cuando vivía en Buenos Aires, en los tiempos del terror, él llevaba cinco llaves ajenas en su llavero:

cinco llaves, de cinco casas, de cinco amigos: las llaves que lo salvaron.

Cerró los ojos. Estaba exhausta. El cambio era agotador. El miedo era agotador. El dolor era agotador. Escondida en su morral estaba la cuchilla. La empacó para este preciso momento. Esperaba que le diera alivio. La paz estaba en los baños del avión. Sólo necesitaba ponerse de pie, caminar hacia el fondo y entrar a su santuario pero sus pies estaban pesados como hierro. Los párpados se sentían sellados con pegante y las muñecas estaban rogando un refugio. El agotamiento la empujó hacia el sueño. Los sueños le trajeron las lecciones aprendidas, las lágrimas derramadas y las risas compartidas en los mágicos hogares de Colombia y en sus calles enloquecidas. Vio sus esperanzas de una nueva vida entrelazadas con los miedos del pasado.

Un golpe estruendoso despertó a Andrea de sus sueños. Miró por la ventana y vio la pista de aterrizaje correr bajo sus pies. Vio las luces brillantes de la ciudad de Los Ángeles. Estaba en casa de nuevo.

Viajeros cansados reventaban de ganas de respirar aire fresco, abrazar a sus familias y dormir en sus propias camas, mientras Andrea deseaba quedarse en la seguridad de su purgatorio. La azafata le sonrió con impaciencia. Incluso ella estaba lista para ir a casa. Andrea sacó la cuchilla del morral. Los filos de frío metal estaban llenos de traición. Ya no sostenía entre sus dedos la posibilidad de la paz. Abrió la mano y dejó que la cuchilla desapareciera entre las grietas del portaequipajes. Sabía que la paz estaba en otra parte.

Andrea caminó por el corredor vacío. Los murmullos en inglés la prepararon para el mundo que le esperaba. De pie, sola al final del corredor de salida, estaba Mariana. Andrea estaba sorprendida de ver cómo la había cambiado el tiempo. Tenía el pelo tan salvaje y caótico como siempre pero los hombros parecían más anchos, más fuertes que antes. Era más alta de como la recordaba. Los ojos de Mariana ya no eran pequeños y brillantes ojos que se le imponían en el pasado; en cambio, eran ojos libres de temor, llenos de amor incondicional y sueños de un futuro mejor. La sonrisa de Mariana le iluminó el rostro. Andrea vio la belleza de su madre por primera vez. Entrelazó las manos de Mariana con las suyas. La acercó. Se sostuvieron en silencio. Las lágrimas de Mariana se convirtieron en llanto. Andrea la sostuvo con más fuerza. Mariana se dejó caer en los brazos de su hija. Andrea le dio a su madre el amor que había encontrado en los brazos de la familia. Le dio a su madre la fuerza que había encontrado en la valentía de la gente de su país. Le dio a su madre la esperanza que había encontrado en las llaves que salvaron su vida.

Gabriel era la llave que le dio seguridad.

Esperanza era la llave que le dio la libertad.

Valentina era la llave que le dio la amistad.

Santiago era la llave que le dio el amor.

Mariana... su madre... era la llave que le dio todo.

Andrea murmuró al oído de su madre:

"Gracias, llave, gracias."

—

AGRADECIMIENTOS

No habría podido embarcarme en esta aventura sin el amor y el apoyo de tantos familiares y amigos... me siento bendecida de tenerlos a todos en mi vida.

Gracias:

A mi compañero de vida, arte y amor, Michael Skolnik. Los años pasados a tu lado me han dado la valentía para intentar siempre lo imposible. Tu apoyo inagotable y el aliento que me diste, me impulsaron en los momentos más oscuros de este viaje. Te amo.

A mi madre. Gracias por responder siempre a mis llamadas, sin importar la hora del día; por ayudarme con los detalles que imaginé en cafés de Nueva York, aunque se desenvolvieron en las calles de Buga, Bogotá y Los Ángeles. Tu fuerza es mi faro.

A Tita, por todas las historias que me contaste a lo largo de los años. Me hiciste desear conocer los fantasmas del pasado, las complejidades del presente y la alegría del futuro.

A Tía Luisa por dejarme entrar a su hogar cuando estaba perdida, por ayudarme a encontrarme a mí misma.

A Juliana Quintero por darme algunos de los mejores recuerdos de mi vida, muchos de ellos viven en estas páginas.

A Rick Mendoza por quererme de la manera en que sólo quiere un hermano mayor.

A Mariajosé Salcedo, mi mejor amiga, gracias por tomar dos años de mi trabajo, una vida de sufrimiento, la vida como la soñé, la vida como deseé haberla vivido, la verdad y las mentiras del pasado, y haberlos traducido a la lengua en que todo ocurrió. Te adoro.

A Gloria La Morte, mi hermana en el arte.

A Eduardo Galeano por las lecciones e inspiración tus palabras me han dado en este viaje llamado vida.

A Diane Stockwell y a Lillian LaSalle por creer en mí desde el principio.

A Erik Riesenberg y Carlos Azula y a todos en Penguin, por el apoyo inquebrantable.

A Farah Bala, Laine D'Souza, Gabriel Noble, Marjan Tehrani, Topaz Adizes, Noni Limar, Genna Terranova, Bradford Young, Tiphani Montgomery, Reshma Saujani, Max y Erika Skolnik, Martha y Simon Skolnik, Pamela y Charles Lapham, Brandy Selsnick, Brandon, Ryan y Victoria Mendoza, Monica Martinez, Manuela Peralta, Camila Vasquez, Alejandro Vasquez y Camilo Barrantes, cuyo amor y apoyo me acompañaron hasta el final.

A Smooch and Grounded, por permitirme sentarme en su café durante horas, días, semanas y meses hasta el final.

Y a los que no se quedaron.